Vatertag in Prerow

2009

Vom Autor signiert

Peter Ternes

peter.ternes@web.de

Peter Ternes

„Last Minute nach Nirgendwo"

Ein Karibikurlaub wird zum Horrortrip durch den Dschungel

Verlagshaus Monsenstein und Vannerdat

Zum Buch:

Nach zehn Jahren treffen sich ein ehemaliger Elitesoldat und eine verwöhnte Millionärsgattin in der Abflughalle zu ihrem Urlaubsflug in die Karibik wieder. Die beiden, deren Charaktere nicht unterschiedlicher sein könnten, kennen sich aus ihrer Studienzeit. Der Zufall will es so, dass sie in dem selben Hotel absteigen. Da sie aus der Vergangenheit viel zu erzählen haben, verbringen sie einige Zeit miteinander. Während eines gemeinsamen Abends in einem Tanzlokal der einheimischen Bevölkerung werden sie von Kidnappern entführt und weit ins Landesinnere verschleppt. Die Situation eskaliert, als einer der Entführer sich der Frau nähert. Es bleibt den beiden nichts weiter übrig, als panikartig die Flucht zu ergreifen. Schnell stellt sich heraus, dass die Flucht zum Horrortrip durch die grüne Hölle wird.

Der Autor:

Peter Ternes wurde 1955 an der Ostsee, auf der Halbinsel Darß geboren. Schon während seiner Schulzeit schrieb er Kurzgeschichten.
In den Jahren 1999 bis 2002, hat er vier Romane geschrieben. Während dieser Zeit absolvierte er nebenbei mit Erfolg eine Autorenschule. Der Autor des Romans ist von Hauptberuf Gastronom. Der vorliegende Roman ist sein viertes Buch. Ein packender Thriller, der den Vergleich mit den großen seiner Branche nicht zu scheuen braucht.

Peter Ternes, »Last Minute nach Nirgendwo«
2. überarbeitete Auflage

Die Edition Octopus erscheint im
Verlagshaus Monsenstein und Vannerdat OHG Münster
www.edition-octopus.de

Lektorat: Willi Schnitzler
Umschlaggestaltung: Peter Ternes
Satz: Peter Ternes
Korrektorat: Peter Seggebäin, Gerhard Schwarz

Druck: CCC GmbH Münster
Herstellung: MV-Verlag

ISBN 3-936600-01-5

MAN GEWINNT MIT JEDER ERFAHRUNG, BEI DER MAN WIRKLICH INNEHÄLT, UM DER FURCHT INS GESICHT ZU SEHEN, AN KRAFT, MUT UND ZUVERSICHT. MAN KANN SICH DANN SAGEN: „ICH HABE DIESE ENTSETZLICHEN EREIGNISSE ÜBERSTANDEN. ICH WERDE AUCH MIT DEM FERTIG, WAS ALS NÄCHSTES KOMMT." MAN MUSS DAS TUN, WOVON MAN GLAUBT, DASS MAN NICHT DAZU IMSTANDE IST.

ANNA ROOSEVELT

Eine winzige Bar in einer kleinen Stadt in Deutschland. Wenige Stühle waren besetzt. An dem Billardtisch in der Ecke langweilten sich zwei Teenager. Ein alter Mann fütterte einen Spielautomaten, während der Regen unentwegt vom Dach tropfte. Irgendwo in der Ferne bellte ein Hund.

Die junge Frau hinter der Bar, die gelangweilt ein paar Gläser polierte, betrachtete zum wiederholten Male ihr Gegenüber. Der Mann war um die dreißig, saß zusammengekauert auf seinem Barhocker und hatte soeben seinen vierten Whisky bestellt. Seine Größe und sein Gewicht waren eher durchschnittlich, seine Haarfrisur trug er in jenem Look, wie sie es persönlich gerne mochte. Die Augen des Mannes registrierten trotz des Alkohols alles, was sich um ihn herum ereignete. Die junge Frau wusste nicht so recht, in welche Schublade sie ihn stecken sollte. Einerseits ein recht ansehnlicher Kerl, andererseits trank und rauchte er für ihr Verständnis etwas viel. Wer er wohl war? War er das, wonach er aussah? Ein netter hübscher Kerl. Doch sicher handelte es sich bei ihm wieder nur um einen gewöhnlichen Trinker. Als sie sich umdrehte, um die Gläser in das Büffet einzusortieren, hörte sie seine angenehm klingende Stimme: „Noch einen Whisky. Bitte!"

Wortlos nahm sie die Flasche aus dem Regal und schenkte mit gekonnter Bewegung nach.

„Sorgen?"

Er sah sie aus seinen unergründlichen Augen an. Doch plötzlich, und es schien gerade so, als versuchte er ein zaghaftes Lächeln, erwiderte er: „Sie kennen sich wohl aus mit den Eigenheiten ihrer Gäste? Haben sie Feuer? Mein Feuerzeug scheint leer zu sein."

„Na ja, das lernt man mit der Zeit. Möchten Sie davon erzählen? Manchmal hilft es." Im gleichen Moment reichte sie ihm ein Streichholzbriefchen herüber. „Hier bitte."

„Ja, ja", lachte der Mann, „Taxifahrer, Friseure und Barkeeper... die besten Psychologen der Welt. Danke, darf ich das Briefchen behalten?" Nach einer kurzen Pause fügte er etwas nachdenklich geworden hinzu: „Sorgen? Was sind schon Sorgen? Wenn ein Kind den ersehnten Lutscher nicht bekommt, hat das Kind dann Sorgen? Wenn ein Lehrling einen Zwanzigmarkschein von seinem schmalen Lohn verloren hat, sind das Sorgen? Oder hat Bill Gates Sorgen, wenn er an der Börse eine Million verloren hat?"

„Behalten sie die Streichhölzer nur. Erzählen sie. Ich werde versuchen zu ergründen, ob es sich bei dem, was sie verloren haben, um Sorgen handelt."

Der Mann zeigte ein charmantes Lächeln, nippte an seinem Glas, steckte sich eine weitere Zigarette an und fing an zu erzählen: „Angefangen hat alles, als die Auftragslage unserer Firma zurückging. Nichts Weltbewegendes, so etwas passiert überall im Land. Das Jahr zuvor hatten wir noch eine gute Bilanz vorzuweisen und der Gewinn wurde mit Erfolg an der Börse eingesetzt. Dann gingen die Aufträge zurück und der Kurs an der Börse stürzte ins Bodenlose. Der neue Markt brach zusammen mit ihm die Kapitaldecke der Firma. Nach einem Jahr war alles vorbei. Der Sequester hat Maßnahmen empfohlen, die die Firma vor dem endgültigem Aus retten sollte. Eine dieser Maßnahmen war ich."

„Man hat Sie gefeuert!" Stellte die Bardame nüchtern fest. „Als was waren Sie tätig?"

„Ich war in der EDV-Branche tätig, knappe zehn Jahre lang. Eine Abfindung ist alles was mir von den zehn Jahren geblieben ist."

„Aber das ist noch lange kein Grund, sich zu betrinken. Soweit ich weiß, werden EDV-Leute doch überall händeringend gesucht."

„Nein, dass ist noch lange kein Grund. Da haben Sie Recht. Ich will mich ja auch nicht betrinken, denn Sorgen sind bekanntlich gute Schwimmer. Was zurückbleibt, ist in der Regel nur ein schwerer Kopf. Aber ein Grund zu trinken, ist es allemal. Lassen sie mich weiter erzählen... Als ich nun meiner Frau diese Hiobsbotschaft überbrachte, hatte sie nichts Eiligeres zu tun, als mich einen Versager zu nennen und mir obendrein die Koffer vor die Tür zu stellen. Je länger ich darüber nachgedacht habe, desto mehr ist mir einiges klar geworden. Ihr Verhalten in den letzten Monaten, alles passt zusammen wie ein Puzzlespiel. Die Entlassung war für sie nur ein vorgeschobener Grund, unsere Ehe als gescheitert zu erklären und mir den Laufpass zu geben. Aber keine Sorge, ich werde mich trotzdem nicht betrinken. Das ist das Letzte, was ich machen würde. Ich überlege nur, wohin ich gehen soll. Ich werde mir wohl ein Zimmer nehmen müssen für die Nacht. Morgen fahre ich dann zum nächsten Flugplatz und buche den erstbesten Lastminute-Flug. Nur weg von hier." Er lachte wieder. „Meine Koffer sind ja bereits gepackt."

„Richtig", antwortete die junge Frau, „das ist das Beste, was Sie machen können. Fangen Sie erst gar nicht damit an, Trübsal zu blasen oder sich selbst zu bemitleiden." Sie hielt kurz inne und nippte an ihrem Mineralwasser. „Und wenn ich es recht überlege, würde ich auch gerne einfach einmal so abhauen wollen. Zwei Wochen abschalten, das wäre es."

Sie stellte dem Mann unaufgefordert eine Tasse dampfenden Kaffee hin.

„Danke. Kommen Sie doch einfach mit."

„Wenn doch alles so einfach wäre, aber das wird nicht gehen. Da spielt mein Chef nicht mit. Garantiert!" Sie leerte ihr Glas und stellte es anschließend in die Spülmaschine. Der kleine Zeiger der hinter ihr hängenden Wanduhr bewegte sich langsam auf die Zehn zu, als sich eine weitere junge Frau hinter den Tresen gesellte.

„Meine Ablösung. Ich habe Feierabend. Wenn Sie

wollen, können Sie das Zimmer meiner Freundin für heute Nacht haben. Sie ist nicht da. Wir teilen uns eine Wohnung hier gleich um die Ecke sozusagen als WG. Ich heiße übrigens Eva."

„Das ist eine gute Idee, danke für das Angebot. Sobald ich Morgen wach bin, sind Sie mich wieder los und ich werde sie nicht weiter stören. Versprochen. Mein Name ist Uwe." Wortlos legte er einen Schein auf die Theke, den die junge Frau genauso wortlos entgegennahm.

„In Ordnung, ich übergebe nur noch rasch die Kasse und dann können wir gehen. Dauert nicht lange."

Der Mann an der Bar nickte kaum merklich und schlürfte an dem heißen Getränk. Durch die vorangegangene Schilderung seiner Lage, in der er sich befand, schien es ihm plötzlich bewusst geworden, wie ernst es wirklich war.

Die Bardame sah zu ihrem Gast herüber und dachte dabei: keine Arbeit, kein Heim und über kurz oder lang würde ihm schließlich auch noch das Geld ausgehen. Das sind die Zutaten, aus denen man ein handfestes Dilemma strickt. Wenn du nicht aufpasst, Fremder, könnte die Angelegenheit eskalieren. Sei auf der Hut... Weiter kam sie nicht mit ihrer Schwarzmalerei, denn ihre Kollegin stand unvermittelt neben ihr und unterschrieb die Übernahme.

Sekunden später stand sie neben ihrem Gast und zog ihn fast vom Barhocker.

„Fertig, wir können."

Wenig später, der Regen hatte nachgelassen, verließen die beiden die Bar.

*

Der Morgen danach. Uwe ließ den letzten Abend und die darauf folgende Nacht in Gedanken noch einmal Revue passieren. Unwillkürlich musste er lächeln, denn beinahe selbstverständlich war er in Evas Bett gelandet. Ohne großes Federlesen hatte sie, nachdem sie ihm noch einen weiteren Kaffee serviert hatte, ein Kondom neben die Kaffeetasse gelegt und ihn mit schelmischen Blick angesehen.

Ach, wenn das Leben doch nur immer so unkompliziert sein könnte.

Etwas fröstelnd stand er in der Abflughalle und erwartete den Aufruf seines Fluges. Er konnte es beinahe selbst nicht glauben, aber er hatte im Reisebüro den erstbesten Lastminuteflug gebucht. Er wollte weg und da kam ihm die Karibik gerade recht. Je weiter um so besser. Dabei war es ihm vollkommen gleichgültig, in welches Land er flüchtete. Das Angebot für die Dominikanische Republik war verlockend genug, hatte ihn folglich nicht lange überlegen lassen und auch den inneren Konflikt, der ihm am Vorabend noch etwas Kopfzerbrechen bereitet hatte, verdrängte er ganz bewusst.

Er stand vor einer Säule, die die Deckenkonstruktion stützte. Die Säule war mit schwarzem, auf Hochglanz poliertem Marmor verkleidet und gab somit sein getreues Spiegelbild wieder. Wie er so dastand und sich selbst betrachtete, musste er an seine Frau denken und wie alles begann. Vor acht Jahren hatte er sie geheiratet. Die Ehe war kinderlos geblieben. Karin, seine Frau, konnte keine Kinder bekommen. Kennen gelernt hatte er sie während seiner Studienzeit. Die Ehe verlief normal, wie tausend andere Ehen auch. Irgendwann war Alltag eingezogen. Ob das Scheitern ihrer Ehe wohl an fehlenden Kindern gelegen hatte? Hätten Kinder das zusammen halten können, was gerade auseinander gebrochen war? Er wusste es nicht und wollte auch keinen weiteren Gedanken daran verschwenden. Jetzt war Urlaub angesagt. Er freute sich bereits auf die Karibik. War es doch das erste Mal, dass er so weit von zu Hause weg war. Der Ernst des Lebens würde ihn noch früh genug wieder einholen.

Wenn er gewusst hätte, welche schrecklichen Ereignisse ihn in der Ferne erwarteten, er hätte sich am Abend sinnlos betrunken, so dass er zwangsläufig sein Flugzeug verpasst hätte.

*

Zur selben Zeit wanderte eine Frau ungeduldig durch die Abflughalle. Plötzlich blieb sie stehen. Sie kannte dieses Gesicht. Nur wenige Meter entfernt stand ein Mann vor einer schwarz spiegelnden Säule und betrachte sein Spiegelbild. Oh ja, sie kannte diesen Mann. Daran bestand kein Zweifel. Sie kannte ihn aus ihrer gemeinsamen Studienzeit. Das musste gut zehn Jahre zurückliegen. Seit dieser Zeit hatte sie Uwe Berger nicht mehr gesehen. Für sein Alter hatte er noch eine erstaunlich gute Figur, die man immer noch als sportlich bezeichnen konnte. Bierbauch und Doppelkinn, die bei einigen seiner Altersgenossen so langsam hervortraten, suchte man bei ihm vergebens. Ob er wohl immer noch sportlich aktiv war? Hatte er damals nicht Kampfsport betrieben? Mein Gott, wie die Zeit verging. Wenn sie es genauer betrachtete, hatte er sich kaum verändert, äußerlich jedenfalls. Ob er wohl immer noch so ein netter Kerl war? Für sein Alter hatte er damals als Student erstaunlich gute Manieren, daran erinnerte sie sich noch und war er damals nicht mit... Natürlich, jetzt fiel es ihr wieder ein, er war mit Karin zusammen. Sie ließ ihren Blick suchend umherschweifen, aber eine Frau, die Karin ähnlich sah, nahm sie aber nirgends wahr. Sie verstand damals Karins Beweggründe nicht, sich mit ihm abzugeben, denn zu dieser Zeit waren eine gute Erziehung gepaart mit gutem Benehmen einfach uncool. Oft genug hatte sie die beiden zu hänseln versucht, biss dabei aber regelmäßig auf Granit. Uwes Verhalten brachte sie damals so manches Mal zur Weißglut und so hatte sie nur selten eine Möglichkeit ausgelassen, ihm eins auszuwischen. Dass er nicht mit ihr anbandeln wollte, hatte sie fast bis an den Rand einer Krise gebracht. Alle anderen ihrer männlichen Kommilitonen hätten sonst was angestellt, um sie nur einmal zum Essen einladen zu dürfen.

Ihre Gedanken wurden unterbrochen, als die Passagiere über Lautsprecher zur Passkontrolle aufgefordert wurden.

*

Als Uwe die Aufforderung zur Passkontrolle durch die Lautsprecher hörte, nahm er sein Handgepäck und begab sich in Richtung Ausgang. Es begann ein fürchterliches Gedränge, gerade so, als wären nicht genügend Plätze für alle Fluggäste vorhanden.

„Ist das nicht Uwe Berger?" Hörte er eine weibliche Stimme neben sich fragen.

Interessiert betrachtete er die Frau, die neben ihm stand. „Guten Tag, kennen wir uns?"

„Lass nur, ich hab mich damit abgefunden, dass mich Leute von früher nicht immer gleich wiedererkennen."

„Ich kann mich nicht erinnern", sagte er entschuldigend. „Aber die Stimme kenne ich. Lass mich mal nachdenken. Ja. Du bist die Christina. Christina Schmidt. Aber hattest du nicht brünettes glattes Haar..."

„Gefärbt, Dauerwelle. Aus diesem Grund werde ich auch nicht immer gleich wiedererkannt."

Ach du lieber Himmel, fuhr es ihm durch den Kopf, diese Frau hat mir gerade noch gefehlt. Jede andere aus meinem Semester... nur nicht Christina. Diese Frau hatte so ziemlich alles an sich, was eine Frau nur an sich haben kann und was einem Mann missfällt, wobei er nicht ihr Aussehen meinte ganz im Gegenteil. Sie besaß seit jeher eine bewundernswerte Figur und sah auch sonst erstklassig aus. Daran änderten auch die Jahre nichts, die er sie nicht mehr gesehen hatte. Aber ihr Wesen, ihr Charme, ihr Charisma waren in seinen Augen alles andere als berauschend. Er hatte sie noch nie sonderlich gemocht. Für ihn war sie bestenfalls eine Frau fürs Bett, mehr nicht!

„Hörst du mir überhaupt zu?"

„Oh, Entschuldigung, ich war mit meinen Gedanken..."

„Ich hab gefragt, ob du allein verreist?"

„Ja, allein", antwortete er gedankenversunken.

„Wie kommt es?"

„Wie kommt was?"

„Mein Gott, ist der schwer von Begriff! "Christina verdrehte die Augen und sah in Richtung Decke. „Warum du allein verreist?", fragte sie schließlich mit der Betonung auf allein zurück.

„Entschuldige bitte. Vielleicht erzähl' ich dir das ein anderes Mal. Ich bin gleich mit der Kontrolle dran."

Das hätte noch gefehlt, ihr die wahren Gründe seiner Reise zu erzählen. Er war immer für die Wahrheit und für klare Verhältnisse, ob zu seinen Freunden, Verwandten oder Kollegen. In diesem Fall, so nahm er sich vor, wollte er von einer Notlüge Gebrauch machen, sollte es denn erforderlich sein. Gut möglich, dass er sie nach der Ankunft nicht wieder sah; die Insel war groß genug.

Nachdem er die Kontrolle durchquert hatte, ging alles relativ schnell. Eine knappe halbe Stunde später rollte der Jumbo bereits zum Take-Off-Point. Wenige Minuten später durchstieß das Flugzeug die dichte Wolkendecke. Grelles Sonnenlicht erfüllte die Kabine.

Uwe sah sich im Flugzeug um. Der Flieger war nur zu Zweidrittel besetzt. Links und rechts war je eine Fensterreihe mit je drei Sitzplätzen. Zwischen den beiden Gängen, befand sich das Mittelfeld mit sechs Sitzen pro Reihe. Im Mittelteil saßen neben Uwe nur noch ein paar Reisende. Die Fensterreihen waren dagegen komplett belegt.

Während sich Uwe bei der freundlichen Stewardess mit ein paar Getränken, etwas Gebäck und einer Illustrierten versorgte, erreichte die Boeing die vorgeschriebene Reisehöhe. Zwölf Stunden Flug wollten überbrückt sein. Die Illustrierte hatte er bald zur Seite gelegt, doch ein Artikel, der das Leben Anfang der siebziger Jahre schilderte, wühlte seine Gedanken auf. Zu der Zeit erblickte er gerade das Licht der Welt. Geboren wurde er in einem kleinem Dorf nahe der Ostseeküste. Seine Eltern waren einfache Leute gewesen, der Vater Tischler, die Mutter Hausfrau, die sich nebenbei um die kleine Landwirtschaft kümmerte, die die Eheleute ihr

Eigen nannten. Diese kleine Landwirtschaft war wohl auch der Grund dafür, dass er ausgesprochen tierlieb war. Katzen, Hunde und jegliches Federvieh hatten seine Kindheit geprägt. Er wuchs zusammen mit seiner um zwei Jahre jüngeren Schwester sorglos und wohl behütet auf. Nachdem er in die Schule gekommen war, stellte sich schnell raus, dass er auf Grund seiner Leistungen für höhere Berufe geeignet schien, obwohl sein Vater nie einen Hehl daraus gemacht hatte, dass er es gerne gesehen hätte, wenn er die eigene Handwerkstradition fortgesetzt hätte. Seine Mutter hätte es gerne gesehen, dass aus ihrem Sohn ein Arzt oder gar Professor geworden wäre. Er konnte sich weder für das eine noch für das andere begeistern. Und da er zuweilen stur wie ein Maulesel sein konnte, setzte er sich gegen seine Eltern durch.

Was allein für ihn zählte, war die Tatsache, dass er das, was er anpackte, auch ordentlich erledigte. Diese Charaktereigenschaft hatte er von seinem Vater geerbt. Halbe Sachen gab es nicht. Den Leitsatz seines Lehrers... nicht so gut wie möglich, sondern so gut wie nötig..., akzeptierte er nicht. Aufzugeben oder gar bei einer Sache zu kapitulieren, gehörte nicht zu seiner Lebensphilosophie. Sein Bestreben war es, aus einer Angelegenheit so viel wie möglich herauszuholen, war die Aussicht auch noch so schlecht. Den Genen seiner Mutter und ihrer Erziehung hatte er zweifellos die Freundlichkeit und Höflichkeit anderen Menschen gegenüber zu verdanken. Er kam mit allen Menschen aus, jeder mochte ihn.

Nachdem er sein Abitur mit Auszeichnung abgelegt hatte, wurde er zur Armee einberufen. Die Armeezeit war hart und machte aus jungen Rekruten gnadenlos Männer. Selbst die kleinste Memme war in sechs Wochen Grundausbildung zum Mann gereift. Danach folgte die eigentliche Ausbildung zum Kampfschwimmer. Überlebenstraining war so selbstverständlich, wie das tägliche Bad in der Ostsee nach dem Wecken, dreihundertfünfundsechzig Tage im Jahr. Diese Zeit brachte es mit sich, dass er in den verschiedensten Kampfsportarten trainiert wurde. Er hätte sich lieber eine andere Ausbildung gewünscht und war heilfroh, dass er in einer Zeit lebte, in der Frieden herrschte. Er verabscheute das Töten. Zwar war er technisch dazu in der Lage, aber er wusste nicht, ob er es mental verkraften würde, einem Menschen das Leben zu nehmen. Kampfschwimmer wurden im Volksmund immer nur Einzelkämpfer genannt. Jeder, der von seiner Ausbildung wusste, brachte ihm eine gehörige Portion Respekt entgegen. Vielleicht lag darin der Grund, warum ihn jeder in dem kleinen Dorf am See, wo er damals wohnte, zum Freund haben wollte. Die letzten Zweifler hatte er damals mit einer tollkühnen, aber unfreiwilligen Aktion überzeugen können. Es geschah in jener Nacht, in der die Leute der

Gegend unbeschwert in den Mai hineintanzten. Er befand sich auf dem Nachhauseweg, als er Zeuge wurde, wie drei angetrunkene Matrosen, aus dem benachbarten Stützpunkt, die kleine Katja aus seinem Dorf vergewaltigen wollten. Er hatte nicht lange gezögert und war ihr zu Hilfe geeilt. Wenige gut gesetzte Hiebe hatten ausgereicht, die drei Rabauken davon zu überzeugen, dass es besser war, von ihrem Vorhaben Abstand zu nehmen und ihr Heil in der Flucht zu suchen. Er wurde damals gefeiert wie ein Held. Katja hatte sich bei ihm bedankt, wie sich eben nur eine Frau bei einem Mann bedanken kann. Nicht, dass er auf ein derartiges Angebot angewiesen wäre, im Gegenteil, er kam im Allgemeinen bei Frauen recht gut an, aber Katja selbst hatte das Angebot so verlockend gemacht. Nun musste er unwillkürlich lächeln, als ihm diese Gedanken durch den Kopf gingen.

Die Ausbildung zum Kampfschwimmer war bei weitem nicht alles, was er während der Armeezeit gelernt hatte. Er bemerkte sehr schnell, wie er sich für etwas begeistern konnte, was er bis dahin in der Form nicht kannte und was er verharmlosend als Marotte bezeichnete. Er war zum Zocker geworden. Kein Fußballspiel, kein Boxkampf begann, ohne eine Wette auf den Sieger zu platzieren. Und auch die Pausen, die die Rekruten gelegentlich einlegen durften, wurden nicht selten genutzt, um den schmalen Sold mit einem Pokerspiel aufzubessern, wobei es jedoch nie um große Beträge ging.

Auf diese Art gewann er die eine oder andere Mark, die es ihm ermöglichte, sich einige Wünsche zu erfüllen, auf die er sonst hätte verzichten müssen. Über seine Spielleidenschaft machte er anderen Menschen gegenüber keinen Hehl. Eine Eigenschaft, die ihn nur noch sympathischer machte. Die zweite Marotte, seine Schwäche für die weiblichen Reize, offenbarte er dagegen niemandem. Oft genug war es vorgekommen, dass er seinem Verstand folgen wollte, aber fast genauso oft musste er diesen Kampf verloren geben. Nur mit äußerster Anstrengung konnte er im Laufe seiner Ehe dieser Schwäche in den meisten Fällen Einhalt gebieten.

Während der Armeezeit wurde auch der Grundstein für sein späteres Studium gelegt. Es gehörte zu seiner Ausbildung, sich ausgiebig mit Computer- und Fernmeldetechnik zu befassen. Da ihn die Computertechnik seit jeher begeistert hatte, lag es nahe, ein Studium dieser Fachrichtung zu belegen.

Seinem Ehrgeiz hatte er es zu verdanken, dass er an der Hochschule als einer der besten seines Faches galt. Wenn sich seine Kommilitonen auf den Tanzböden der Mensa herum trieben, hockte er vor seinem PC und entwarf Tabellenkalkulationen, erstellte Datenbanken und schrieb Programme. Dass er sich zudem hervorragend mit Grafik auskannte, war für ihn selbstverständlich, von Textverarbeitung ganz zu schweigen. Uwe begeisterte sich nicht nur für Informatik im allgemeinen

Sinn, er fand auch alle anderen Fächer interessant und gehörte auch da zu den besten seines Semesters. In seiner Freizeit belegte er zusätzliche Kurse, die ihn sein Verständnis für die Hardware festigen ließen. Auch hatte er damals schon erkannt, dass es von Vorteil sein konnte, eine Fremdsprache zu beherrschen. Aus diesem Grunde schrieb er sich in einen Englischkurs für Fortgeschrittene ein und bei all seiner Besessenheit grenzte es nahezu an ein Wunder, dass er eine Frau kennen lernte. Eben diese Frau war, was das Studium anging, das genaue Gegenteil von ihm. Ihr fiel es nicht so leicht, sich mit Konstanten, Variablen und dreidimensionalen Feldern zu befassen. Da Uwe ein hilfsbereiter Mensch war, half er ihr, so gut er konnte, und es war nur noch eine Frage der Zeit, bis sie schließlich auch seinem Charme erlag. Hier wurde ein weiterer Grundstein gelegt, der Grundstein für die gemeinsame Ehe, die zwei Jahre später geschlossen wurde. Allerdings gab es da noch eine andere Frau, die ihm ziemlich zu schaffen machte, und das in doppelter Hinsicht. Gehörte er an der Uni zu den besten Studenten, so war er noch lange nicht der Beste. Es gab da eine Person, die besser war, in allen Belangen. Sie war ihm in allen Dingen einen Schritt voraus. Diese Tatsache ärgerte ihn und nagte an seinem Selbstwertgefühl, erst recht, weil sich diese Person hin und wieder über ihn lustig machte, ihn gar versuchte zu hänseln. Ausgerechnet heute musste er sie, Christina Schmidt, in der

Abflughalle wieder treffen. Ihm wurde erneut bewusst, dass er diese Frau noch nie besonders gemocht hatte, was jedoch nicht daran lag, dass sie in allen Fächern eine Spur besser war als er, oder daran, dass sie manchmal versuchte ihn aufzuziehen. Diese Frau war ihm einfach eine Spur zu gerissen und berechnend. Er wollte sie keinesfalls als Dirne bezeichnen, aber es war an der Uni allgemein bekannt, dass sie gelegentlich vollen Körpereinsatz bewies, um an ihre hochgesteckten Ziele zu gelangen. Das eine Frau sich mit Sex Vorteile verschaffen konnte, war ihm schon klar und damit konnte er leben. Er hatte damals vermutet, dass sie einen gewissen Hang zur Promiskuität an den Tag legte. Nicht etwa um sich Befriedigung zu schaffen, nein, es diente nur dem Zweck, ihre Ziele schneller zu erreichen. Sie spielte mit den Männern. Für Gefühle gab es keinen Platz. Er bezweifelte, dass sie zu echten Gefühlen überhaupt fähig war. Liebe, Zuneigung und Vertrauen mussten für sie regelrecht Fremdwörter sein. Hatte sie ihr Ziel erreicht, ließ sie den jeweiligen Mann fallen wie eine heiße Kartoffel. Aber bei all den Überlegungen, musste er sich kleinlaut gestehen, dass er damals auch ganz gerne einmal in ihrem Bett gelandet wäre. Er schämte sich dieses Verlangens nicht einmal. Er hatte eine einfache und zugleich simple Erklärung dafür. Er war auch nur ein Mann!

„Trinkst du ein Glas mit?" Seine Gedanken wurden

unterbrochen. Im Gang neben seiner Sitzreihe stand Christina, mit zwei Sektgläsern und strahlte übers ganze Gesicht.

*

Christina Schmidt langweilte sich. Zum wiederholten Mal schaute sie aus dem Fenster der Boeing. Einige hundert Meter unter ihr lag ein geschlossenes Wolkenfeld. Durch das grelle Sonnenlicht schien es, als wären die Wolken ein schneeweißer aufgebauschter Watteteppich. Sie überlegte gerade, ob sie sich den Spielfilm im Bordfernsehen ansehen oder ob sie ihr Notebook hervor kramen sollte, als ihr plötzlich eine Idee kam. Sie betätigte den Rufknopf für den Steward und bestellte zwei Gläser Champagner. Als der Steward das gewünschte brachte, erhob sie sich und schlenderte den Gang entlang in Richtung Uwes Sitzreihe. Dort angekommen, legte sie ihr einstudiertes strahlendes Lächeln auf und fragte: „Trinkst du ein Glas mit?"

„Was machst du, wenn ich jetzt ablehne, weil ich keinen Sekt mag?"

„Ich mag auch keinen Sekt… das hier ist Champagner!" Sie wartete seine Antwort nicht ab, rutschte auf den Nebensitz, klappte das kleines Tischchen herunter und stellte die Gläser dort ab.

„Steht was Interessantes in der Zeitung? Wenn du nicht magst, trinke ich eben allein. Mir ist dahinten langweilig geworden und ich habe gehofft, du erzählst mir, wie es dir in der Zeit nach unserem Studium ergangen ist."

„Eine ganz normale Illustrierte. Viel Promi-Klatsch. Aber ich habe eine bessere Idee", sagte er plötzlich und grinste dabei amüsiert. „Ich nehme dir doch das Glas ab und du erzählst mir, was du so während der letzten zehn Jahre getrieben hast."

Christina ging nicht auf das provozierende Grinsen ein. Ihr war jede Abwechslung recht. Sie nahm ihr Glas zur Hand, reichte Uwe das andere und sagte dann: „Auf unseren Urlaub und darauf, dass wir wieder gut zu Hause ankommen." Nachdem sie sich zugeprostet hatten, begann sie zu erzählen: „Okay, du willst also wissen, was aus mir geworden ist."

Sie lehnte sich etwas zurück, nahm einen weiteren Schluck und fuhr fort: „Nach unserem Studium habe ich erst einmal ausgiebig Urlaub gemacht. Danach, du wirst es nicht glauben, habe ich auf Teneriffa ein Jahr lang als Animateurin in einer Ferienanlage gearbeitet. Nebenbei habe ich kleinere Aufträge abgearbeitet. Nichts Weltbewegendes, mal ein kleines Programm hier, mal eine Tabellenkalkulation da. Das hat zwar nicht viel gebracht, finanziell meine ich, aber es war wichtig. Damit habe ich den Grundstein für meine spätere Tätigkeit gelegt. Ich habe dann einige Jahre als freie Auftragsprogrammiererin gearbeitet. So lange bis ich meinen Mann kennen gelernt habe. Ein Jahr nach der Hochzeit habe ich den Job wieder aufgegeben. Heute arbeite ich nur noch zum Zeitvertreib, lasse mich hin und wieder bei meinem Nachfolger blicken und picke mir die Sahnestückchen raus. Oder ich bin behilflich, wenn sie Probleme mit der Programmierung haben. Nur damit man nicht einrostet. Du weißt ja, wer rastet, der rostet. Ich möchte schon auf dem Laufenden bleiben. Ich wollte..."

„Wen hast du geheiratet? Kenne ich den Typ?"

Christina verzog leicht ihr Gesicht. Sie konnte es nicht haben, wenn man sie einfach so unterbrach. Sie beschloss aber darüber hinweg zu sehen und antwortete: „Ich glaube du wirst ihn kennen. Es ist Giesbert Schmidt."

„Giesbert Schmidt?" Uwe tat erstaunt. „Du meinst *den* Giesbert Schmidt, den wir alle immer nur Gummischmidt genannt haben? Aber der muss doch deutlich älter sein als du. Oder gibt es noch einen anderen Giesbert Schmidt?"

„Genau diesen Giesbert Schmidt meine ich, den Gummifabrikanten. Er ist dreiundzwanzig Jahre älter als ich. Ist das ein Problem?"

„Für mich nicht, du musst mit ihm zusammenleben. Habt ihr Kinder?"

„Pah, Kinder... Das würde mir noch fehlen. Nein, danke kein Bedarf. Wir haben zwei Hunde, zwei Afghanen, die fordern mich schon genug."

„Was machst du den lieben langen Tag, wenn du nicht

arbeitest? Wie verbringst du deine Zeit?"

„Sag mal, hörst du nicht zu? Ich sagte doch gerade, dass ich mit Gummischmidt verheiratet bin. Allein die Tatsache bringt Beschäftigung genug mit sich... Ich habe den gesellschaftlichen Aspekt unserer Ehe und der Firma übernommen. Was meinst du, was alles dazugehört."

„Gesellschaftlichen Aspekt!" Wiederholte Uwe mit respektlosen Ton den Satz.

Davon hast du natürlich keine Ahnung, dachte Christina nur, sagte aber, in dem sie ihn wieder mit einstudiertem Lächeln ansah: „Warum fliegst du allein? Hast du niemanden, mit dem du zusammen Urlaub machen kannst?"

„Warum fliegst du allein?", konterte Uwe.

„Geplant war, dass eine Freundin mitkommt. Sie hat sich vor zwei Tagen den Fuß gebrochen. Die Zeit, einen Ersatz zu suchen, war zu kurz. So bin ich also allein gestartet." Sie stockte etwas, zupfte den Saum ihres Rockes zurecht und redete dann weiter, als müsse sie sich bei Uwe entschuldigen. „Die Reise war ja schließlich bezahlt."

„Meine Frau hat keinen Urlaub bekommen. In ihrer Firma ist jemand ausgefallen."

„Sag mal, du warst damals doch mit der Karin zusammen..."

„Ich bin es immer noch. Wir hatten nach dem

Studium geheiratet, vor acht Jahren."

„Ist deine Ehe glücklich?"

„Ist es deine?"

„Natürlich ist sie es, was denkst du denn? Ich bin sehr zufrieden, mit dem, was ich habe. Giesbert ist ein hervorragender Ehemann. Er hat alles, was sich eine Frau nur wünschen kann. Er ist ein hervorragender Gesellschafter, charmant, großzügig, gebildet und..."

„Hat bestimmt eine Menge Geld", unterbrach Uwe sie wieder.

„Geld ist zweitrangig und über Geld redet man nicht."

„Eben, Geld hat man und Gummischmidt wird davon wohl genug haben."

„Es gibt andere Werte bei einem Menschen zu berücksichtigen, als nur sein Geld zu sehen", redete sie weiter und sah dabei gelangweilt den Gang entlang.

„In welchem Ort machst du Urlaub?"

„In Sosua", gab Christina zurück und sah jetzt wieder zu Uwe.

„Das ist ja ein Zufall, da fahre ich auch hin."

„Ich weiß, wir haben sogar das gleiche Hotel, das La Cana."

„Ach...? Woher weißt du...?"

„Ich habe den Anhänger an deinem Gepäck gesehen. Da steht alles drauf. Warst du schon mal in der Dom-Rep?"

„Nein, bisher noch nicht. Du?"

„Ich kann dir etwas über den Ort und das Hotel erzählen, wenn du magst. Ich war mehrmals dort!" Sie hatte ihren Kopf etwas zur Seite geneigt, und während sie mit einer Locke spielte und sich provozierend auf die Unterlippe biss, sah sie Uwe an.

„Gerne, ich habe Last-Minute gebucht, unmittelbar vor dem Flug. Ich hatte keine Gelegenheit mich vorzubereiten."

Christina zog ihre Augenbrauen leicht in die Höhe, sie war über Uwes Notlüge gestolpert, verschluckte aber den Satz, der ihr auf der Zunge lag. Sie würde später davon Gebrauch machen. Stattdessen sagte sie: „Also gut, warum nicht?" Sie ließ sich bequem in ihren Sessel zurücksinken und begann zu erzählen: „Die beiden Orte Sosua und Cabarete, der Nachbarort, sind die Hochburgen des Tourismus im Norden der Insel. Genau genommen sind sie die Metropole der Insel schlechthin. Sie liegen zirka zwanzig Kilometer vom Flughafen Puerto Plata entfernt, das lässt den Transfer nicht so lang werden. Wenn du einen Einblick von der Lebensweise der Dominikaner haben willst, solltest du den Ortsteil Los Charamicos aufsuchen. Dort ist noch etwas von der Ursprünglichkeit des Landes zu sehen und du erhältst einen Einblick in das quirlige Leben dort. Die Renommierstrände des Nordens heißen... Playa Dorada, Playa Sosua - unserer - und Playa Cabarete. Die Badebuchten von Sosua sind ganz typisch für die Karibik. Feiner weißer Sand, gesäumt von Kokospalmen. Das eigentliche Badewasser ist ruhig und warm. Türkisfarben und kristallklar. Zwischen Strand und Korallenriff hast du Schwimmbadqualität. Weiter draußen, hinter den Korallenriffen tobt die Brandung, dort geht es dann bis zu zweitausend Meter tief runter. Die Riffe sind ideale Tauchreviere. Überhaupt wird hier sehr viel angeboten. Wer hier Langeweile hat, ist selbst dran Schuld. Cabarete gilt mit seinem langen Strand als eines der besten Surfgebiete der Welt. Der Ort ist ziemlich lang gezogen und bietet ebenfalls typisch karibisches Flair. Dann gibt es natürlich, wie in jeder Touristenmetropole, zahlreiche Geschäfte, Cafés, Restaurants und und und. Das Nachtleben lässt ebenfalls keine Wünsche offen. Wenn dir das alles noch nicht reicht, fährst du halt nach Plata. Dort gibt es dann garantiert das, was du hier vielleicht nicht findest."

„Du bist gut informiert", gab Uwe mit anerkennendem Blick zurück. „Und erzählen kannst wie ein Buch." Uwe lachte.

„Kunststück, bin ja schon das vierte Mal dort." Sie sah kurz zu Uwe rüber und spielte wieder mit ihrer Locke.

„Und das Hotel? Weißt du darüber auch was zu berichten?"

„Bei der Hotelanlage handelt es sich ebenfalls um eine typische Anlage, wie es sie hier und auf der ganzen Insel wahrscheinlich zu Tausenden gibt. Unser Hotel, das La Cana, ist eine relativ neue Anlage. Vier Sterne. Es wurde im spanischen Kolonialstil erbaut und ist daher logischerweise keine dieser furchtbaren Bettenburgen. Ein so genanntes grünes Hotel. Weißt du, was das bedeutet?"

„Ich vermute mal viele Bäume, Sträucher und andere Pflanzen."

„Richtig. Wo du nur hinschaust, blüht und grünt es. Selbst auf der kleinen Insel, die mitten im Pool liegt, sind Palmen gepflanzt worden. Bis zum Ortszentrum von Sosua und bis zur eigenen Badebucht ist es gleich weit entfernt", sie überlegte, schnippte ihre Locke mit dem Finger weg und sagte dann: „Etwas über einen Kilometer vielleicht. Natürlich fahren hoteleigene Shuttlebusse. Die Zimmer sind relativ groß und geschmackvoll im karibischen Stil eingerichtet. Alles weitere ist halt typisch Urlaubshotel. Poolbar, Süßwasserpool, Sonnenterrasse. Na ja, du kennst das wahrscheinlich. Wo machst du sonst immer Urlaub?"

„Im näheren europäischen Bereich, rund ums Mittelmeer. Diese lange Fliegerei ist nicht so mein Ding."

„Nehmen wir noch ein Glas Schampus?"

„Gerne, der geht aber dann auf meine Rechnung", antwortete Uwe und trank sein Glas aus.

„Ich habe nichts anderes erwartet." Wieder setzte sie ihr einstudiertes Lächeln auf. Sie wusste, wie weit sie damit bei Männern kommen konnte. Plötzliche

Neugierde machte sich bei ihr breit... ob sie Uwe wohl... Während ihres Studium hatte sie bei ihm immer auf Granit gebissen... Das war jetzt zehn Jahre her. Ein dermaßen langer Zeitraum kann Menschen verändern. Warum sollte sie sich nach einer Urlaubsbekanntschaft erst im Hotel umsehen, wenn doch eine direkt neben ihr saß? Schließlich hatte er all das, was sich eine Frau bei einem Mann nur wünschen kann. Sportliche Figur, Gewicht und Größe im grünen Bereich, eine sanfte Ausstrahlung, Intellekt, Charme und gutes Benehmen. Auf letzteres hatte sie während des Studiums keinen allzu großen Wert gelegt, aber auch Frau wird reifer und entwickelt sich. Er war doch eigentlich der geborene Urlaubsflirt. Für ein Abenteuer wie geschaffen. Hinzu kam die Tatsache, dass er verheiratet war. Ein Klammern nach dem Urlaub war daher ausgeschlossen. Eigentlich perfekt. Eines stand für sie ohnehin fest... Wenn nicht Uwe, dann eben ein anderer. Sie würde den Urlaub schon zu genießen wissen.

Als sie ihr drittes Glas Champagner geleert hatten, sagte sie zu ihm: „Ich werde dann zu meinem Platz gehen. Das Essen wird sicher bald serviert. Anschließend werde ich mich meinem Notebook widmen. Wir sehen uns dann beim Transfer wieder."

Mit ihrem strahlenden Lächeln verließ sie ihn.

*

Natürlich hatte Uwe Christina voll durchschaut. Es

war ihm klar, dass sie den Gummischmidt nicht aus Liebe geheiratet hatte, es war ihm auch klar, dass ihr charmantes Lächeln nur aufgesetzte Fassade war, Mittel zum Zweck eben. Zudem war ihm auch bewusst geworden, dass sie, erst einmal angekommen, das versuchen würde, was ihr während des Studiums nie geglückt war. Er wusste, dass sie den Urlaub von ihrem alternden Mann in vollen Zügen genießen würde. Als ihm all das klar geworden war, betrachtete er sie etwas genauer. Mit Christina war es wie mit einer schönen Blume, die voll aufgeblüht war. Sie war mit einer Attraktivität gesegnet, bei der man schon beim bloßen Anblick weiche Knie bekommen konnte. Ihr gefärbtes gewelltes Haar passte hervorragend zu ihren klaren grünen Augen. Sie war nur wenig kleiner als er und hatte sich über die Jahre hinweg ihre phantastische Figur bewahrt. Sie hatte volle geschwungene Lippen, die ab und an zwei Reihen herrlich weißer Zähne durchblicken ließen. Uwe hatte sich nie viel aus Mode gemacht, doch eines wusste er mit Bestimmtheit… Das was sie da auf dem Leib trug, war mit Sicherheit nicht von Neckermann und Co. Dort, wo Leute wie Gummischmidt einkaufen gingen, würde Ottonormalverbraucher schon der Preise wegen das Geschäft nicht betreten. An diesem Tag trug sie ein khakifarbenes Ensemble im Uniformstil. Der Rock war wohl beabsichtigt etwas kurz geraten und gab somit ihre wohlgeformten langen Beine frei. Eine Art Hemdbluse hatte sie mit einem Knoten um die um die Taille zugebunden, so dass man ihren Bauchnabel sehen konnte. Über ihre vollen Brüste hielt ein Knopf zusammen, was von einem dekorativen Spitzen-BH nur knapp verhüllt werden konnte. Alles in allem eine wirklich attraktive Erscheinung.

Seine Gedanken wurden unterbrochen, da das Essen serviert wurde.

*

Auf dem Flughafen in Puerto Plata war es laut. Wahrscheinlich wie überall in den Tourismusmetropolen quollen Ströme von Urlaubern aus den Flugzeugen verschiedenster Fluggesellschaften. Es folgte die Prozedur, die Uwe über alles liebte und die sich überall auf der Welt glich. Zollstation, Passkontrolle, Koffertransportband, Busse auf dem Parkplatz und immer wieder warten, warten und nochmals warten. Hinzu kam die erdrückende Schwüle. Bedingt durch die nahezu fünfstündige Zeitverschiebung war ihre Maschine aus Deutschland genau in der Gluthitze des Mittags gelandet.

Palmenschwätzer flatterten zwischen den nahe stehenden Palmen der Parkplätze umher. Die Luft war mit Blütenstaub und Dieselabgasen gepaart und mit menschlichen Ausdünstungen durchsetzt.

Christina hatte sich mit ihrer großen Reisetasche zu Uwe gesellt. Ihre Augen hatte sie mit einer dunklen Brille vor dem grellen Licht geschützt. Uwes Aufmerksamkeit war nicht entgangen, dass sie sich ihres BHs entledigt und den einzigen geschlossenen Knopf ihre Bluse geöffnet hatte.

„Wir werden nicht lange brauchen", versuchte sie tröstende Worte zu finden. „Wir haben es noch gut. Diejenigen, die die Halbinsel Samana im Nordosten gewählt haben, steigen jetzt in eine Propellermaschine um und fliegen noch zwei Stunden weiter, bevor sie auf einer Dschungelpiste landen. Von da ab geht es dann über holprige Waldwege mit kleinen Bussen ohne Klimaanlage zu den einzelnen Hotels. Wir brauchen nur gut zwanzig Minuten im klimatisierten Bus und unserer Urlaub kann beginnen."

Nach exakt vierzig Minuten drängten sich die Urlauber in den Räumlichkeiten der kleinen Rezeption und warteten auf ihre Schlüssel. Uwe und Christina standen im Freien vor dem Rezeptionsgebäude und warteten geduldig. Uwe hatte sich ein paar Meter entfernt und sah in Richtung Pool, der von viergeschossigen weißen Bettenhäusern eingekreist wurde. Der hier vorherrschende spanische Kolonialstil gefiel ihm sehr. Zum Pool hin hatte jedes Zimmer einen hübschen Balkon und das Dach bestand aus roten gebrannten Tonziegeln, die für den ganzen spanisch sprechenden Raum - auch in Europa - typisch waren und die einen sehr guten Kontrast zur weißen Fassadenfarbe abgaben. Unten gab es Bogengänge, in denen man Zuflucht vor der heißen

Karibiksonne finden konnte. Im Pool, der hier nicht rechteckig oder quadratisch war, sondern eine unregelmäßige runde Form hatte, gab es eine kleine Insel, zu der eine hölzerne Bogenbrücke führte. Auf der Insel war eine Bar untergebracht, um die herum vereinzelt Badende auf Unterwasserbarhockern saßen und einen Drink zu sich nahmen. Am gegenüberliegenden Poolrand machte Uwe ein großes Gebäude aus, das sich von all den anderen abhob. Eigentlich war es kein richtiges Gebäude, es hatte ein großes, mit vertrockneten Palmenwedeln gedecktes Dach, das von zahlreichen Holzsäulen getragen wurde. Außenwände gab es keine, so dass man im Inneren zahlreiche Tische und Stühle ausmachen konnte. Diese Einrichtung musste das große Restaurant sein, in dem die Gäste ihre Mahlzeiten einnahmen.

Alles hinterließ bei ihm einen sehr gepflegten Eindruck. Der Rasen war kurz geschoren, die Gehwege, die sich durch die Anlage schlängelten, waren sauber. Das Wasser im Pool strahlte glasklar und tiefblau. Er wusste nur zu gut, dass das Wasser dem blau getünchten Beckengrund seine Farbe zu verdanken hatte. Die Hotelanlage war sehr harmonisch angelegt. Überall sah man vereinzelte, sorgsam angepflanzte Laubbäume und Palmen. Blumen und kleine Sträucher vervollständigten das gesamte Arrangement.

Uwe war mit sich und seiner Wahl zufrieden.

„He, träumst du?", hörte er Christinas Stimme hinter sich. „Wir sind dran."

Uwe passte es nicht, dass sich Christina verhielt, als sei sie mit ihm in den Urlaub gefahren. Sollte sie doch gehen, wohin sie wollte. Warum hatte sie nicht ein anderes Hotel genommen?

„Ich komm' ja schon", antwortete er stattdessen.

Christina bekam das Appartement in A elf, er bekam das Zimmer mit der Nummer drei in Haus C. Es sollte ihm Recht sein, so weit entfernt von ihr untergebracht worden zu sein.

„Hast du schon konkrete Vorstellungen, was du nachher machen willst?", fragte ihn Christina.

„Ganz konkrete sogar", antwortete er. „Ich stelle gleich den Koffer im Zimmer ab, anschließend werde ich mich zur Bar begeben, einen weißen Rum trinken und damit meinen Urlaub einläuten. Ich habe noch nie weißen Rum getrunken."

„Noch nie? Ich fasse es ja nicht! Wo hast du nur gelebt?"

„Gute Frage, wo hab ich nur gelebt?" Er nahm seinen Koffer, sein Handgepäck, seinen Schlüssel und ließ eine dumm dreinschauende Christina zurück.

*

Als er sein Zimmer betrat, war er angenehm überrascht. Er hatte doch tatsächlich mit einem stinknormalen Hotelzimmer gerechnet. Was sich hier vor ihm auftat, glich eher einer Ferienwohnung. Hinter dem Eingangsbereich machte er eine kleine aber vollständige Kochecke aus. Kühlschrank, Spüle, zweiflammiger Kochherd, dazu ein Hängeschrank mit allen erdenklichen Küchenutensilien und ein weiterer Schrank, der zwei saubere Geschirrtücher neben einem kompletten Satz Gläsern enthielt. Als er weiter ging, tat sich ein relativ großes Zimmer vor ihm auf. Angenehme Kühle schlug ihm entgegen. Im Zentrum, an der Decke hing ein großer Ventilator, der sich, leise schnurrend drehte. Die Einrichtung war etwas spartanisch, aber ausreichend. An einer Wand stand ein großes, von einem Moskitonetz eingefasstes Ehebett. Ein kleiner Tisch mit zwei Stühlen, war das einzige Mobiliar im ganzen Raum. Dort hing auch eine Klimaanlage an der Wand, die leise vor sich hin surrte. Hinter einer schlichten Tür befand sich das komplett eingerichtete Bad. In diesem Raum - er fand das etwas ungewöhnlich - war ein großer schwerer Kleiderschrank untergebracht. Neben der Badezimmertür befand sich die Terrassentür, die auf einen kleinen Balkon führte. Als er sie öffnete, schlug ihm wieder diese gnadenlose Hitze entgegen. Die Klimaanlage hinter ihm stellte umgehend ihre Arbeit ein. Von seinem Balkon aus konnte er auf den Pool und auf das Nachbargrundstück sehen, das schon lange brach liegen musste, da es über und über mit Pflanzen bewachsen war, zwischen denen sich Unkraut über Jahre hinweg seinen

Weg gebahnt hatte. Vom Balkon sah es wie ein einzig grüner Teppich aus. In den Palmen und Sträuchern tummelten sich viele kleine bunte Vögel, die ein Klangbild abgaben, als befände man sich mitten im Regenwald.

Er entnahm seinem Koffer ein paar Sommersachen, und nachdem er sich unter der Dusche etwas Erfrischung verschafft hatte, verließ er gut gelaunt sein Zimmer in Richtung Bar.

Zahllose Tische und Stühle hatte irgendjemand wahllos aufgestellt und sie reichten fast bis an den Poolrand. Hinter der Bar langweilte sich ein Kellner, was nicht verwunderte, denn als Uwe den Raum betrat, bemerkte er, dass sich kein weiterer Gast hier aufhielt. Unter freiem Himmel saßen vereinzelt ein paar Urlauber und unterhielten sich. Um den Pool herum standen in loser Folge Sonnenliegen, von denen ebenfalls nur wenige belegt waren, während aus dem Pool das Geschrei dreier Kinder herausschallte. Die Bar auf der kleinen Insel im Pool lag verlassen da.

„Señor haben Wunsch?", hörte er hinter sich den Kellner fragen.

Uwe drehte sich herum und betrachtet den Kellner. Ein typischer Latino, dachte er sogleich, kurzes schwarzes Haar, die Hautfarbe nicht zu hell und nicht zu dunkel dunkelbraune, fast schwarze Augen zwei Reihen weiße, dafür aber schiefe Zähne. Den Mittelpunkt des Gesichts bildete eine etwas zu groß geratene Nase. Ansonsten war er von eher schmächtiger Figur. Er trug ein weißes Hemd zur schwarzen, etwas zerknitterten Hose. Ein typischer Kellner eben.

„Einen weißen Rum, bitte."

„Eis?"

„Ja, bitte."

Wortlos griff der Kellner hinter sich ins Regal nach einer Flasche Rum. Nachdem er das Glas bis zur Hälfte mit Eiswürfeln gefüllt hatte, ließ er den Rum über die Eiswürfel laufen.

„Nicht viel los hier", stellte Uwe nüchtern fest.

„Immer um diese Zeit. Mittagessen vorbei. Alle Urlauber am Strand. Dort Seewind, nicht so heiß. Nachher gegen aktzehn Uhr alle kommen wieder. Dann voll hier."

Uwe nahm sein Glas, ging ins Freie und stellte sich in den Halbschatten einer großen Dattelpalme. Unbewusst ließ er seinen Blick in die Runde schweifen und registrierte alles, was sich seinem Gesichtsfeld bot. Eine dumme Angewohnheit, die seine Ausbildung während der Armee mit sich gebracht hat und die er einfach nicht ablegen konnte. Er selbst bemerkte es schon gar nicht mehr.

Der Rum schmeckte scheußlich. Enttäuschung machte sich bei ihm breit.

Es mochte wohl etwas mehr als eine Stunde vergangen sein, Uwe war mittlerweile auf braunen Rum umgestiegen, als er plötzlich Christina den schmalen Weg, der sich durch die Anlage schlängelte, entlangkommen sah. Ihr Anblick konnte schon beeindrucken, denn sie kam nicht einfach so daher, nein, sie trat auf wie eine großer Star auf den Brettern, die die Welt bedeuten. Die Zeitspanne, die er an der Bar saß, musste sie anscheinend vor dem Spiegel verbracht haben, und Uwe musste sich wider Willen eingestehen, dass sie darin eine glückliche Hand bewiesen hatte. Sie sah einfach umwerfend aus, und wie sie so langsam auf ihn zu stolziert kam, ertappte er sich dabei, wie er sie anstarrte wie ein Pennäler. Er schämte sich zwar nicht dafür, aber recht war es ihm auch nicht. Fast hatte sie ihn erreicht, als sie direkt auf ihn zusteuerte, ihre schlanken Arme leicht ausbreitete, sich im Kreise herum drehte und rundheraus fragte: „Na? Wie sehe ich aus?"

„Wie eine schöne Blume", antwortete er wahrheitsgemäß.

Ihr buntes, fast durchsichtiges Sommerkleid, ließ sie beinahe wie eine Göttin erscheinen, an der Seite geschlitzt, gab es den Blick auf ihre wohlgeformten Beine frei. Gehalten wurde das Kleid von dreifachen Spagettiträgern, die auf dem Rücken gekreuzt waren und somit ein reizvolles Rückendekolleté abgaben. Auch dem Kellner war nicht entgangen, dass sie keinen BH trug, so dass sich ihre Brüste sichtbar unter dem dünnen Stoff abzeichneten und dadurch ihre hinreißende Figur nur noch mehr unterstrichen wurde. Ihre Füße steckten in weißen hochhackigen Sandaletten, die von dünnen gekreuzten Lederriemchen gehalten wurden. Das frisch aufgelegte Make-up ließ ihre Vorstellung perfekt erscheinen. Uwe musste sich eingestehen, dass er etwas Vergleichbares noch nicht gesehen hatte. Bei dieser Frau stimmte einfach alles. Eine Perfektion menschlicher Anatomie. Eine Frau, wie sie ein begnadeter Künstler nicht besser hätte erschaffen können. Konnten die inneren Werte dieser Frau nicht genauso perfekt sein? Sie würde für ihn das Optimum darstellen.

Christina nahm ihm das Glas aus der Hand und nippte daran. Sie verzog ihr Gesicht, als sie sagte: „Scheußlich. Wolltest du nicht weißen Rum trinken?"

„Der schmeckte noch scheußlicher als dieser."

„Tatsächlich?"

„Tatsächlich!"

„Du darfst getrost davon ausgehen, dass du, wenn du nicht konkret eine Marke bestellst, immer die Preiswerteste bekommst. Sie zwinkerte ihm munter zu. „Die kann dann schon mal so schmecken." Sie wandte sich der Bar zu und kam kurz darauf mit zwei Gläsern zurück, von denen sie eines Uwe reichte.

„Bitte, probier' diesen." Sie erhob ihr Glas, stieß leicht gegen das seine und fuhr fort: „Auf unseren Urlaub, auf uns!"

Uwe war überrascht, dieser Rum hatte einen ganz anderen Geschmack. Irgendwie weich und blumig zugleich.

„Du trinkst Rum pur? Das dürfte doch eher eine Ausnahme für eine Frau sein."

„Richtig, das ist es auch. Ich hab's dir zu liebe getan. Wenn du möchtest, kannst du dich nachher bei mir mit einer Margarita revanchieren. Würdest du mir einen weiteren Gefallen tun?"

„Warum nicht?", antwortete er und verscheuchte mit der Hand eine lästige Fliege.

„Ich würde mich freuen, wenn du mich hin und wieder begleiten könntest, gemeinsam essen, zum Strand fahren, die Gegend erkunden. Ich könnte dir im Gegenzug die Insel zeigen. Ich kenne mich ganz gut aus. Abends könnten wir zusammen einen Drink nehmen. Nun, was sagst du dazu?"

„Und wozu das alles?"

„Die Leute hier, speziell die alleinreisenden Herren, sollen denken, dass wir ein Paar sind. Die können andernfalls richtig lästig werden."

„Okay", Uwe lachte, „wenn's weiter nichts ist, kann ich dich ab und an begleiten. Ich denke aber, dass diese alleinreisenden Herren - falls es sie hier überhaupt gibt - schnell raus bekommen werden, dass wir in getrennten Häusern untergebracht sind."

„Du könntest dir nicht vorstellen, mich Abends zu meinem Appartement zu begleiten?" Sie hatte ihren Kopf etwas zur Seite geneigt und wieder ihr strahlendes

Lächeln aufgelegt.

„Dass es den Anschein hat, wir wohnen zusammen?”, beendete Uwe fragend den Satz.

„So ist es, im Sinne des Erfinders.” Es folgte wieder dieses strahlende Lächeln. Diese Frau provozierte ihn mit allen Mitteln, die ihr zu Verfügung standen. Diese Frau war die personifizierte Provokation selbst. Uwe wollte auf keinen Fall ihren Reizen erliegen oder gar verfallen, spürte aber in seinem tiefsten Inneren, dass es ein Übermaß an Willenskraft bedurfte, ihr zu widerstehen.

„Erzähl was von dir”, forderte sie ihn plötzlich auf.

„Da gibt es nicht viel zu erzählen.”

„Das, mein Lieber,” sie machte mit ihren Zeigefinger eine pendelnde Bewegung, „nehme ich dir nicht ab. Zehn Jahre sind eine lange Zeit. Da muss es doch irgendetwas zu erzählen geben. Was hast du zum Beispiel nach deinem Studium getan?”

„Ich habe mir eine Stellung gesucht. Ich kam damals in der EDV-Abteilung der Firma unter, die kurz vor dem Ende unseres Studiums bei uns an der Uni war. Weißt du noch? Damals hieß die Firma LEAG. Nachdem sie dann mit Sigem fusionierte, entstand daraus die S&L- Software Corporation. Damals gab es eine regelrechte Aufbruchstimmung. Die Fusion war genau...“

Weiter kam er nicht, da Christina ihn unterbrochen hatte: „Uwe, ich möchte wissen, wie es dir ergangen ist.

Das mit der Firma mag für dich ja ganz interessant sein, mich interessiert es aber nicht.”

Tief im Inneren schalt er sich einen Idioten, denn um ein Haar hätte er sich doch beinahe selbst verraten und geplaudert, in welcher Lage er sich momentan befand. Aber sie wollte es allem Anschein nach nicht wissen.

„Also gut, dass ich mit Karin zusammen war, weißt du. Wir haben bald darauf geheiratet. Kinder haben wir nicht. Karin kann keine Kinder bekommen. Heute wohnen wir in der Steinstraße in einer Dreiraumwohnung zur Miete.”

„Steinstraße? Ist das nicht da draußen im Außenbereich...”

„Genau da”, antwortete er mit einem wehmütigen Blick.

„Da hast du aber eine schöne Wohngegend, alle Achtung. Deine Arbeit muss was einbringen.”

„Wem sagst du das. Zuweilen sind mir die anfallenden Kosten dort in der Gegend ganz schön hoch.”

„Und Karin, was macht sie?”

„Sie arbeitet bei IBM in der Entwicklungsabteilung. Sie macht einen ähnlichen Job wie ich. Ansonsten gibt es nicht viel zu berichten.”

„Weißt du, was ich damals nie so recht verstanden habe? Dass du dich mit Karin abgegeben hast.”

Uwe wusste den Sinn dieser Frage sehr wohl zu deuten. Warum hatte damals Karin bekommen, was für sie unerreichbar gewesen war? Und prompt kam die Frage.

„Was hatte Karin damals, was ich nicht hatte?"

„Ich verstehe nicht ganz..."

„Nun komm schon, tue nicht so, du verstehst sehr gut, auf was ich hinaus will."

„Ich verstehe immer noch nicht. Soll das etwa heißen, dass du damals ein Auge auf mich geworfen hast?"

„Wenn es so wäre?" Sie machte eine kurze Pause, bevor sie weiter sprach. „Was soll's, es ist lange her. Ich hätte mir damals sehr wohl vorstellen können, dass du mir gegenüber etwas aufmerksamer gewesen wärst. Damals! Wie gesagt."

„Eben, was soll's", antwortete er. Es ist lange her. Heute wäre es müßig sich darüber Gedanken zu machen."

„Gut, wenn du darüber nicht reden magst, es ist deine Sache. Lass uns eine Margarita trinken. Was hast du dir für die Tage hier vorgenommen? Möchtest du etwas Bestimmtes unternehmen, kann ich dir vielleicht einen Tipp geben?" Sie drehte sich um und schlenderte langsam in Richtung Bar.

Uwe war froh, dass sie das Thema wechselte. „Ich weiß noch nicht genau. Morgen früh werde ich zu dieser Begrüßungsparty gehen und mir anhören, was sie da zu sagen haben. Ich finde das immer recht nützlich, wenn man das erste Mal an einem fremden Urlaubsort ist. Danach werde ich mir den Strand ansehen. Ich lasse es einfach auf mich zukommen. Vielleicht buche ich auch eine Rundreise, um Land und Leute kennen zu lernen."

Christina hatte sich an den Tresen gestellt, einen Arm aufgelegt und sich zu Uwe gedreht. „Die Ausflüge nach Samana und Haithi kann ich dir empfehlen, die gehen jeweils über zwei Tage." Sie orderte beim Kellner die Getränke und reichte Uwe ein Glas. „Das mit der Begrüßung ist eine gute Idee, das habe ich auch immer so gehandhabt. Man erfährt eine Menge wichtiger Informationen. Ich werde aber nicht hingehen, ich kenne das alles schon. Was hältst du davon, wenn ich am Pool auf dich warte und wir dann gemeinsam zum Strand gehen? Du stehst doch zu deiner Zusage?"

„Ja ja", beeilte er sich zu antworten. „Aber natürlich." Ärgerte sich aber sogleich über seine schnelle Reaktion.

„Schön, die Margaritas und der Rum gehen auf mich, sozusagen als Dankeschön. Ein weiteres Dankeschön wird sein, wenn ich dir die eine oder andere Sehenswürdigkeit zeigen werde, das heißt, wenn ich darf."

„Natürlich darfst du", lachte er. „Ich freue mich schon auf deine fachkundige Führung."

Die Sonne senkte sich dem Horizont entgegen und warf lange Schatten auf den Rasen. Vereinzelt kamen ein paar braungebrannte Urlauber, mit Badesachen behangen, vom Strand. Die Sonne lag tief über den Gebäuden der Hotelanlage und überflutete die Bar mit ihrem rötlichen Sonnenlicht. Christina erwies sich als erstaunlich gute Gesellschafterin. Sie plauderte mit Uwe über Gott und die Welt, ja sie war geradezu charmant. In gleichem Maße genoss er ihre Nähe und die Blicke der anderen Männer, die neidisch und verstohlen zu ihnen herübersahen. Christina hingegen genoss ihr Auftreten. Jetzt, wo sich die Bar langsam füllte, war sie der Mittelpunkt, ohne dass sie etwas dafür tun musste. Sie stand einfach nur da, hielt ihr Glas in der Hand, plauderte in charmantem Ton mit Uwe und himmelte ihn dabei an, als wäre es ihre Hochzeitsreise. Neid lag in der Luft. Die Frauen beneideten Christina um ihr Aussehen und ihre phantastische Figur und die Männer beneideten Uwe um diese Frau.

Das zarte Klingen einer Glocke hallte zur Bar herüber, die sich augenblicklich darauf zu leeren begann. Das Abendbuffet war eröffnet.

*

Christina stand mit Uwe zusammen an der Bar. Sie naschte von ihrem Getränk mehr, als dass sie trank und spürte dennoch bereits, wie sich der Alkohol bemerkbar machte. Sie hätte diesen Rum nicht trinken sollen. Es wäre ihr unangenehm, wenn einer der Anwesenden ihren beschwipsten Zustand bemerken würde. Wenn sie die Zeitverschiebung richtig berechnete, war es jetzt auf ihrer biologischen Uhr kurz vor zweiundzwanzig Uhr. Sie beschloss, heute auf das Abendessen zu verzichten und gleich zu Bett zu gehen. Die Strapazen der langen Reise forderten ihren Tribut. Sie sah Uwe verstohlen an, der in rotes Sonnenlicht getaucht war. Sie bemerkte nicht einmal, dass sie ihn geradezu anhimmelte. Das einzige, was ihr Bewusstsein noch klar mitbekam, waren die Blicke der anderen Hotelgäste. Neidische Blicke, an die sie sich mit der Zeit längst gewöhnt hatte.

Als sie den vom vergangenen Jahr vertrauten Glockenschlag vernahm, war sie heilfroh. Sie hatte in den letzten Minuten massiv abgebaut und hatte jetzt nur noch ein Ziel vor Augen, ihr Bett.

„Uwe, würdest du die Freundlichkeit besitzen und mich zu meinem Appartement bringen? Ich werde zusehends müder. Mein Körper sagt mir auch, dass es spät ist. Er braucht einfach etwas Zeit, um sich den neuen Gegebenheiten anzupassen."

Oh Mann, ging ihr durch den Kopf, das ist mir jetzt aber echt peinlich. Wie kann man nur so viel trinken? Das auch noch auf nüchternen Magen. Hoffentlich wird Uwe nicht gleich heute eine Annäherung versuchen, ich müsste es ablehnen.

„Ich glaube, dass der Rum und die vielen Margaritas ihren Tribut fordern!", hörte sie Uwe sagen. „Komm, ich bringe dich zu deinem Appartement."

Die Bar war jetzt nahezu ohne Gäste. Die Schlacht um das kalte Büffet war eröffnet und sie war froh, dass niemand sah, wie Uwe sie im wahrsten Sinne des Wortes in Richtung ihres Appartement schleifte.

*

Als Uwe zurück zum Speisesaal ging, musste er schmunzeln. Es hatte nicht gereicht, sie zu ihrem Appartement zu bringen, nein, er musste mit ihr hinein und sie in ihr Bett legen. Es kam bei ihr Knall auf Fall, mit einem Schlag war sie betrunken. Zunächst hatte er sie auf das große Ehebett gelegt und entkleidet, danach die Schuhe ausgezogen und sie ordentlich unters Bett gestellt. Willenlos hatte sie zugelassen, wie er ihr das Kleid auszog. Sie hatte vor ihm gelegen, wie er sie noch niemals zuvor gesehen hatte. Bis auf einen Stringtanga war sie nackt, während ihre blonden Locken wirr um den Kopf hingen und ihr Make-up ihr Gesicht schon leicht verschmierte. Für Uwe war es ein lasziver Anblick gewesen. Kurz entschlossen hatte er sie auch ihres letzten Kleidungsstücks entledigt, dieses ebenfalls zu dem Kleid gelegt, sie mit der dünnen Decke bedeckt, das Moskitonetz geordnet und diskret den Raum verlassen.

Bevor er den Speiseraum betrat, sagte er leise zu sich selbst: „Ich hätte mir nehmen können, was ich bei ihr nie gehabt habe, sie würde morgen nichts davon wissen."

Dann begab er sich direkt zum Büffet. Das Abendessen war im vollen Gange, das Büffet schon fast geplündert. Er begnügte sich mit einem kleinen Salat und eine knappe Stunde später lag auch er in seinem Bett.

*

Am nächsten Morgen, Uwe hatte gerade sein Frühstück beendet, stand er mit ein paar weiteren

Hotelgästen an der Rezeption und wartete auf den Hotelbus, der die Gäste zur Begrüßung der Reisegesellschaft abholen sollte.

Es war ein wunderschöner Morgen. Die Sonne brannte bereits jetzt erbarmungslos vom makellosen Himmel. Während sich die Zeit dahinzog, musste er immer wieder an Christina denken. Sollte sie sich wirklich derart verändert haben? Sie war ihm am letzten Abend fast sympathisch erschienen, so kannte er sie nicht. Es passte auch nicht zu ihrem Verhalten im Flugzeug, wobei die Vorstellung, die sie dort abgegeben hatte, schon eher typisch für diese Frau gewesen war. Ihr aufgesetztes Lächeln, die offensichtliche Verlogenheit bezüglich ihrer Ehe. Konnte sich ein Mensch in nur wenigen Stunden so ändern? Oder war es nur eine ihrer Launen? Heute so, morgen genau das Gegenteil? Etwas Schlimmeres konnte er sich nicht vorstellen, und wenn es so wäre, würde er sie, ohne mit der Wimper zu zucken, den alleinreisenden Herren überlassen.

Seine Gedanken wurden unterbrochen, als ein Bus vor der Rezeption vorfuhr. Ein richtiger Bus war es eigentlich nicht, eher ein Kleinbus, eine Art großes Taxi.

Auf der Begrüßungsfahrt konnte Uwe sich schon einen ersten Eindruck vom Inselverkehr machen. Ein Rechtsfahrgebot schien es hier nicht zu geben. Besonders die zahlreichen Motorräder fuhren dort, wo sie gerade eine Lücke zum Durchschlüpfen fanden.

Die Gebäude, die den Straßenrand säumten, waren eine Mischung aus alt und neu, wobei die Balkone vieler Häuser an frühere Kolonialzeiten erinnerten. Über das knallige Bunt konnte er nur lächeln, aber wie er später erfahren sollte, gehörte der bunte Anstrich zum gegenwärtigen karibischen Lebensstil.

Noch bevor der Bus das Zentrum von Sosua erreichte, bog er in eine Hotelanlage ein und gesellte sich zu den dort abgestellten Bussen, die offensichlich Urlauber anderer Hotels zur Begrüßung herbeigeschafft hatten.

Ein dunkelhäutiger Kellner im weißen Smoking erwartete sie bereits am Eingang mit einem großen Silbertablett und reichte jedem Ankömmling einen Begrüßungscocktail. Ein weiterer Kellner reichte eine Schachtel mit dominikanischen Zigarren herum. Uwe bemerkte, dass der Innenhof der Hotelanlage wie ein botanischer Garten gestaltet war. Aus einem künstlichen Felsen plätscherte ein kleiner Wasserfall, der sich zu einem länglichen Miniatursee anstaute. Von einer hölzernen Brücke, die über den See führte, konnte man zahllose Fische ausmachen, die in allen nur erdenklichen Farben schillerten. Überall waren Blumenrabatten angelegt, die kleinen Rasenflächen waren kurz geschnitten. Insbesondere die Artenvielfalt der Palmen des Gartens beeindruckte ihn sehr. Kolibris flatterten neben farbenprächtigen Papageien durch den Blätterwald. Auf einem großen Stein ließ sich ein Leguan sein in der

Nacht erkaltetes Blut von der Sonne wärmen. Der Garten sah aus wie ein Stückchen vom Paradies.

Plötzlich ertönte eine helle Glocke, die die Gäste zur Begrüßung rief. Uwe folgte den anderen in den Frühstücksraum des Hotels, wo aufgrund der Vielzahl der Gäste zusätzliche Stühle aufgestellt worden waren. Routiniert begrüßte der deutsche Reiseleiter die Anwesenden und erzählte in seiner Einleitung von der Geschichte des Landes. Es folgten allgemeine Sicherheitsmaßnahmen. Wie in vielen anderen Urlaubsgegenden wurde vor dem Genuss des Leitungswassers gewarnt. Auch auf die Kriminalität ging der Reiseleiter eingehend ein und berichtete, dass die Einkommensunterschiede bei der Bevölkerung gewaltig seien. Für den einfachen Dominikaner musste der Urlauber nahezu in Geld schwimmen.

„Denken Sie daran, meine Damen und Herren, dass man sich, um dem Gast das Geld aus den Taschen zu locken, oft sehr phantasievoller Methoden bedient. Das beste Mittel dagegen ist, dass man nicht mit teuren Wertgegenständen herumstolziert. Lassen Sie Ihre Rolex im Hotelsafe. Lassen Sie sich nicht provozieren und denken Sie immer daran, dass die Menschen im Lande, vor allem die Armen, sich vom Reichtum der Touristen phantastische Vorstellungen machen. An miesen Tagen können sich diese Leute schon mal auf der Schattenseite des Lebens fühlen. Es ist auch nicht unbedingt ratsam, sich in der Nacht zu den Einheimischen und deren Treffpunkten zu gesellen, sei es auch noch so verlockend. Ihre Hotels haben alles, was das moderne Nachtleben zu bieten hat."

Anschließend folgte die Vorstellung einiger Rundreisen, die den Gästen wärmsten empfohlen wurden. Uwe hatte das Gefühl, dass der Reiseleiter für jeden rekrutierten Urlauber eine satte Provision kassierte.

Nach einer knappen Stunde war alles vorbei. Bevor die Urlauber wieder entlassen wurden, reichte der Reiseleiter noch eine Flasche Rum und ein Tablett mit Gläsern durch die Reihen.

Uwe schlenderte an der Rezeption vorbei durch das Foyer. An einer Wand hing eine große Karte der dominikanischen Republik. Es war ein gemaltes Bild, das nahezu die ganze Wand einnahm und eine genaue bildliche Darstellung des Landes wiedergab. Und es war das erste Mal, dass er die Karte des Landes bewusst wahrnahm. Seine Augen suchten die Urlauberzentren im Norden. Weiter in östlicher Richtung machte er die relativ große Halbinsel Samana aus, von der Christina berichtet hatte. Im Süden lag die Hauptstadt, Santa Domingo. Er hatte irgendwo gelesen, dass Santa Domingo die älteste Stadt Amerikas sei und dass dort die erste Kathedrale auf amerikanischem Boden errichtet worden war. Im Südosten der Insel befanden sich ebenfalls zahlreiche Touristenorte. Im Westen des Landes, zur Grenze nach Haiti, lag das zentrale Gebirgsmassiv, das Cordillera Central hieß und sich von Südwest nach Nordost erstreckte. Dort hatte der Tourismus keinen Zutritt. Die Besucher des Landes sollten sich im Nordosten und im Südwesten des Landes austoben. Bevor er das Gebäude verließ, prägte er sich, wie es seine Angewohnheit war, unbewusst einige Einzelheiten der Karte ein.

Bald darauf wurden die Teilnehmer wieder in ihre Busse verfrachtet und die Rückreise begann.

*

Christina saß mit ihrem Notebook an einem schattigen Plätzchen in der Nähe der Bar. Sie war mit sich selbst nicht im Reinen. Der eine Grund bestand in einem hartnäckigen Programmierungsfehler, den sie nicht in den Griff bekam, der andere, weitaus unangenehmere, lag in der Tatsache, dass sie keine Ahnung hatte, wie sie ins Bett gekommen war. Nur schemenhaft geisterte der Abend durch ihr Erinnerungsvermögen, aber in der Art und Weise, wie sie Schuhe, Kleid und Tanga am Morgen vorgefunden hatte, gehörte nicht viel Phantasie dazu, zu erahnen, wer sie ausgezogen haben musste. So weit, so gut, aber was danach geschehen war, wusste sie nicht mehr und sie ärgerte sich maßlos darüber. Hatten sie oder hatten sie nicht? Dass sie im Bett keine Kampfspuren fand, hatte nichts zu sagen. Dagegen gab es Möglichkeiten.

Ein entsetzlicher Durst peinigte sie und ihr Kopf

schmerzte. „Ein schöner Urlaubsanfang”, murmelte sie vor sich hin, als sie bemerkte, wie sich jemand hinter sie stellte und regungslos verharrte. Wer konnte das sein? Uwe? Hoffentlich nicht, hoffentlich doch. Als sie gerade überlegte, ob sie sich umdrehen sollte, hörte sie seine angenehm klingende Stimme: „Was machst du da, woran arbeitest du?”

„Ich schreibe ein Programm für unsere Alarmanlage. Die mitgelieferte Software gefällt mir nicht. Ich erstelle jetzt meine eigene und werde sie dann später der vorhandenen Hardware anpassen. Es funktioniert aber einfach nicht. Entweder das Programm stürzt hoffnungslos ab oder der Rechner hängt sich auf. Ich finde einfach nicht die Ursache dafür.” Sie zeigte mit dem Finger auf dem Bildschirm und redete dann weiter: „Ich vermute den Fehler hier irgendwo, in diesem Bereich.”

„Zeig mal, lass mal sehen.”

Eine Weile studierte Uwe das Programmlisting und sagte schließlich: „So kann das auch nicht funktionieren. Dein Programm wird nie laufen. Es muss quasi abstürzen oder sich aufhängen. Ich hatte einmal ein ähnliches Problem. Du musst die Variablen splitten. Mache aus dieser Variablen”, er zeigte mit dem Finger auf den Bildschirm, „eins und zwei. Später setzt du die Variablen wieder zu einem Ganzen zusammen. Bei Bedarf kannst du immer auf die einzelnen Werte zurückgreifen und einzeln ansteuern lassen. So könnte es funktionieren.

Du musst dann natürlich die Subroutinen noch entsprechend ändern."

Christinas Seelenzustand steigerte sich ins Maßlose, sie erregte sich immer mehr. Tagelang hatte sie über dem Problem gebrütet und war der Lösung keinen Schritt näher gekommen. Und dann kommt doch tatsächlich einer daherstolziert, wirft einen kurzen Blick auf den Monitor und will den Fehler gefunden haben. Wütend und erregt keifte sie los: „Woher willst du das wissen? Das kannst du gar nicht wissen, wenn ich es nicht einmal weiß. Ich war immer besser als du... Meinst du, ich habe nicht daran gedacht? Meinst du... Wer hat dich überhaupt nach deiner Meinung gefragt?"

„Also gut, so wird das nichts." Uwe richtete sich auf, kam um sie herum und sagte mit ernster Miene: „Ich werde dir jetzt, ganz ungefragt, meine Meinung sagen, selbst auf die Gefahr hin, dass sie dir nicht gefällt, Christina. Wenn deine inneren Werte nur zehn Prozent von deinen äußeren Werten hätten, könntest du ein liebenswürdiger Mensch sein. Aber so, wie es nun einmal ist, tust du mir ganz einfach nur Leid."

Er drehte sich um und ließ sie allein.

„Uwe, nein, nicht."

Christina hatte sich erhoben und den Stuhl dabei umgestoßen. „Bitte, nicht, Entschuldigung, ich hab's nicht so gemeint. Ich habe schlecht geschlafen", log sie. „Dann dieses dusselige Problem hier im Programm...

Weißt du was, ich bringe das Ding weg, wir gehen zum Strand und du erzählst mir, was du bei der Begrüßung erlebt hast."

Sie wusste, dass seine Geduld zu Weilen engelhaft sein konnte. Sie wusste auch, dass er ihr diesen kleinen Ausrutscher sicherlich verzeihen würde. Aus diesem Grund war sie auch nicht weiter verwundert, als sie ihn sagen hörte: „Okay, ich hole meine Sachen. In fünf Minuten werde ich losgehen. Ich werde keine Minute länger warten. Bis dann."

„Ich bin schon weg. Fünf Minuten, kein Problem." Sie schnappte sich ihren Computer und lief mit leichten Füßen in Richtung Appartement davon.

*

Auf direktem Weg erreichte Uwe sein Hotelzimmer. Als er die Tür hinter sich schloss, sah er auf die Uhr. Elf Uhr fünf, elf Uhr zehn würde er die Hotelanlage in Richtung Strand verlassen. Keine Sekunde später. Er nahm ein Badetuch, eine zweite Badehose, die Illustrierte aus dem Flugzeug und verließ sein Zimmer in Richtung Pool. Als er dort ankam, war von Christina weit und breit nichts zu sehen. Nach einem kurzer Blick auf die Uhr drehte er sich um, um zum Strand zu gehen, als er ihre Stimme hörte, die seinen Namen rief. Er blickte in die Runde, konnte sie aber nirgendwo entdecken. Erst als sie zum zweiten Mal seinen Namen rief, nahm er sie wahr. Sie stand vor einer

Großraumlimousine und winkte. Uwe ahnte, dass es sich bei dem Fahrzeug um das Hotelshuttle handeln musste. Als er bei dem Fahrzeug ankam, sagte sie: „Siehst du, wenn du mich nicht hättest, müsstest du jetzt zu Fuß laufen. Ich hab das Taxi für dich festgehalten."

„Na wenn schon, dieser eine Kilometer", brummte er zurück, stieg in den Wagen und setzte sich neben sie.

Christina knuffte ihn leicht mit dem Ellenbogen in die Seite und flüsterte ihm zu: „Nun hab dich doch nicht so. Ich hab mich entschuldigt. Sei jetzt wieder lieb, bitte."

Der Fahrer schloss die Schiebetür, nahm hinter dem Steuer Platz und der Wagen setzte sich Richtung Badebucht in Bewegung. Uwe zog es vor, auf ihren Einwand hin nicht zu antworten. Er beobachtete aus dem Fenster heraus die vorbeiziehende Landschaft. Zur seiner Linken tauchte bald darauf eine Zuckerrohrplantage auf, die die Sicht zum Meer hin versperrte. Die gelbliche Farbe des Zuckerrohrs deutete auf ihre baldige Erntereife hin. Die Pflanzen ähnelten entfernt dem heimischen Mais. In den Maisfeldern hatte er während seiner Kindheit auf dem elterlichen Gehöft immer Indianer und Cowboy gespielt. Nur war das Zuckerrohr entschieden höher, wobei er die Höhe der einzelnen Pflanzen auf gute drei Meter schätzte. Auf der anderen Straßenseite standen in loser Folge ein paar Königspalmen hinter einer verwilderten Hecke. Weiter entfernt machte er die

Anlagen weiterer Hotels aus.

Schnell hatten sie die kurze Entfernung zum Strand überwunden, und da der Van nicht direkt bis zum Wasser fahren konnte, ließ der Fahrer sie auf einem kleinen Platz aussteigen. Deutlich war die frische Seeluft zu spüren, denn bis zum eigentlichen Strand waren es nur noch wenige Meter. Sie passierten zahlreiche Geschäfte, Restaurants und Souvenirläden. Das Niveau der Geschäfte war vielfältig, angefangen bei einfachen Bretterbuden, bis hin zur Edelboutique. Zahlreiche Jugendliche, die aus der näheren Umgebung stammen mussten, bedienten die Urlauber am Strand. Ein Bier für den Herrn, kein Problem. Die Dame möchte ein Mixgetränk, kommt sofort. Uwe war begeistert, so etwas hatte er bis dahin noch nicht erlebt, während Christina seine Seite nicht verließ und von Zeit zu Zeit ihren Kommentar zum allgemeinen Treiben abgab.

Überall tummelten sich fliegende Händler, die Bernsteinschmuck, polierte Muscheln und wunderschöne naive Malerei feilboten.

„Mercado Modello nennt sich das hier, was so viel wie Mustermarkt heißt. Du bekommst hier Waren aller Art. Du wirst zum Beispiel mit Sicherheit einen Shop finden, der sich auf Rum spezialisiert hat. Dort kannst du dir später eine Flasche für zu Hause kaufen. Du bekommst hier Qualitätsware zum Schnäppchenpreis. In Deutschland zahlst du mitunter das Dreifache dafür. Du solltest aber unbedingt vermeiden, Schmuck oder andere Dekorationsstücke aus schwarzer Koralle oder Krokodilleder zu kaufen, das hier an jeder Ecke angeboten wird. Das gibt nur Probleme mit dem Zoll. Das gleiche gilt für Orchideen."

Christina war unvermittelt stehen geblieben und schmunzelte schelmisch, als sie hinzufügte.

„Und Frauen gibt es hier natürlich auch!"

„Was, hier am Strand?"

„Sicher doch. Weißt du, manche Leute hier sind sehr arm. Es gibt viele junge Frauen, deren Aussehen und Figur ihr einziges Kapital sind. Arbeit haben sie nicht und da bleibt einigen nichts anderes übrig. Mit den Lohn für ihre Liebesdienste müssen sie oftmals ganze Familien ernähren."

„Woher weißt du das alles?"

„Ich hab mir einmal eine Frau genommen..." Weiter kam sie nicht, denn sie prustete laut los und Uwe wusste, was er von dieser Antwort zu halten hatte.

Sie war vor einer Liege stehen geblieben, die sofort ein junger Latino aus dem Halbschatten einer Palme ins rechte Sonnenlicht rückte. Als er sah, dass Christina zu Uwe gehörte, holte er augenblicklich eine zweite Liege, die er neben die erste stellte.

„Ich Mario. Wenn haben Señor Wunsch, nur rufen. Laut rufen Mario. Mario dann gleich kommen", sprach er und verschwand so schnell, wie er gekommen war.

„Die erhoffen sich wohl ein Trinkgeld für ihren Service", stellte er nüchtern fest.

„Da liegst du falsch. Alle Jugendlichen hier gehören zu irgendeinem Geschäft und bekommen vom jeweiligen Inhaber einen kleinen Anteil für ihre Dienste. Die Geschäftsleute haben alles gut im Griff. Sie wissen ganz genau, dass der eine oder andere Urlauber vielleicht zu faul, zu träge oder zu bequem ist, sich ein Bier zu holen. Somit hat der Wirt keinen Umsatz. Wenn dem Gast allerdings das Gewünschte ohne Aufpreis gebracht wird, klingelt die Kasse und jeder ist zufrieden. Natürlich werden die Jungs nichts gegen ein kleines Trinkgeld haben. Du wirst aber nie erleben, dass sie darum betteln."

Für Christina schien dies das Normalste auf der Welt zu sein. Sie ging auch nicht weiter darauf ein. Schnell hatte sie sich ihrer wenigen Sachen entledigt und stand in einem knappen Bikini vor Uwe, der mehr frei gab als er verhüllte, und fragte: „Kommst du gleich mit ins Wasser?"

Uwe hatte seine liebe Müh und Not, sie nicht ständig anzustarren. Er zog sich ebenfalls aus und fragte nebenbei: „Was ist mit unseren Sachen? Können wir die hier einfach so liegen lassen?"

„Keine Sorge, Uwe. Unserer junger Freund weiß jetzt, dass sie uns gehören. Weil der die Verantwortung übernommen hat, wird er niemanden auch nur in die Nähe lassen. Der lässt sich eher zweiteilen, als dass er jemand in unseren Taschen wühlen lässt.”

„Wie kann er das nur alles überblicken?”

„Der ist doch nicht allein. Sobald sich der Strand füllt, kommen ein paar Jungs dazu. Komm jetzt.”

Bereitwillig folgte er Christina ins Wasser, wobei seine Augen förmlich an ihrer Figur klebten.

Das Wasser war angenehm warm und kristallklar. In der Bucht, die einen knappen Kilometer breit sein mochte, warteten alle erdenklichen Utensilien für den Wassersport auf mögliche Kunden. Zahlreiche Boote aller Größen lagen noch tatenlos vor Anker. Ob Wasserski, Surfer, Jetski, Taucher, Segler oder Gleitschirme, alles war vorhanden. Ungefähr dreihundert Meter weiter draußen tobte eine unglaubliche Brandung. Alles war genau so, wie Christina es geschildert hatte.

Uwe schwamm mit ein paar kräftigen Armzügen um Christina herum und tauchte dann unter ihr hindurch. Dann schwamm er in Richtung tosender Brandung davon. In gebührendem Abstand zu den Korallenriffen beobachtete er noch einen Augenblick respektvoll das tosende Meer, ehe er zum Strand zurückschwamm.

Christina empfing ihn mit vorwurfsvollem Blick. „Bist du lebensmüde? Wie kannst du ohne Hilfsmittel dort hinschwimmen? Vor zwei Jahren hat das einer versucht, er wurde nie wieder gefunden.”

„Er hat wahrscheinlich nicht gewusst, dass man vor der Brandung einen respektablen Abstand halten sollte.”

Sie schwammen noch ein paar Minuten parallel zum Strand, bevor sie das Meer wieder verließen.

Als Christina sich auf die Liege legte, öffnete sie ihren Bikiniverschluss. Uwe vermutete, dass sie so einen nahtlos braunen Rücken bekommen wollte.

„Warum gehst du nicht oben ohne?"

„Sieh dich doch einmal um, wie viele Frauen oben ohne sind. Das ist hier in der Karibik einfach nicht erwünscht. Ich sehe das nicht als Einschränkung, sondern als Respekt vor den hiesigen Sitten. Wir sind schließlich nicht in Deutschland oder einem anderen Land in Europa. Du hast mir noch nicht erzählt, was es von der Begrüßung zu berichten gibt."

„Ich habe zwei Reisen gebucht, kreuz und quer durchs Land. Ich denke, dass ich so am meisten zu sehen bekomme. Einen Wagen zu mieten, davon hat man uns abgeraten."

„Ja, ich weiß, die Verkehrsverhältnisse hier sind katastrophal und die Fahrzeuge zuweilen recht abenteuerlich. Hier gibt es keinen TÜV, eine Fahrerlaubnis brauchst du auch nicht, und wenn ein Fahrer meint, er muss vor Fahrtantritt eine halbe Flasche Rum trinken, dann interessiert das auch niemanden. Unbedingt rechts fahren muss man auch nicht. Auf den Motorradtaxis sitzen bis zu vier Personen. Wenn Nachts das Licht nicht funktioniert, reicht es, wenn der Lichtschalter in Stellung an ist. Basta. Wenn ein Tourist hier in einen

Verkehrsunfall verwickelt wird, ist er es, der in der Regel die Schuld bekommt. Verkehrsschilder gibt es nicht. Im letzten Jahr hat mir ein Reiseleiter erzählt, dass es auf hundertachtzig Kilometern Küstenstreifen gerade drei Verkehrsampeln gibt. Außerhalb der Ortschaften gibt es keine Wegweiser. Man würde sich zwangsläufig verirren." Christina hielt inne und sah Uwe an. „Wohin geht dein Ausflug?"

„Bacardi-Feeling auf Cayo Levantado, die berühmte Bacardiinsel aus der Werbung und anschließend zur Halbinsel Samana. Eine Woche später folgt Haiti. Möchtest du etwas trinken?"

„Ich hab's gewusst. Beide Ausflüge über zwei Tage. Toll, du willst mich also allein lassen? Ein Wasser vielleicht."

„Komm doch mit." Er drehte sich um und hielt Ausschau nach dem Latino, der umgehend angerannt kam. Uwe reichte ihm eine Dollarnote und bestellte ein Bier und ein Mineralwasser.

„Ich kenne diese Ausflüge bereits. Sie sind zwar schön, aber warum soll ich mir zweimal dasselbe ansehen? Zumal diese beiden Ausflüge nicht gerade zum Schnäppchenpreis angeboten werden. Hast du die Ausflüge schon bezahlt?"

„Nein, wie konnte ich. Ich hatte natürlich nicht so viel Geld mit. Meine Kreditkarte akzeptieren sie hier nicht. Ich werde später zahlen. Du hast wohl etwas

Durst heute?", fragte Uwe mit einem breiten Grinsen im Gesicht.

„Haiti ist sehr interessant. Da bekommst du Sachen zu sehen, die du dir nicht in deiner kühnsten Phantasie vorstellen kannst. Hör bloß auf, ich trinke nie wieder so viel. Ich möchte den Ausflügen aber nicht vorgreifen und dir die Spannung nehmen. Du wirst schon sehen. Wusstest du, dass Haiti zu den zehn ärmsten Ländern der Welt gehört? Du wirst die zweitgrößte Stadt Cap Haitien kennen lernen, sehr interessant. Übernachten werdet ihr im Hotel Comier Plage, das dem ehemaligen Cheftaucher von Jacques Cousteaus gehört. Der Mann ist bereits über siebzig. Wenn du willst, kannst du mit in die blaue Lagune zum Schnorcheln fahren und im glasklaren Wasser die noch intakte Unterwasserwelt bewundern. Diese Lagune ist übrigens nicht vom Land aus zu erreichen."

Sie wurde von Uwes Lachen unterbrochen.

„Was ist? Warum lachst du?"

„Du wolltest mir nicht die Spannung nehmen und jetzt erzählst du so munter drauf los."

„Du hast Recht, entschuldige bitte."

Mario brachte die bestellten Getränke, reichte Uwe das Wechselgeld und verschwand sofort wieder.

„Du solltest doch mitkommen. Einen besseren Reiseleiter kann ich mir nicht vorstellen." Uwe hatte sich auf seine Liege gesetzt und zeichnete mit seinen Füßen Figuren in den Strandsand.

„Käme ich mit, würden die uns wie Eheleute behandeln und uns in ein Zimmer stecken."

„Hast du ein Problem damit?"

„Ich nicht", antwortete sie mit geheimnisvoller Stimme. „Ich glaube aber, dass ich lieber hier bleiben werde.

„Dann wirst du wohl allein bleiben müssen", antwortete Uwe.

„Du bist ein Schuft", gab sie zurück. Ihr strahlendes Lächeln ließ erahnen, dass sie es mit ihren Worten nicht ernst gemeint hatte.

Für Uwe war das aber das Stichwort. „Bis jetzt hat sich nur einer als Schuft benommen."

Christina erkannte sofort, dass sie gemeint war. Sie richtete sich von ihrer Liege auf, drehte sich zu Uwe und sagte. „Entschuldigung, zum vierten Mal. Ich habe mich bereits dreimal entschuldigt."

„Christina, ich möchte eins klar stellen… noch so eine Vorstellung und ich werde meinen Urlaub definitiv allein verbringen. Ist das klar?"

Uwes Gesichtsausdruck ließ erahnen, wie ernst es ihm war. Christina beugte sich zu ihm herüber, nahm seine Hand in die ihre und antwortete: „Ich mach's wieder gut. Ich lade dich heute Abend ein." Sie konnte gerade noch ihr herabfallendes Bikinioberteil abfangen. Sie lachte kurz auf und redete dann weiter. „Ich kenne hier in der Stadt eine urige Kneipe, da können wir zu Abend essen und anschließend etwas trinken. Dort ist jeden Abend etwas los. Da brennt förmlich die Luft. Ein Treffpunkt der Einheimischen. Da kannst du Merengue, der Rhythmus, der zur Dominikanischen Republik gehört, wie der Reggae zu Jamaika, kennen lernen und es auch selber einmal versuchen. Ein Tanz, der fröhlich heiß und erotisch ist. Wenn du im Zweiviertel Takt auf Tuchfühlung gegangen bist und nach der vierten Pina Colada den richtigen Schwung raus hast, wirst du ganz schnell süchtig werden nach diesem Tanz."

„Der Reiseleiter hat uns bei der Begrüßung davor gewarnt, zu den Treffpunkten der Einheimischen zu gehen. Wegen der Kriminalität. Er sagte, dass die..."

Christina lachte erneut: „So, hat er das? Ist doch klar. Wir sollen in den Hotels bleiben und unser Geld dort lassen. Uwe, ich bin das vierte Mal hier in der Dom-Rep. Mir ist noch nie etwas zugestoßen, obwohl wir ganze Nächte dort durchgetanzt haben. Mir ist auch noch nie etwas in der Art zu Ohren gekommen. Du kannst also beruhigt mitkommen." Nach einer kurzen Pause fügte sie hinzu: „Sag mal, hast du nicht mal Kampfsport betrieben, oder so etwas in der Art?" Dabei betrachtete sie seinen muskulösen Oberkörper.

„Ich betreibe es immer noch, wenn auch nicht mehr in der Art und Weise... Wie hattest du gesagt? Wer rastet..."

„Der rostet", beendete sie den Satz. „Damit ist doch

alles Paletti. Sieh dir mal diese kleinen Latinos an. Ein Kerl wie du wickelt die doch um die Finger. Eigentlich hätte ich mir keinen besseren Bodyguard wünschen können. Also, was ist, nimmst du die Einladung an?", fragte sie nahezu euphorisch.

„Wenn du mich so nett darum bittest. Außerdem hast du etwas gut zu machen. Bei mir macht sich ein leichtes Hungergefühl breit, ich glaube, ich werde etwas essen müssen."

„Ich bin ebenfalls hungrig. Gestern Abend habe ich das Essen ausfallen lassen und heute Morgen war mir nicht nach Frühstücken. Was hältst du davon, wenn wir das Restaurant gleich hinter uns nehmen. Ich kenne den Wirt, einen Franzosen, der hervorragende Gerichte anbietet. Zusätzlich zu seiner Karte bietet er jeden Tag zwei Tagesgerichte an, die dann ganz frisch zubereitet werden. Der Koch spricht fließend deutsch und erklärt dir jedes Gericht. Mit den Bezeichnungen auf der Karte wie zum Beispiel Casabe, kann unsereins ohnehin nichts anfangen. Was meinst du?"

„Müssen wir uns dazu anziehen?"

„Nein, aber es ist besser, wenn wir uns ein Shirt überziehen."

Uwe erhob sich. „Na, dann los, auf in den Kampf."

„Wir könnten natürlich auch hier essen. Die Jungs würden uns das Essen schon holen, ich denke aber, dass wir dort besser aufgehoben sind."

Bei dem Restaurant handelte es sich um ein typisch karibisches Gebäude. Das Erdgeschoss war nahezu quadratisch und hatte über die ganze Front hin zum Wasser große Fenster. Der Gastraum war mit einem Sammelsurium von der See angespülter Sachen ausgestattet. Von unten sah man auf ein rundes Obergeschoss mit einem flachen Spitzdach, das mit den Blättern der Zwergpalmen Cana und Yarey gedeckt war. Verglaste Fenster fehlten dort oben. Man saß quasi im Freien.

„Dort wollen wir hoch. Komm, die Treppe befindet sich neben der Küche."

Uwe folgte Christina ums Haus herum, wo der Eingang war. In einer relativ kleinen und einfachen Küche fuhrwerkten zwei einheimische Frauen.

„Wenn man die Küche sieht, ist es erstaunlich, wie die das alles schaffen können."

Christina stieg eine steile enge Treppe empor, die in einen runden, sehr einfach eingerichteten Raum führte. Ein paar einfache Holztische und Stühle standen da und auch hier hing an den Wänden ähnliches Strandgut wie im Erdgeschoss. Christina setzte sich an einen Außentisch und sagte zu Uwe: „Sieh mal, obwohl wir gar nicht so hoch sind, ist dieser Blick nicht phantastisch?"

Sie hatte Recht. Der Ausblick auf die idyllische Badebucht war einfach schön.

„Da kommt Louis, der Wirt."

Louis, langsam in die Jahre gekommen, war Wirt,

Kellner und Koch in einer Person. Er hatte graue kurze Haare und einen ebenso grauen Dreitagebart. Seine Haut war braun gebrannt und sah aus wie gegerbtes Leder. Er hatte kleine listige Augen, die ihm etwas Verschlagenheit verliehen. Seine Kleidung bestand aus einer weißgrauen Baumwollhose und einem quer gestreiften Nicki. An seinen nackten Füßen trug er alte abgewetzte Sandalen. Uwe hätte sich so einen Matrosen der baltischen Schwarzmeerflotte vorgestellt, nicht aber einen Koch, Kellner, Gastwirt oder gar einen Restaurantbesitzer.

In feinstem Deutsch begrüßte er seine Gäste und fragte nach deren Wünschen.

„Wir möchten etwas essen", sagte Christina. „Würden sie uns bitte die Karte erklären?"

„Möchten die Herrschaften dominikanische oder französische Küche probieren?"

Christina sah Uwe fragend an.

„Hiesige", gab dieser zurück.

„Wir haben Casabe, ein Manjokbrot, ein Taino Nahrungsmittel[1]. Das ist ein sehr altes und typisches Gericht. Ebenfalls aus der Tainozeit stammt Catibia, frittierter Maniok, eine Art Maultaschen. La bandera, zu deutsch die Fahne, ist auch ein typisch einheimisches Essen. Es besteht aus weißem Reis, roten Bohnen und

---

[1] Urbevölkerung der Dominikanischen Republik, die ab 200 n. Chr. die ansässigen Siboneys verdrängten.

geschmortem Fleisch und wird ergänzt durch Salat und fritos verdes, das sind grüne Bananen, die auf besondere Art gebraten werden. Pescado con Coco ist eine zu Brei verarbeitete Kokosnuss, mit gewürztem Fisch. Heute frisch gekocht haben wir Sancocho prieto, ein wohlschmeckendes Eintopfessen aus Gemüse und Fleisch. Es werden mehrere Fleischsorten beigegeben."

„Welche Sorten sind das?" Wollte Christina wissen und strich sich dabei eine Haarsträne aus dem Gesicht.

„Schwein, Rind, Lamm, Dörrfleisch und Longaniza, eine Schweinewurst", antwortete Louis mit einem freundlichen Lächeln.

Christina sah Uwe an. „Was meinst du?"

„Ich nehme die Fahne, la...."

„La bandera, sehr gut ausgesucht,Señor. Und die Dame?"

„Ich werde den Eintopf nehmen."

„Sancocho prieto, sehr wohl, die Dame."

Louis deutet ein Verbeugung an, bevor er die Treppe hinabstieg.

„Was trinken wir dazu? Hat er das vergessen?"

„Nein, sicherlich nicht. Im Preis ist ein Getränk enthalten. Wenn du was anderes möchtest, musst du es dann sagen."

„Wie wäre es mit Wein?"

„Von mir aus, trinken wir Wein. Es gibt aber keinen dominikanischen Wein."

„Es gibt hier keinen Wein?", fragte Uwe ungläubig zurück.

„Nein, Wein wird hier nicht angebaut."

„Du kennst dich wirklich gut aus. Weißt du noch mehr Interessantes über das Land zu berichten?"

Es schien, als überlegte sie einen kurzen Augenblick dann sagte sie: „Auf Hispaniola, in der Nähe von Cap Haitien, steht das größte Bauwerk der Karibik, die Zitadelle La Ferrier. Man nennt es auch das stille achte Weltwunder. Angeblich soll dessen Bau zwanzigtausend Menschenleben gefordert haben." Christina lächelte Uwe an und er hatte das Gefühl, dass das Lächeln diesmal echt war.

„Wenn du deiner Frau überdrüssig bist, dann lasse dich hier scheiden. Eine rechtskräftige Scheidung dauert hier achtundvierzig Stunden." Christina beugte sich zu ihm rüber, stützt sich auf ihre Ellenbogen auf und sagte dann: „Nix mit Trennungsjahr und so."

„Sag bloß!" Uwe musste an seine Frau denken, auch daran, was ihm alles noch bevorstand. Christina hatte sich wieder zurückgelegt und lachte plötzlich kurz auf. „In Santa Domingo hat ein deutscher Ingenieur ein Gefängnis gebaut. Bei der Eröffnung ist er als erster eingelocht worden, weil er den Notausgang vergessen hatte." Wieder lachte sie laut auf. „Vom Pico Duarte, dem höchsten Berg hier, ich glaube, der ist etwas über dreitausend Meter hoch, kann man den tiefsten Punkt der Karibik, und den höchsten, quasi mit einem Augenschlag sehen. Einen See, den Lago Enriquillo, der vierzig Meter unter dem normalen Meeresspiegel liegt und die Insel Cabritos. Wie hoch der höchste Berg dort ist, weiß ich allerdings nicht. Ich kann ja schließlich nicht alles wissen."

„Du weißt sehr viel, ich bin beeindruckt."

„Weißt du was mich ärgern würde? Wenn ich nach Hause käme und irgendjemand mich fragen würde, ob ich dieses oder jenes gesehen hätte. Ich dagegen höre den Begriff zum ersten Mal. Aus diesem Grund informiere ich mich immer sehr gewissenhaft über das jeweilige Urlaubsland. Ich kann dir mein Notebook geben, darin sind Dateien gespeichert, die ich mir alle aus dem Internet heruntergeladen habe und die jeweils wichtige Informationen enthalten." Weiter kam sie nicht mit ihren Ausführungen. Eine der Frauen kam die Treppe hoch und servierte das Essen.

„Das sieht ja spitzenmäßig aus und wie das duftet", stellte Christina fest. „Und das alles bei der kleinen Küche."

„Und in der kurzen Zeit", vervollständigte Uwe ihren Satz.

Als die Kellnerin die Getränke brachte, war es Uwe, der nun lachte. Er bekam ein großes Glas Rotwein und Christina bekam ein kleines Glas Mineralwasser. Christina fand das gar nicht lustig. Als Uwe sah, wie sie tief

Luft holte, um zu protestieren, sagte er zu der Frau: „Bringen sie bitte noch ein Glas Wein, danke.” Christina atmete hörbar aus.

Während des Essens grübelte er über Christina. Wie hätte sie sich wohl der Bedienung gegenüber verhalten? Hatte sie nicht gerade erst gesagt, dass man sich etwas anderes bestellen müsse, wenn das Servierte einem nicht zusage. Er wusste einfach nicht, in welche Schublade er sie stecken sollte. Sie konnte durchaus freundlich, nett und charmant sein. Sekunden später aber konnte ihre Stimmung genau ins Gegenteil umschlagen. Er musste sich etwas einfallen lassen, denn er wollte auf keinen Fall seinen ganzen Urlaub mit ihr verbringen. Von ab und an begleiten, war die Rede. Sie würde ihm einen großen Gefallen tun, wenn sie noch einmal ausrasten würde. Dann wäre er sie mit einem Schlage los.

Louis verstand sein Handwerk, das Essen war ausgezeichnet und, wie sich später herausstellte, preiswert obendrein.

Als sie wieder am Strand saßen, rief Christina nach Mario und bestellte bei ihm zwei Caipirinha, die er umgehend brachte. Christina reichte Uwe ein Glas und sagte dann: „Das geht auf mich, für das Essen. Würdest du mir bitte den Rücken eincremen? Du solltest auch etwas Sonnenöl nehmen, die Sonne brennt hier gnadenlos.”

Sie stellte ihr Getränk ab, griff nach der Flasche

Sonnenöl, reichte sie Uwe und legte sich dann auf die Liege. Wieder öffnete sie ihr Bikinioberteil.

Uwe setzte sich zu Christina auf die Sonnenliege und begann langsam in großen Kreisen ihren Rücken einzureiben. Christina schien diese Berührung zu genießen, genau wie er es genoss, dass er diesen Körper berühren durfte. Das Öl war lange verrieben, als er mit seinen kreisenden Bewegungen innehielt.

Christina verschloss wieder ihr Oberteil, stand auf und sagte zu Uwe: „Danke, das hätte ein Masseur auch nicht besser machen können." Sie nahm die Flasche mit dem Sonnenöl und sagte dann weiter: „So, jetzt bist du dran. Drehst du dich um? Oder leg dich auf die Liege."

Wortlos legte er sich auf seine Sonnenliege und ließ sie gewähren. Die Rollen waren vertauscht. Jetzt war er es, der die Berührungen genoss. Sie ölte seinen Rücken ein, wie er es nie von einer nahezu fremden Frau erwartet hätte.

Unvermittelt hielt sie inne, klatschte ihm mit der flachen Hand zärtlich auf die Schulter und sagte: „Dreh dich um, ich werde dir die Brust einölen."

Kommentarlos drehte er sich auf den Rücken. Er konnte sie jetzt bei ihrer Arbeit beobachten. Das makellose Gesicht, die wallende Lockenpracht, die klaren Augen. Nur zehn Prozent dieser Perfektion für ihre Seele und sie wäre ein liebes Wesen, nur zehn Prozent. Warum war sie nur so eine Furie? Seine Augen glitten ihren Hals hinab und blieben bei ihren Brüsten hängen. Wüsste er es nicht besser, er hätte gewettet, dass da ein Chirurg seine Hände im Spiel gehabt hatte.

„Gefallen sie dir?”, hörte er sie fragen.

Er erschrak, so dass er nur stotternd ein „wie bitte” hervorbringen konnte.

Christina tat so, als sei es das Selbstverständlichste auf der Welt, und wiederholte ihre Frage: „Ob sie dir gefallen, meine Brüste?”

Uwe fühlte sich ertappt und das ärgerte ihn. Er setzte sich auf, wobei sein Gesicht dem Christinas sehr nahe kam. Er sah ihr das erste Mal aus dieser Nähe in die Augen

„Du weißt doch ganz genau, wie du auf Männer wirkst. Ich bilde da auch keine Ausnahme. Deine Brüste sind phantastisch.” Dann stand er auf und ließ seinen Blick suchend umherschweifen. Augenblicklich kam Mario herbeigerannt.

„Señor?”

„Wir nehmen noch zwei dieser Getränke.” Er reichte dem Jungen eine Zehndollarnote, mit der er umgehend Richtung Restaurant verschwand.

Christina berichtete Uwe dann von ihren bisherigen Aufenthalten auf der Insel. Sie erzählte, was sie alles so erlebt hatte. Und am Ende ging sie noch einmal auf den geplanten Abend ein.

Der Rest des Tages verging in dieser Erwartung.

*

Gegen neunzehn Uhr ging Uwe wie verabredet zu ihrem Appartement. Den Körper in ein Badetuch und den Kopf in ein weiteres Tuch gewickelt empfing sie ihn an der Tür. Sie war natürlich noch nicht fertig. Umgehend verschwand sie hinter einer Tür, die wohl ins Bad führte.

„Ich bin gleich so weit", trällerte sie. „Im Kühlschrank steht eine Flasche weißen Rum, wenn du magst. Ich brauch noch eine Sekunde."

„Wo hast du weißen Rum her?", fragte er interessiert zurück.

„Liefern lassen. Als du heute Morgen zur Begrüßungsparty warst, habe ich sie an der Rezeption bestellt. Es ist Brugal, eine der besten Sorten, die du hier bekommst. Im Eisfach findest du Eiswürfel."

Uwe ging zum Kühlschrank und entnahm ihm die Literflasche Rum. Vom Bord über dem Kühlschrank griff er sich ein Wasserglas, das er bis zur Hälfte mit Eis füllte, und ließ anschließend den Rum über das Eis laufen. Da er aus Erfahrungen mit seiner Frau wusste, wie lange so eine Sekunde dauern konnte, setzte er sich in einen Sessel und genoss den Drink. Er sah in die Runde und stellte fest, dass dieses Appartement deutlich luxuriöser als seine Unterkunft ausgestattet war. Eine komplett eingerichtete Kochecke mit Bartresen davor, der den Bereich abgrenzte. In der Mitte des Raumes stand ein großer Tisch mit gläserner Platte, um den herum eine schwere Ledergarnitur gruppiert war. Zudem machte er einen Fernseher, eine Stereoanlage und ein Telefon aus. Alles Gegenstände, auf die er in seinem Zimmer verzichten musste. Klimaanlage und Propeller an der Decke schienen für die Karibik obligatorisch zu sein. An den Wänden hingen ein paar Kunstdrucke. Hier und da waren geschmackvoll einige Grünpflanzen verteilt. Von seinem gestrigen Besuch wusste er, dass sich hinter einer weiteren Tür das Schlafzimmer befand.

Die von Christina angegeben Sekunde mochte wohl schon dreißig Minuten alt sein - Uwe hatte sich gerade einen zweiten Drink geholt - als er zu der Tür ging, die vermutlich ins Badezimmer führte. Ohne anzuklopfen öffnete er, stellte sich in die Tür, lehnte sich an den Rahmen und fragte: „Wie lange dauert deine Sekunde noch?"

Christina stand nackt vor dem Spiegel und zupfte an ihrer rechten Augenbraue. Es schien sie völlig kalt zu lassen, dass er ohne anzuklopfen ins Bad gekommen war, und es schien sie auch nicht weiter zu stören, dass sie nackt war. Unbeeindruckt - als seien sie seit Jahren ein Paar - sagte sie nur: „Ich bin gleich soweit." Im Spiegel musterte sie ihn kurz vom Scheitel bis zur Sohle. „Du hast Farbe bekommen", sagte sie dann. „Passt gut zu deinem weißen Hemd. Die dunkle Hose und die schwarzen Schuhe geben ebenfalls einen guten Kontrast ab. Ich werde mich in meiner Kleidung anpassen." Sie drehte sich plötzlich um und sah ihn an. Uwe sagte nichts. Er stand einfach nur da und erwiderte ihren Blick. Christina hatte sich gegen das Waschbecken gelehnt und sah ihrerseits Uwe an. Einen Augenblick verharrten beide regungslos in dieser Stellung. Als sie zu bemerkten schien, dass er sich nicht nehmen wollte, was sie zu geben bereit gewesen wäre, nahm sie vom Waschtisch ein Nichts von einem Stringtanga und streifte ihn über. „Reichst du mir bitte das Kleid von der Stuhllehne."

Er tat, um was sie ihn gebeten hatte. Sie blieb unmittelbar vor ihm stehen und zwängte ihren Körper in das enge Kleid. Dann drehte sie Uwe den Rücken zu. „Den Reißverschluss, bitte." Uwe stellte seinen Drink ab, zog den Reißverschluss hoch und atmete tief den Hauch ihres Parfüms ein. Passend zum schwarzen Kleid, zog sie sich ein Paar schwarze hochhackige Schuhe an. Schließlich nahm sie vom Waschtisch eine dünne dezente Kette, ging zu Uwe herüber und legte sie sich um den Hals. Während sie Uwe den Rücken zukehrte, sagte sie: „Machst du mir bitte auch noch die Kette zu?" Nachdem Uwe den Verschluss der Kette geschlossen hatte, ging sie an ihm vorbei in den Wohnbereich ihres Appartements, nahm einen weißen Seidenschal vom Tisch, den sie sich locker um den Hals legte. Dann drehte sie sich wieder Uwe zu, knickte in der Hüfte ein und legte eine Hand gegen ihre Taille. „Nun? Wenn ich für dich standesgemäß gekleidet bin, können wir gehen."

„Zumindest was die Farbzusammenstellung angeht, bist du standesgemäß gekleidet", gab er zurück. Ich würde sonst was darum geben, wenn du es auch in allen anderen Belangen wärst. Aber dagegen spricht einfach zuviel, dachte er.

Sie griff nach ihrem kleinen weißen Täschchen und verließ zusammen mit Uwe das Appartement.

Auf dem Weg zum Taxistand wiederholten sich die neidischen Blicke vom Vorabend und Uwe wurde es zum ersten Mal richtig bewusst, dass Christina eine Frau war, mit der sich ein Mann so richtig schmücken konnte. Zu guter Letzt ertappte er sich sogar dabei, wie auch er die neidischen Blicke der anderen Männer genoss. Er wollte diese Rolle nicht spielen, diese Rolle, in die sie ihn mit jeder weiteren Minute zwang. Er wollte nicht ihr Untertan sein und nahm sich vor, dagegen anzugehen und diesen Zustand zu ändern. Gleich morgen, gleich morgen…

*

Der Abend war heiß und selbst die Dämmerung brachte kaum Abkühlung. Nach kurzer Zeit erreichten sie ein kleines gemütliches Restaurant und bestellten eine Platte für zwei Personen, auf dem sich alle nur erdenklichen Meeresfrüchte befanden. Ein trockener Weißwein rundete schließlich das gelungene Essen ab. Sie saßen unweit der Hauptstraße auf einer Terrasse und beobachteten das abendliche Treiben. Der Kellner hatte gerade die Teller abgeräumt, als sich Christina zu Uwe beugte und unumwunden fragte: „Hast du gestern Abend mit mir geschlafen?"

„Nein, ich habe nicht mit dir geschlafen."

„Würdest du mit mir schlafen wollen?", fragte sie weiter und biss sich dabei provozierend auf die Unterlippe.

„Nein", antwortete er und versuchte soviel Überzeugungskraft wie möglich in seine Stimme zu legen.

„Das glaub ich dir nicht."

„Kannst du aber!", kam es wie aus der Pistole geschossen zurück. „Wir sind beide verheiratet, wie du weißt", hängte er noch an, als müsse er sich für seine Worte rechtfertigen.

„Ich glaube nicht, dass unsere Partner Schaden nehmen, wenn wir miteinander schlafen würden."

„Physisch sicherlich nicht." Uwe wusste nicht, ob es Christina ernst war oder ob sie nur mit ihm spielte. Einerseits, musste er sich eingestehen, fand er die Vorstellung, mit ihr zu schlafen, recht angenehm, andererseits wollte er nicht so enden wie zahlreiche Männer vor ihm. Er hatte keine Lust, zu einem ihrer Liebhaber zu verkommen. In dem Moment nahm er sich vor, ihr zu zeigen, dass sie nicht alles bekommen konnte, wonach ihr gerade gelüstete. In seinem tiefsten Inneren wusste er jedoch, dass er sehr viel Willenskraft aufbringen musste, um ihrer erotischen Ausstrahlung widerstehen zu können.

Christina saß da und schwieg. Sie schien es nicht gewohnt zu sein, auf ein solches Angebot eine Absage zu erhalten. Und während sie die Beine übereinander schlug und mit dem Fuß wippte, tat sie so, als interessiere sie sich für das Treiben um sie herum.

Uwe leerte sein Glas, als Christina plötzlich fragte: „Wollen wir gehen?"

Als er nickte, rief sie den Kellner herbei und bezahlte die Rechnung. Uwe zückte sein Portemonnaie.

„Nein, nein. Das geht auf mich. Ich hatte dich eingeladen." Sie ließ keinen Einwand gelten. Nachdem sie die Rechnung bezahlt hatte, fasste sie ihn bei der Hand und zog ihn zwischen den Tischen hindurch auf die Straße. Sie schlenderten noch etwas durch die Strassen der Stadt und betraten gegen einundzwanzig Uhr den Treffpunkt der Einheimischen, den Tropical Garden. War Christina sorglos durch die Reihen der aufgestellten Tische und Stühle zu einem freien Platz gegangen, so hatte er gleich beim Betreten des Raumes die Lage sondiert. Das Publikum war bunt gewürfelt und kam allem Anschein nach aus aller Herren Länder. Er vermochte unmöglich zu sagen, wie groß der Touristenanteil war. Ein quirliges Treiben bot sich ihren Augen, wobei die ohrenbetäubenden Klänge der lateinamerikanischen Musik eine normale Unterhaltung unmöglich machten, wobei die Tanzfläche noch gänzlich leer war. Christina orderte beim Kellner zwei Margaritas, während Uwe seine Augen im Raum umherwandern ließ. Ein einfacher Tanzsaal in einem genauso einfachen Haus, stellte er nüchtern fest. Da hatte Christina ewig vor dem Spiegel verbracht und wo waren sie jetzt gelandet? Er kam sich in dieser Einrichtung deplatziert vor. Vielleicht lag es daran, dass die Einheimischen zumeist einfach gekleidet waren und auch die anderen Leute, die er als Urlauber auszumachen glaubte, bevorzugten ebenfalls eher legere Kleidung. Plötzlich spürte er Christinas Hand, die ihn auf die noch leere Tanzfläche ziehen wollte.

„Komm, lass uns tanzen, so lange wir noch Platz dazu haben."

Uwe sträubte sich mit Händen und Füßen. Niemals würde er den Tanz eröffnen. In Deutschland kein Problem, was wusste er aber schon von lateinamerikanischen Tänzen? Sich zu blamieren, war nun das Letzte, wozu er Lust hatte.

Christina ließ sich nicht beirren, tänzelte allein zur Tanzfläche und legte dort einen Solotanz hin. Mit ihrer Darbietung heizte sie die Masse der einheimischen Männer geradezu an. Mit viel Sexappeal in ihrer Darbietung bewegte sie sich über die Tanzfläche. Ihre Bewegungen waren zum Teil schnell, ein anderes Mal sah es aus, als tanze sie in Zeitlupe. Es dauerte nicht lange, bis sich ein Latino zu ihr gesellte. Sie musste für die karibischen Männer in etwa das verkörpern, was für den

Europäer eine heißblütige Südländerin war. Waren lateinamerikanische Frauen eher klein, dunkelhäutig, mit dunklen Augen und schwarzen krausen Haaren, so war Christina mit ihren blonden Locken, ihrer hellen Haut, ihren grünen Augen und ihrer Körpergröße genau das Gegenteil. Ein Narr, wer sie nicht begehrte. Sie bot auf der Tanzfläche eine Show, die es in sich hatte. Sie animierte die herumstehende Männerwelt nahezu, sie selbst war die reinste Animation. Sie hatte in ihrem Jahr auf Teneriffa zweifellos viel gelernt. Eng umschlungen tanzte sie mit den Männern, die sich gegenseitig abwechselten, deren nackte Arme im fahlen Licht glänzten wie mit Öl eingerieben. Ein jeder wollte diese Frau für sich und sei es nur für den Bruchteil eines Tanzes, eines Tanzes, der im Zweivierteltakt eine Tuchfühlung erlaubt, die fröhlich, heiß und erotisch zugleich war.

Doch was Christina offenbar für die Männerwelt war, war Uwe auf der anderen Seite für die karibische Damenwelt. Er war zwar nicht blond, aber ebenfalls hellhäutig, groß und hatte eine, für karibische Verhältnisse, stattliche Figur. So war es nicht weiter verwunderlich, dass eine dunkeläugige Schönheit ihn kurzerhand auf die Tanzfläche schob und ihn ganz behutsam in Merengue einführte. Schnell begriff er den doch recht einfachen Tanz, und genoss sichtlich, seinen Körper an den des Mädchens zu schmiegen und seine Hüfte dabei kreisen zu lassen. Die Musik spielte unaufhörlich, die Tanzfläche war jetzt brechend voll. Uwe hatte das Gefühl, als tanze jeder mit jedem. Seine Tanzpartnerinnen wechselten sich gegenseitig ab und so kam es, dass er auch mit der einen oder anderen Urlauberin eng umschlungen sich der Erotik des Tanzens hingab. Plötzlich hielt er Christina in den Armen und sie tanzten einen nie enden wollenden Tanz. Er spürte die Weiblichkeit der Frau, ihre Rundungen und Kurven. Sie spürten, wie sich die Erotik des Tanzes zwischen ihnen ausbreitet, wie sich ihre Leiber aneinander schmiegten, um im Gleichklang der Musik zu verschmelzen. Sie spürten die Hände des Tanzpartners, wie sie jede Phase des anderen Körper erkundetet, ja ertasteten. Sie spürten, wie sie für die Reize des anderen mehr und mehr empfänglich wurden, wie sich ihre Münder zu einen nie enden wollenden Kuss fanden.

Uwe hatte verloren.

Die Band spielte unaufhörlich, der Abend verging. Uwe und Christina ließen kaum einen Tanz aus. Eine kurze Verschnaufpause, einen Schluck Margarita und Christina zog ihn wieder auf die Tanzfläche.

Was er bei aller Aufmerksamkeit nicht mitbekam, war die Tatsache, dass sich die Einheimischen von der Tanzfläche zurückgezogen hatten. Es tanzten jetzt ausschließlich Urlauber.

Ein ohrenbetäubender Knall riss die Leiber der sich zu den Takten der Musik bewegenden Tänzer auseinander.

Glas splitterte, Stühle schlugen zu Boden, Tische wurden umgerissen. Plötzlich verstummte die Musik, Schreie hallten durch die Nacht. Eine gleißende Helligkeit breitete sich aus, die jedes Sehen und Erkennen unmöglich machte. Christina stolperte über einen umgestürzten Stuhl und riss Uwe, an den sie sich klammerte, mit zu Boden. Im Fallen verlor er den Kontakt zu ihr und kroch auf allen Vieren durch die am Boden liegenden Scherben an umgerissenen Tischen und umgestürzten Stühlen vorbei. Raus, nur weg hier aus diesen gleißenden Inferno, schoss ihm durch den Kopf. Dann traf ihn ein schwerer Schlag am Schädel und das war auch das Letzte, was er wahrnahm. Schließlich wurde es um ihn herum dunkel.

*

Spät in der Nacht holperte ein alter schäbiger Lastwagen über die staubigen Pisten des Landes. Auf der Ladefläche wanden sich einige geschundenen Körper. Leises Stöhnen und Wimmern breitete sich aus. Nur langsam kam Uwe wieder zu Bewusstsein. Bewegen konnte er sich allerdings nicht. Sowohl quer auf seiner Brust als auch auf seinen Beinen lagen regungslos zwei menschliche Körper, deren Wärme er spüren konnte. Wer auch immer auf ihm lag, es war Leben in ihnen. Am Ende der Ladefläche machte Uwe eine männliche Person aus, die mit einer Maschinenpistole bewaffnet auf der Ladewand saß, einen Patronengurt quer über die

Brust gespannt.

Mit einem Schlag war er wieder hellwach und die Erinnerungen der letzten Augenblicke vor seiner Bewusstlosigkeit kehrten zurück. Der laute Knall stammte von einer Explosion, das grelle Licht von einer Blendgranate. Der Mann mit der Maschinenpistole war einer der Entführer, einer der Rebellen, die die Entführung geplant und durchgeführt hatten. Sie wurden offensichtlich in ein geheimes Lager gebracht. Da gab es für ihn nicht den geringsten Zweifel. Er beobachtete die Sterne und versuchte die Geschwindigkeit des Lasters zu schätzen. Ein schwieriges Unterfangen, denn einmal ging es mit atemberaubender Geschwindigkeit leicht bergab, ein anderes Mal quälte sich das betagte Gefährt wieder langsam bergauf. Sie fuhren in die Berge hinein. Anhand der Sterne wusste er, dass sie Richtung Südwest fuhren. Auch konnte er dadurch die ungefähre Uhrzeit ablesen. Er überlegte krampfhaft, wann sie im Tanzsaal angekommen und wie lange sie wohl dort gewesen waren. Er brauchte Zeitangaben, so konnte er errechnen, wie weit sie mit dem alten Laster bislang gefahren waren. Was er nicht wusste, war die Dauer seiner Bewusstlosigkeit. Diese Zeitangabe fehlte. Plötzlich spürte er, wie sich neben ihm jemand rührte. Blonde Haare, deren Geruch er nur zu gut kannte, fielen in sein Gesicht. Christina kam zu sich. Er musste handeln. Eine hysterisch kreischende Frau war hier genauso fehl am Platze, wie ein Haifisch in einem Swimmingpool. Nur keine Aufmerksamkeit erregen, hieß die Devise. Erst einmal abwarten, was da auf sie zukam. Langsam streckte er seinen rechten Arm aus. Stück für Stück, schob er ihn unter Christinas Nacken hindurch. Der Bewacher regte sich nicht. Konnte er unter dem Licht der Sterne Uwes Absicht erkennen? Christina rührte sich wieder, also konnte es nur noch eine Frage der Zeit sein, wann sie wieder zu sich kommen musste. Uwe schob seinen Arm ein Stück weiter, doch es reichte immer noch nicht, er bekam sie nicht ganz zu fassen. Eine Weile später schien es wieder bergab zu gehen, denn der Laster gewann deutlich an Fahrt. In einer Serpentine schloss sich das Blätterdach für einen Augenblick über ihnen so dass Uwe geistesgegenwärtig die Gelegenheit nutzte, um seinen Arm weiter unter Christinas Nacken zu schieben. Endlich bekam er sie ganz zu fassen, endlich konnte er sie langsam zu sich heranziehen. Noch ein Stück, ein kleines Stück und sein Mund hatte ihr Ohr erreicht. Kaum wahrnehmbar flüsterte er ihr zu: „Christina, hörst du mich? Sei jetzt ganz still, sage nichts. Wenn du mich hören kannst, gib mir ein Zeichen." Doch da Christina sich nicht rührte, versuchte er es erneut: „Christina, Christina, kannst du mich hören?" Keine Reaktion. Uwe presste seinen Arm enger um ihren Nacken, bis er sie wie eine Riesenschlange im eisernen Würgegriff hatte. Immer fester drückte er zu, auch wenn seine Muskeln dabei so angespannt waren, dass sein Arm zu zittern begann. Plötzlich ging durch Christinas Körper ein Zucken, sie kam zu sich. Blitzschnell lockerte er seinen Griff und presste seine Hand auf ihren Mund.

„Kannst du mich jetzt hören? Aber sag bitte nichts, um Himmels Willen, halt deinen Mund. Falls du mich verstehst, gib mir ein Zeichen."

Sie versuchte ein kurzes aufeinanderfolgendes Kopfnicken, so weit das mit seiner Umklammerung möglich war.

„Halt dich ruhig, so lange es geht", flüsterte er ihr weiter ins Ohr. Christina nickte. „Unser Urlaub ist zu Ende. Jetzt beginnt der Ernst des Lebens. Wenn dir etwas am Leben liegt, halt deinen Mund und tue, was man dir sagt. Vielleicht ist dann alles in ein paar Stunden oder Tagen vorbei. Bedecke deine Reize so gut du kannst, provoziere niemand. Wenn du dich daran hältst, hast du eine gute Chance mit heiler Haut davon zu kommen."

Uwe wusste nicht genau, wie viel Zeit vergangen war. Die Straßenverhältnisse wurden zunehmend schlechter. Die fortschreitende Zeit und das Rumpeln des Lastwagens brachten es mit sich, dass nacheinander alle wieder das Bewusstsein erlangten. Der Wachmann beobachtete sie genau und hielt jedem, der seine Anweisung nicht umgehend befolgte, den Lauf seiner Maschinenpistole ins Gesicht. Die Gefangenen mussten sich mit dem Rücken gegen die Wand der Ladefläche setzen. Uwe zählte acht Personen. Drei Paare, die sich ängstlich aneinander klammerten und zwei junge Frauen. Wie er feststellte, waren sie alle europäischer Abstammung, und er überlegte fieberhaft, weshalb sie entführt worden waren? Die politische Lage im Land war seit Jahren stabil. Seines Wissens nach gab es in der Karibik keinen Terrorismus, das konnte nicht der Grund sein. Was war es aber dann? Eine Lösegeldforderung? Waren es einfache Halunken, die sich vom großen Kuchen der reichen Touristen ein Stück abschneiden wollten? Diese Leute konnten unmöglich wissen, dass Christina die Gattin eines millionenschweren Industriellen war. Dazu passte auch nicht die Entführung der anderen. Er konnte es nicht begreifen. Waren sie etwa rein zufällig in diese Lage gekommen? Mit wie vielen Entführern mochten sie es zu tun haben? Mit der Schießbudenfigur auf der Ladefläche würde er schon fertig werden. Daran änderte auch die Tatsache nichts, dass er in einer Hand eine Maschinenpistole und in der anderen eine Pistole hielt. Was würde aber dann kommen? Würden die anderen Gefangenen ihn unterstützen oder wären sie ihm bloß hinderlich? Alles Fragen, auf die er noch keine Antworten wusste. Für einen kurzen Augenblick dachte er an Flucht, einfach von dem fahrenden Wagen springen und weg. Im dunklen Wald hätte er eine reale Chance zu entkommen. Was sollte dann aber aus Christina werden? Er verwarf den Gedanken wieder und beschloss, sich so zu verhalten, wie er es eben Christina geraten hatte. Vielleicht ist dann bald alles vorbei.

Der Laster verlangsamte seine Fahrt und bog von der Hauptstraße in einen schmalen Landweg ein. Nach gut einer halben Stunde war die Fahrt beendet. Der LKW hielt. Die Entführten mussten von der Ladefläche springen und sich umgehend mit den Gesichtern nach unten auf den Boden legen. Die Hände sollten sie auf dem Rücken verschränken. Zu guter Letzt stülpte man ihnen Kapuzen über, die am Hals mit einer Kordel zusammengezogen wurden, was verhindern sollte, dass Kapuzen herunterfallen oder an Asten hängen bleiben konnten. Anschließend mussten alle wieder aufstehen. Wer einen Laut von sich gab, wer zu schnell oder zu langsam reagierte, wurde geschlagen oder getreten. Man befahl Ihnen, sich hintereinander in einer Reihe aufzustellen und dem jeweiligen Vordermann die Hände auf die Schulter zu legen. Einer der Kidnapper übernahm die Führung. Für Uwe war klar, was das zu bedeuten hatte. Niemand sollte sehen, wohin es ging. Nachdem sie eine weitere halbe Stunde einen sich schlängelnden Weg hinter sich gebracht hatten, hatten sie scheinbar ihr Ziel erreicht. Vor ein paar windschiefen Hütten, die auf einer kleinen Lichtung standen, wurden ihnen die Kapuzen wieder abgenommen. Einer der Kidnapper fuchtelte mit seiner

Knarre herum und gab den Gefangenen zu verstehen, dass sie sich mit weit gespreizten Beinen an die Wand einer Baracke aufstellen sollten. Ein zweiter und ein dritter Entführer gesellten sich dazu. Da Uwe zwei weitere Stimmen etwas abseits der Gruppe hörte, musste er von mindestens fünf Entführern ausgehen. Mist, fluchte er in sich hinein, zwei zuviel. Bevor man jedes Paar unsanft in eine Hütte stieß, nahmen die Banditen ihnen alles Wertvolle ab. Geld, Uhren und Schmuck, auch wenn es sich nur um wertlosen Modeschmuck handelte. Selbst Zigaretten, Feuerzeuge und sogar Christinas seidener Schal wechselten seinen Besitzer. Damit war Uwe klar, dass es sich nicht um eine politisch motivierte Aktion handelte. Zu seinem Bedauern hatte seine Uhr den Überfall nicht überstanden und war exakt um dreiundzwanzig Uhr zwanzig stehen geblieben. Der Entführer, der ihm die Uhr abnahm, warf sie achtlos in den Wald. Uwe war heilfroh, dass seine Kreditkarte im Hotelsafe lag und er nur wenig Bargeld mit sich führte.

Mit einer unglaublichen Brutalität war die Gruppe getrennt worden. Sie waren getreten, gestoßen und geschlagen worden. Was Uwe dann überhaupt nicht nachvollziehen konnte, war die Art der Trennung, denn die Entführer hatten unbegreiflicherweise die Paare zusammen gelassen und auch die beiden jungen Frauen. Er hatte erwartet, dass man die Frauen von den Männern trennen würde.

Die kurze Zeit, die sie im Freien verbrachten, hatte Uwe gereicht, um alle nötigen Informationen über den Aufenthaltsort zu sammeln. Ein schneller Blick in die Sterne verriet ihm die ungefähre Uhrzeit.

Christina stand eng an ihn geschmiegt, zitterte am ganzen Leib und war nicht fähig, ein Wort herauszubringen. In der Hütte war es stockdunkel. Uwe wollte sich von Christina lösen, um das Innere zu erkunden.

„Lass mich nicht los… ich bitte dich… lass mich nur nicht los", stammelte sie. Sie war den Tränen nahe.

„Bist du verletzt?"

„Nein… ich glaube nicht. Wer ist das? Was wollen die von uns? Sind das Terroristen?"

„Das sind ein paar ganz gewöhnliche Verbrecher. Die wollen nur eins… unser Geld. Die glauben wir sind Amerikaner. Wahrscheinlich werden sie eine Lösegeldforderung stellen."

„Woher weißt du das?" Christina schien sich etwas zu beruhigen.

„Ich habe mehrmals das Wort *americano* gehört. Wir sollten sie im Glauben lassen, dass wir Amerikaner sind. Wenn sie uns verhören, sollten wir mit ihnen Englisch reden. Dass wir selbst es nicht fließend sprechen, werden sie nicht merken, sie können es ohnehin nur bröckchenweise." Doch das Wesentliche verschwieg er, denn würden ihre Kidnapper herausbekommen, dass sie Europäer waren, könnten sie für ihre Zwecke unbrauchbar werden. Damit wäre unter Umständen ihr Todesurteil besiegelt. Dass die Entführung nicht in ein paar Tagen oder gar Stunden beendet sein würde, verschwieg er ebenfalls.

„Kannst du nichts machen?”, fragte sie mit zitternder Stimme.

„Ich fürchte nicht.”

„Aber warum?”, sie flehte ihn geradezu an. „Du kannst doch Judo und all das Zeug.”

„Christina, das sind mindestens fünf Mann, dazu noch bis an die Zähne bewaffnet. Ich kann da im Moment leider gar nichts tun. Es wäre glatter Selbstmord. Wir können nur eines tun... abwarten.”

„Wir könnten versuchen abzuhauen.”

„Vergiss es. Selbst wenn wir es schaffen würden. Wir sind hier weit entfernt von jeglicher Zivilisation. Wir sind mitten im Zentralmassiv zirka hundertachtzig Kilometer von der Küste entfernt, dicht an der Grenze zu Haiti. Die nächsten Ortschaften sind Kilometer weit entfernt. Wir hätten keine Chance.”

„Woher weißt du das alles?”

„Der Tropical Garden wurde um dreiundzwanzig Uhr zwanzig überfallen. Jetzt müsste es ungefähr drei Uhr morgens sein. Ich kann die Uhrzeit am Stand der Sterne erkennen. Ich denke, dass wir mit einer Durchschnittsgeschwindigkeit von sechzig Kilometern pro Stunde gefahren sind. Die Fahrt ging Richtung Südwest. Das heißt...wir sind ungefähr hundertachtzig Kilometer weit von der Küste entfernt. Mitten im Land, in den Bergen. Ohne Nahrung, ohne Ausrüstung. Diese Strecke zurückzulegen oder auch nur bis zum nächsten größeren Ort zu kommen, ist völlig aussichtslos."

„Du kannst dich irren, die nächste Stadt könnte nur ein paar Kilometer weiter entfernt liegen."

„Christina, ich wünschte, es wäre so, aber auf der Begrüßungsparty hatte ich die Gelegenheit, mir eine große, sehr detaillierte Landkarte anzusehen. All mein Wissen, wo wir sind, wie man das berechnet und so, stammt aus meiner Armeezeit. Ich wurde darin ausgebildet, verstehst du? Du kannst also sicher sein, dass ich mich nicht irre."

Während er ihr davon berichtete, zog er sie auf den Fußboden, so dass sie nun einander gegenübersaßen. Plötzlich presste er seine Hand auf ihren Mund. „Pst", zischte er. Im Inneren der Hütte herrschte vollkommene Stille. Christina wagte kaum noch zu atmen, als sie außerhalb der Hütte leise Schritte vernahm, die sich vorsichtig näherten. Erst als sich die Schritte wieder entfernten, atmete sie erleichtert auf. Uwe legte sich flach auf dem Bauch, um durch den Spalt unter der Tür zu spähen. Im fahlen Mondlicht erkannte er, wie eine Wache ihre Runde drehte.

„Das war unserer Aufpasser, wir werden bewacht."

„Du meinst also, wir können nichts machen, rein gar

nichts?"

„Doch wir können was tun, damit unsere Lage einigermaßen erträglich wird. Uns ruhig verhalten, machen, was uns angeordnet wird, und auf keinen Fall die Leute auf irgendeine Art provozieren." Uwe wusste allerdings ganz genau, dass Christina, so wie sie aussah, für diese Männer eine einzige Provokation sein musste. „Versuch etwas zu schlafen", sagte er weiter. „Wir werden sehen, wie es weiter geht. Wenn die für uns Lösegeld erpressen wollen, können wir davon ausgehen, dass sie uns auch entsprechend behandeln werden."

„Schlafen? Ich werde kein Auge zubekommen. In diesem...diesem...in diesem Stall hier."

„Ich gehe mal davon aus, dass dieser Stall für die nächsten Tage unser Zuhause sein wird."

„Unser Verschwinden, der Überfall auf das Tropical Garden, all das muss doch jemandem aufgefallen sein. Vielleicht suchen die schon nach uns."

„Möglich, dass jemand nach uns sucht. Aber überlege doch mal, wie lange wir gefahren sind. Wir sind weit weg vom Ort des Geschehens. Ich glaube nicht, dass wir so bald mit Hilfe von außen rechnen können."

Eine Weile schwiegen sie beide. Uwe wurde nachdenklich: „Sag mal, was mir nicht ganz klar ist... warum waren alle ohnmächtig?"

„Ich weiß nicht... da war erst dieser entsetzliche Knall, dann diese Helligkeit... es ging dann alles sehr schnell. Hast du denn nichts mitbekommen?"

„Der Knall kam von einer Blendgranate, daher das Licht. Als ich am Boden liegend nach dir suchte, bekam ich eins über den Schädel gezogen. Vielleicht kam ich einem der Entführer zu nahe. In der Blendgranate muss ein K.O.-Gas gewesen sein, was vermuten lässt, dass sie noch mehr Geiseln genommen haben, die sie dann vermutlich in einzelne Gruppen aufgeteilt haben."

Die Vorgehensweise der Geiselnehmer machte ihm Angst. Das waren keine Dilettanten. Alles deutete darauf hin, das es sich bei den Entführern um eine straff organisierte Gruppe handelte, die mit äußerster Brutalität gegen alles vorging, was sich ihnen in den Weg stellte. Die Vorgehensweise ließ erahnen, dass zumindest ein Teil der Entführer Profis sein mussten.

„Warum hat der eine deine Uhr in den Wald geworfen?"

„Sie war kaputt und damit wertlos. Was war mit deiner Kette? War das Modeschmuck oder..."

„Ein Geschenk meines Mannes", antwortete Christina nur. Damit dürfte die Frage hinreichend beantwortet sein.

Uwe grübelte eine Zeit lang vor sich hin. Er musste sich etwas einfallen lassen, nur was, wusste er nicht genau. Allein hätte er gewiss eine Chance besessen, zum nächsten Ort zu gelangen. Was würde aber aus den anderen Geiseln werden? Was würden sie mit Christina anstellen? Er sah sie zusammengekauert am Boden liegen, vor Erschöpfung war sie eingeschlafen.

Im Osten dämmerte es bereits, als auch Uwe einnickte.

*

Die Sonne ging gerade über den Bäumen auf, die sich im Osten an die kleine Lichtung anschlossen, als Uwe und Christina plötzlich vom Auffliegen der Tür aus dem Schlaf gerissen wurden. Ein griesgrämiger Typ kam ins Innere der Hütte. Er packte Uwe am Kragen, stellte ihn unsanft auf die Beine und stieß ihn in Richtung des Tisches. In gebrochenem Englisch forderte er ihn auf, seine volle Adresse aufzuschreiben. Christina hockte immer noch am Boden und versuchte vergeblich, ihre weiblichen Reize zu bedecken. Der Griesgrämige beachtete sie jedoch nicht. Er nahm den Zettel, auf den Uwe schnell ein paar Worte gekritzelt hatte und verschwand so schnell, wie er gekommen war.

„Was haben die vor?", fragte Christina mit zitternder Stimme.

„Die lassen sich jetzt von allen die Adressen geben. Dann werden sie ihre Lösegeldforderungen vermutlich bei der amerikanischen Botschaft abgeben."

„Welche Adresse hast du denn angegeben?"

„Mrs.und Mr. Miller, Kingston, Alabama, Georgetown siebenundzwanzig."

„Wenn sie herausbekommen, dass es diese Adresse gar

nicht gibt?"

„Dafür werden die länger brauchen. Bis das so weit ist, muss etwas passieren."

„Aber was?"

„Christina, lass mich einen Moment überlegen."

Uwe sah sich im Raum um. In der Mitte stand ein einfacher Holztisch, daneben ein aus Brettern zusammengezimmerter Hocker. Der Schrank an der Wand sah auch nicht stabiler aus. Uwe blickte auf ein Gestell, das man nur mit viel Phantasie für ein Bett halten konnte. Der Fußboden bestand aus gestampftem Lehm, während das flache Dach mit Palmenwedeln gedeckt war. Das einzige Fenster hatte man von außen mit Brettern vernagelt. Die Eingangstür, die schief in ihren Angeln hing, war ebenfalls von außen verschlossen. In der Hütte gab es nicht das Geringste, was für Uwe von Nutzen hätte sein können. Durch einen Spalt im Fenster konnte er über die kleine Lichtung sehen und drei weitere primitive Hütten zählen. Unmittelbar hinter der letzten begann dichter Wald. Neben der Lichtung musste es fließendes Wasser geben, denn er konnte ein leichtes Plätschern vernehmen. Uwe bestimmte mit Hilfe der Bäume und dem Sonnenstand die Himmelsrichtung. Wenn ihnen eine Flucht gelingen sollte, mussten sie unbedingt nach Nordosten gehen, das war lebensnotwendig. Diese Richtung konnte er allerdings vom Fenster aus nicht einsehen, da sie auf der gegenüberliegenden

Seite lag.

„Was ist, kannst du was sehen?”

„Nichts von Bedeutung”, log er. Er wollte bei ihr keine falsche Hoffnung wecken. Als er von dem Spalt wegtrat, stellte sich Christina davor und sah angespannt auf die Lichtung hinaus.

Uwe überlegte fieberhaft. Wie es schien, wurden sie nur in der Nacht bewacht. Ein kräftigen Tritt gegen die Tür oder gegen das vernagelte Fenster und sie wären im Freien. Was jedoch dann folgte, wusste er nicht. Wenn er doch nur einen Blick in Richtung Nordosten werfen könnte. Wie weit würde er mit Christina kommen? Wie lange würde er mit ihr da draußen in der Wildnis überleben? Spätestens nach zwei Kilometern wäre Christina restlos ausgepumpt, da war es sich sicher. Vielleicht wäre es besser, in Richtung Südwest zu gehen. Wenn seine Überlegungen in der letzten Nacht zutrafen, müssten sie nach etwa sechzig oder siebzig Kilometern die Stadt San Juan erreichen. Uwe wusste aus der Karte des Hotels aber auch, dass sie in dieser Richtung einen Fluss, den Yaque del Sur, überqueren mussten, was sich als schwierig herausstellen könnte. Zwei weitere Orte lagen im Westen, unmittelbar hinter der haitianischen Grenze. Seine Überlegungen wurden unterbrochen, als erneut die Tür aufflog. Diesmal war es die Schießbudenfigur, die in der letzten Nacht auf dem Laster mitgefahren war. Wortlos stellte er einen Krug und eine Schüssel auf den

Tisch. Bevor er ging, betrachtete er Christina ungeniert und verließ mit breitem Grinsen die Hütte.

„Hast du bemerkt, wie der mich angesehen hat?"

Uwe wollte darauf nicht eingehen, trat zum Tisch und sah sich das Gebrachte an. Im Krug war Wasser und in der kleinen Schüssel klebte eine Art Brei, der stark nach Banane roch. Uwe kostete von beidem.

„Bist du verrückt, wie kannst du das essen? Wenn die uns nun vergiften wollen?"

„Im Krug ist frisches Wasser, in der Schüssel eine Art Bananenbrei. Du kannst es ruhig essen."

„Niemals."

„Christina, wenn die uns umbringen wollten, hätten sie das längst getan. Tot nützen wir ihnen nichts. Komm her und iss etwas."

„Ich bekomme davon ohnehin nichts runter."

„Du musst damit rechnen, dass sie dich zwangsweise ernähren. Keine schöne Angelegenheit." Uwe wusste nur zu gut, sollte er mit ihr eine Flucht wagen, musste sie bei Kräften sein. Dafür brauchte er eine starke Frau, psychisch wie physisch.

„Du kannst einen richtig aufbauen." Sie trank etwas Wasser und aß etwas von dem Brei, der ohne jegliche Gewürze zubereitet war. Angewidert stellte sie das Gefäß wieder auf den Tisch und ging zum Fenster. Wieder schaute sie durch den Spalt zwischen den Brettern.

„Sieh dir das mal an", sagte sie aufgeregt und winkte

ihn herbei.

Die Schießbudenfigur führte gerade eines der anderen Paare mit Gewehr im Anschlag um die Hütte.

„Der erschießt sie jetzt.” Mit schweißnassen Händen ergriff sie Uwes Hemd und zog daran. „Uwe du musst etwas unternehmen...”

„Du redest dummes Zeug. Die Leute zu erschießen, ergibt keinen Sinn.”

„Das sah aus, als führte er sie zum Schafott.” Christina erregte sich immer mehr.

„Da sieh nur, sie kommen zurück.”

Christina sah erneut durch den Spalt und sah gerade noch, wie der Mann das Paar zur Hütte zurückführte. Dann folgte das nächste Paar und nach wenigen Augenblicken kamen die beiden jungen Frauen an die Reihe.

„Sie werden gleich zu uns kommen. Halt dich bereit.”

„Was soll das, was hat das zu bedeuten?”

„Sie bringen uns zur Toilette”, stellte Uwe nüchtern fest.

Kurz darauf wurde die Tür geöffnet. Die Schießbudenfigur sah ins Innere und sagte nur ein Wort: „Restroom”, die englische Bezeichnung für Toilette. Anschließend fuchtelte er mit der Waffe herum. Sie kamen ins Freie, gingen um ihre Hütte herum und Uwe flüsterte Christina zu, dass sie auf keinen Fall Deutsch reden solle, als sie auch schon auf der Rückseite angekommen waren. Christina sah erst Uwe, dann den

Entführer ungläubig an. Dort, wo sie standen, gab es keine Toilette. Sie standen dicht am Waldrand.

„Ich kann nicht", flüsterte Christina Uwe zu.

Die Schießbudenfigur stand da und grinste nur. Er hob ungeduldig sein Gewehr in die Höhe und sagte wieder: „Restroom."

Uwe drehte sich um, öffnete die Hose und verrichtet seine Notdurft, als sei es das Normalste auf der Welt. Er sah kurz zu Christina und flüsterte: „Tu wenigstens so als ob." Als er sah, dass sie nicht reagierte, fügte er hinzu: „Bitte."

Christina raffte ihr Kleid etwas in die Höhe und hockte sich neben Uwe. Nach ein paar Sekunden stand sie wieder auf. Umgehend wurden sie wieder in ihr Gefängnis geführt.

Christina wartete, bis der Mann sie eingeschlossen hatte, setzte sich auf den Hocker, starrte vor sich hin und sagte wie zu sich selbst: „Ich halte das nicht lange aus, diese Erniedrigung. Beim nächsten Mal kratz ich ihm die Augen aus."

„Das wirst du schön bleiben lassen. Du wirst immer genau das tun, was sie von dir verlangen."

„Niemals", schrie sie auf.

Rasch trat Uwe zu ihr hin und, beide Hände auf dem Tisch abstützend, warnte er sie: „Wenn du meinst, dass du hier verrückt spielen musst, dann tue es. Ich kann dann aber nichts weiter für dich tun. Die einzige Chance, die wir haben, hier lebend raus zu kommen, ist die, dass wir diese Ganoven nicht provozieren. Du wirst sehen, wenn wir uns nach deren Spielregeln richten, werden sie uns in Ruhe lassen."

„Deine Ruhe möchte ich haben. Du bist mir eine schöne Begleitung. Anstatt mich vor den gierigen Blicken dieser Verbrecher zu schützen ...." Sie beendete ihren Satz nicht. Er beließ es ebenfalls dabei.

Die Zeit verging nur langsam, und während die Sonne ihre gewohnte Bahn zog und ihre Strahlen erbarmungslos zur Erde schickte, wurde es in der Hütte heiß und stickig. Der kleine Krug mit dem Wasser war lange leer, so dass ihnen allmählich die Kehlen austrockneten. Sie hatten sich auf den Boden gelegt, denn wenigsten der festgestampfte Lehm brachte etwas Kühlung. Als die Sonne am höchsten stand, kam ein weiterer Mann, brachte neues Wasser und nahm beide wieder mit zum Restroom. Gegen Abend wiederholte sich dieselbe Prozedur. Jedes Mal wurde neues Wasser gebracht und jedes Mal gab es Bananenbrei.

Durch die regelmäßigen Toilettengänge war Uwe mittlerweile bestens darüber informiert, wie es auf der Rückseite der Hütte aussah. Eine Flucht direkt nach Nordosten schien nicht möglich zu sein, da eine Felswand, gut und gern vierzig Meter hoch, den Weg versperrte.

Uwe wollte Christina nicht sich selbst und ihrer

Grübelei überlassen. Er machte allerhand Spielchen mit ihr und beschäftigte sie mit der einen und anderen Knobelaufgabe, mit denen er während seiner Armeezeit etwas zusätzliches Geld verdient hatte. Er achtete streng darauf, dass er sie nicht zu oft verlieren ließ, und nutzte jede Möglichkeit, sie aufzubauen.

Mit einsetzender Dämmerung entzündeten die Entführer etwas abseits der Hütten ein Lagerfeuer. Es erweckte den Anschein, als hätten sie etwas zu feiern. Sie mussten reichlich Alkohol konsumiert haben, denn schon nach relativ kurzer Zeit liefen sie grölend umher und feuerten sinnlos in der Gegend herum. Uwes Sorgen stiegen. Die kriminelle Energie, gepaart mit Respektlosigkeit anderen Menschen gegenüber und benebelt von Unmengen an Alkohol, war eine gefährliche Mischung für Leib und Leben aller Gefangenen, besonders der Frauen.

Er stand regungslos am Fenster, beobachtete das bizarre Treiben am Lagerfeuer und konnte deutlich die Männer erkennen. Da war die Schießbudenfigur, die sich auch noch so sehr mit Waffen und Patronengurten behängen konnte, er blieb was er war, ein halber Hahn, wie es sein Ausbilder so treffend ausgedrückt hätte. Wahrscheinlich wollte er damit nur sein fehlendes Selbstbewusstsein kaschieren. Etwas Sorgen bereitete Uwe der Griesgrämige. Der war mindestens einsneunzig groß, hatte einen Kopf wie ein Preisboxer und die Figur eines

Sumoringers. Seine Oberarme brauchten den Vergleich mit Uwes Oberschenkel nicht zu scheuen. Es wäre also klug, eine Konfrontation mit ihm von vornherein aus dem Wege zu gehen. Die anderen drei waren typische Latinos, nicht besonders groß und eher schmächtig.

Der Griesgrämige hatte etwa dreißig Meter vom Lagerfeuer leere Schnapsflaschen aufgestellt, auf die augenblicklich geschossen wurde. Christina hatte sich an den Tisch gesetzt, ihre Ellenbogen aufgestützt und hielt sich die Ohren zu. Seit Beginn des Saufgelages hatte sie keine drei Worte mehr von sich gegeben. Ob sie ahnte, wie brisant und gefährlich die Lage gerade für sie war? Nachdem die Verbrecher alle Flaschen zerschossen hatten, herrschte für einen Augenblick Stille im Lager. Dass sie so unbeschwert durch die Gegend ballerten, bestätigte Uwes Theorie. Sie befanden sich weit entfernt von jeglicher Zivilisation. Er hoffte auf das baldige Ende des Saufgelages und dachte daran, dass sie die Gelegenheit zur Flucht nutzen sollten, wenn die Entführer ihren Rausch ausschliefen. Selbst wenn sie eine Wache aufstellen würden, dürfte es kein Problem darstellen, die mit Alkohol benebelten Sinne mit einem gezielten Schlag auszuschalten. Aus diesem Grunde hoffte er, nicht zum Äußersten greifen zu müssen, was er technisch zwar vermochte, aber mental nie übers Herz bringen würde. Es war so ziemlich das letzte für ihn, sich vorzustellen, einem Menschen das Lebenslicht auszulöschen. Ultima

Ratio – das allerletzte Mittel. Von Christina vernahm er nur ein leises zitterndes *Nein*. Es kam, was kommen musste. Die wiederholten Schreie mussten von den beiden jungen Frauen stammen, die wehrlos der betrunkenen Horde ausgeliefert waren.

„Was mach ich denn nur, wenn sie hierher kommen?", wimmerte Christina.

„Sie werden nicht kommen, sie sind ausreichend beschäftigt." Um sie zu beruhigen redete er weiter: „Sobald es ruhig wird, sobald sie ihren Rausch ausschlafen, werden wir versuchen zu fliehen. Wir werden..." Er beendete den Satz nicht, angespannt lauschte er in die Stille hinaus. Eilige Schritte näherten sich der Hütte, und bald wurde die Tür aufgerissen und die Schießbudenfigur stürzte ins Innere. Wild fuchtelte er mit seinen Armen herum, im gebrochenen Englisch rief er immer wieder: „Frau komm her... Frau komm her..." Christina schrie auf und versuchte sich in die hinterste Ecke der Hütte zu retten. Mit dem Rücken an der Wand rutschte sie zu Boden. Die Lage spitze sich zu, als die Schießbudenfigur auf Christina zugehen wollte und Uwe sich ihm in den Weg stellte. Mit großen Augen sah er Uwe an, als könnte er sich nicht vorstellen, dass sich ihm irgendjemand widersetzen würde. Uwe roch den Alkoholdunst, der ihm ekelerregend entgegenschlug, und im gleichen Moment schoss eine Woge Adrenalin durch seine Blutbahnen.

„Verschwinde", begann Uwe auf den Mann in Englisch einzureden. „Ich werde dich töten müssen." Nur äußerlich wirkte Uwe vollkommen ruhig, doch in seinem tiefsten Inneren focht er einen Kampf mit sich selbst aus. Er wollte diesen Mann nicht töten, genaugenommen wollte er niemanden töten. Dennoch wusste er, dass er in eine Lage kommen konnte, die ihn zum Äußersten zwingen würde. Sollte es einmal so weit kommen, zum Beispiel um ein Leben zu schützen... in Gottes Namen... er würde es tun.

Die Schießbudenfigur stieß ein hysterisches Lachen aus, das eher einem Schrei glich. Dann stieß er Uwe zur Seite und machte einen weiteren Schritt auf Christina zu. Wieder stellte sich Uwe dazwischen. Erneut wollte der Kidnapper ihn zur Seite stoßen, aber diesmal wehrte Uwe den Stoß ab. Diesen, den zweiten und dritten, als wolle er sagen: Bis hierher und keinen Schritt weiter, jetzt wird's bitterer Ernst. Langsam gingen die beiden Männer im Kreis herum. Uwes Gegenüber befand sich zwischen ihm und Christina und holte plötzlich zum Schlag aus, den Uwe jedoch sofort parierte. Er wollte seinem Gegenüber eine Chance geben, wollte ihm zeigen, wen er vor sich und womit er zu rechnen hatte. Es folgte ein zweiter Schlag, mit dem die Schießbudenfigur ebenso wenig erreichte wie mit dem ersten. Christina saß immer noch in der äußersten Ecke und beobachtete ängstlich und stumm die Szenerie. Dann folgte eine listige Finte, und als Uwe den Schlag von neuem parieren wollte, holte sein Gegenüber mit der Schnelligkeit einer Raubkatze zum Gegenschlag aus. Uwe bekam mit einer Wucht, die er dem Mann nie zugetraut hatte, einen Schlag gegen die Brust, dass es ihm schwarz vor Augen wurde. Mit voller Wucht wurde er gegen den Türpfosten geschleudert. Er sah noch, wie sein Gegner ein großes Armeemesser zückte und mit der anderen Hand eine Pistole zog. Plötzlich war Uwe wieder die alte erfahrene Kampfmaschine, die mit Eiseskälte die verschiedenen Arten des lautlosen Tötens beherrschte. Ein wohlgezielter Schlag gegen das Handgelenk seines Gegners ließ die Pistole polternd in die Ecke fallen. Mit der linken Hand wehrte er den Stoß mit dem Messer ab, mit der rechten griff er zu, ließ alsbald die linke folgen, die eine ruckartige Bewegung ausführte. Knirschend gab die Wirbelsäule nach, lautlos sackte die Schießbudenfigur zu Boden.

Christina hielt sich die Hände vors Gesicht und wimmerte, sie war nicht fähig auch nur ein Wort herauszubringen, geschweige sich zu rühren. Für einen kurzen Augenblick nur stand Uwe da wie betäubt und schaute fassungslos auf den am Boden liegenden Mann. Er hatte es getan, er hatte getan, was er sich nie hatte vorstellen können. Er hatte einen Menschen getötet.

Er fasste Christinas Hand und zerrte sie aus der Hütte. Eiligen Schrittes entfernten sie sich in Richtung des kleinen Wasserlaufes. Rabenschwarze Nacht umgab sie und Uwe konnte kaum die Hand vor Augen sehen. Sie stolperten mehr als sie rannten in die Dunkelheit hinein. Äste peitschten ihre Gesichter, Dornen rissen ihnen die Arme auf. Nachdem sie eine Weile dem Wasserlauf gefolgt waren, hielt er inne. Er bückte sich, zog Christina mit runter und lauschte in die schwarze Stille hinein. Als er sicher sein konnte, dass ihnen niemand gefolgt war, sagte er zu ihr: „Okay, du willst hier mit heiler Haut raus, dann machst du genau das, was ich dir sage."

Christina schnaufte, im schnellen Rhythmus hob und senkte sich ihre Brust. Sie war immer noch nicht fähig ein Wort herauszubringen und nickte nur.

„Du bleibst jetzt hier. Ich werde noch einmal zurückgehen. Was auch geschieht, halte dich ruhig und rühre dich nicht. Ich werde sehen, was ich für die anderen tun kann. Bin bald zurück."

Er wartete ihre Antwort nicht ab. Dafür, dass er gerade einen Menschen umgebracht hatte, war er erstaunlich ruhig. Er richtete sich wieder auf und ging langsam zum Ort des Geschehens zurück. Lautlos verschluckte ihn die Dunkelheit. Christina war allein.

*

Als er die Hütte erreichte, herrschte eine verräterische Stille. Die Tür stand sperrangelweit offen. Sein Fehler wurde ihm sofort klar, denn es war schon von weitem zu sehen, dass hier etwas nicht stimmte. Er nahm sich vor, bei ihrer weiteren Flucht umsichtiger zu sein. Der kleinste Fehler konnte fatale Folgen haben und sie beide wieder in die Hände der Entführer fallen lassen. Das wäre mit an Sicherheit grenzender Wahrscheinlichkeit sein Todesurteil.

Auf leisen Sohlen schlich er zur Hütte. Um etwas Licht zu haben, ließ er die Tür ein Stück geöffnet. Die Schießbudenfigur lag immer noch an der Stelle, wo ihn der Tod ereilt hatte. Ihre Flucht war unverständlicherweise noch nicht entdeckt worden. Uwe bückte sich, zog den Patronengurt vom leblosen Körper und begann dann den Leichnam zu entkleiden. Er zog ihm Jacke Hose und Schuhe aus. Anschließend suchte er am Boden nach dem Messer. Als er es gefunden hatte, schlich er zu den anderen Hütten. Die Pistole warf er in den Wald. Er konnte zwar unmöglich alle Geiseln befreien, aber er wollte es wenigstens versuchen. Als er vor der ersten Hütte stand und den Riegel öffnen wollte, bemerkte er plötzlich, dass er einen weiteren Fehler begangen hatte. Der Riegel war auf. Einer der Banditen befand sich in der Hütte. Sie mussten gewusst haben, dass er die anderen nicht ihrem Schicksal überlassen würde. Er war in ihre Falle getappt. Weitere Überlegungen konnte er nicht anstellen, denn jäh wurde die Tür aufgestoßen und der Griesgrämige stürzte heraus. Ohne Vorwarnung griff er Uwe an.

*

Christina kauerte immer noch am Boden und wagte nicht, sich zu rühren. Sie versuchte zu ergründen, wie viel Zeit seit Uwes Weggang vergangen war. Zu allem Überfluss war ihr kalt und sie hatte eine panische Angst, nicht nur vor den Kidnappern, sondern auch vor den ungewohnten Geräuschen des Dschungels. Um sie herum zirpte und raschelte es und Tausende von anderen Lauten durchdrangen die Luft. Was mussten sich im Wald für Tragödien abspielen? Der Tod des einen war Fortbestand des anderen. Das war der Lauf der Dinge, so hat es die Schöpfung eingerichtet. Der ganz normale Wahnsinn. Bei der bloßen Vorstellung auch ein Glied in dieser Kette zu sein und von einem Raubtier gefressen zu werden, lief ihr ein kalter Schauer über den Rücken. Mach dich nicht verrückt, du weißt genau, dass es wegen der isolierten Lage der Insel keine größeren Raubtiere geben kann. Das Schlimmste, was passieren konnte, war der Biss einer Schlange oder der einer Vogelspinne. Wahrlich kein schöner Gedanke, hatte sie doch, gerade was Spinnen betraf, eine regelrechte Phobie. Ein kalter Schauer lief ihr bei dem Gedanken über den Rücken.

Trotz der Schwüle der Nacht fröstelte es ihr. Sie war für den bevorstehenden Dschungeltrip denkbar schlecht gekleidet, denn unter ihrem hauchdünnen Kleid war ein Nichts von einem Stringtanga alles, was sie anhatte. Zudem taugten ihre Schuhe bestenfalls für die Flaniermeile oder den Tanzboden. Die Vorstellung, derart gekleidet viele Kilometer oder gar tagelang durch den Dschungel zu irren, ließ die Aussicht ihres Vorhabens wie Schnee in der Sonne schmelzen. Wo blieb nur Uwe? Es konnte doch unmöglich so lange dauern, die Türen der anderen Hütten zu öffnen. Ob vielleicht etwas schief gegangen war? Sie wagte nicht, dieses Szenario zu Ende zu denken. Darüber hinaus hatte sie noch genug damit zu tun, den Vorfall in der Hütte zu verkraften. Sie hatte zwar gewusst, dass Uwe diverse Kampfsportarten beherrschte, was sie aber dort in der Hütte mit ansehen musste, war nicht nur einfach eine praktische Vorführung. Das, was sie gesehen hatte, ähnelte eher einer Kampfmaschine, die mit wenigen Griffen einem Menschen die Wirbelsäule zerschmettern konnte. Solange sie lebte, würde sie das Geräusch der berstenden Knochen nicht mehr vergessen können. Auf der anderen Seite empfand sie für den toten Entführer weder Mitleid noch Erbarmen. Ihr war vollkommen klar, wie die Situation ausgegangen wäre, wenn Uwe im Kampf den Kürzeren gezogen hätte.

Plötzliche Schüsse, die durch die Nacht hallten, gaben ihr die letzte Gewissheit, dass Uwe entdeckt worden war. Ihre Flucht schien vorbei, noch bevor sie richtig begonnen hatte. Pfeifend zogen einzelne Querschläger durch den Wald. Christina vernahm Geräusche, jemand näherte sich ihrem Versteck. Ihr Herz schlug ihr bis zum

Hals. Lieber Gott, dachte sie nur, lass das bitte Uwe sein.

*

Der Griesgrämige fand es nicht einmal der Mühe wert, eine Waffe zu benutzen. Wahrscheinlich wollte er – aus welchen Gründen auch immer – den direkten Kräftevergleich, um Uwe wenigstens so etwas wie den Hauch einer Chance zu geben. Oder war es nur eine Art von Überheblichkeit? Wie schon zuvor von der Schießbudenfigur bekam er einen erneuten Schlag vor die Brust, der ihm kurzzeitig die Luft nahm. Er kannte diesen Hieb nur zu gut. Wenn er mit entsprechender Kraft punktgenau auf die Herzspitze gesetzt wird, kann er den Gegner in Bruchteilen von Sekunden für Minuten außer Gefecht setzen. Uwe taumelte zurück und ließ die Sachen der Schießbudenfigur fallen. Das Messer behielt er verborgen in der Hand, wobei die Klinge von seinem Unterarm verdeckt wurde. Er war sich seiner prekären Lage durchaus bewusst. Der Griesgrämige war nicht irgend ein verlauster Halunke oder gar ein gewöhnlicher Dorfkneipenschläger, nein, es deutete vieles darauf hin, dass er eine ähnliche Ausbildung wie er selbst erhalten hatte. Seine Haltung, sein Auftreten und seine Art, Schläge auszuteilen, machten es deutlich. Allein aufgrund des Gewichtsunterschieds würde Uwe es schwer haben, etwas gegen ihn auszurichten. Hinzu kam, dass er sich in Zeitnot befand. Sollte noch ein weiterer der Entführer hinzukommen, konnte er sich das Messer gleich selbst in den Leib rammen. Die Chance den neuen Tag zu erleben, wäre somit gleich Null gewesen, so dass ihm keine andere Wahl blieb. Einem weiteren Schlag, der mit solcher Wucht ausgeführt wurde, dass dem Griesgrämigen seine eigene Masse zum Verhängnis wurde, wich er erfolgreich aus. Er hatte den Hieb geführt, als wolle er Uwe eine Ohrfeige verpassen und drehte sich von der Wucht mitgerissen um die eigene Achse. Für Sekunden nur gab er damit seine ungeschützte Rückseite seinem Gegner frei. Diesen Fehler nutzte Uwe instinktiv. Blitzschnell war er hinter den Koloss gesprungen, hatte seinen Arm um den Nacken gelegt und mit der Hand den Mund des Mannes verschlossen. Mit der rechten stieß er das Messer von unten schräg nach oben durch die rechte Niere. Eine Drehung der Klinge um neunzig Grad ließ den Leib kurz erzittern und alles war vorbei. Langsam ließ er den leblosen Körper zu Boden gleiten, als nur wenige Meter entfernt eine Tür aufgestoßen wurde und zwei der übrigen Entführer, wild um sich schießend, ins Freie sprangen. Mit einem schnellen Satz sprang Uwe aus der Schussrichtung, hatte blitzschnell die Sachen der Schießbudenfigur gepackt und war im Dunkel des Dschungels verschwunden. Vereinzelt pfiffen noch ein paar Querschläger durch den Wald, bevor es allmählich wieder ruhig wurde. Tunlichst bemüht, laute Geräusche zu vermeiden, wollte er den eingeschlagenen Kurs nicht preisgeben. Zuallererst aber musste er Christina wiederfinden, dann hieß es Fersengeld geben, um einen möglichst großen Vorsprung zwischen sich und die potentiellen Verfolger zu legen. Er watete ein Stück durch den kleinen Wasserlauf, bis er plötzlich stehen blieb. An dieser Stelle hatte er sie zurückgelassen. Er lauschte in die Stille hinein und rief leise ihren Namen.

„Ich bin hier, wo bleibst du denn? Ich dachte schon, die hätten dich geschnappt!", antwortete Christina mit leise zitternder Stimme.

„Komm, nur weg hier. Die Lage ist ernst. Bleib direkt hinter mir. Versuche keine Geräusche zu machen und halt um Himmels Willen deinen Mund."

Ohne ihren Kommentar abzuwarten, zog er sie eiligen Schrittes hinter sich her. Christina war sich offensichtlich ihrer ernsten Lage bewusst, denn wortlos stolperte sie hinter ihm her. Alle hundert Meter hielt Uwe inne und lauschte angestrengt in die Dunkelheit. Bei all den Geräuschen des Dschungels war nur schwer zu erkennen, ob ihnen jemand folgte.

Nachdem sie zirka zwei Stunden durch die Nacht geirrt waren, entschloss sich Uwe eine Pause einzulegen. Er wollte Sicherheit, ob sie ihre möglichen Verfolger abgeschüttelt hatten.

„Du kannst hier etwas verschnaufen. Ich werde ein Stück zurückgehen, weil ich Gewissheit haben muss, dass uns niemand folgt. In der Zeit kannst du dir diese Sachen anziehen. Ich bin in zehn Minuten zurück." Er warf

Hose, Jacke und Schuhe auf den Waldboden. Bevor er sich auf den Weg machte, sagte er noch zu Christina: „Zehn Minuten, verhalte dich ruhig."

Leise schlich er in gebückter Haltung den Wasserlauf zurück. Das Messer in der Hand, bereit jeder Zeit einem Schlag auszuweichen oder selbst Schläge auszuteilen. Sollten die übrigen Entführer sie einholen, würden sie sich bestimmt nicht auf lange Diskussionen einlassen. Schließlich waren sie spätestens jetzt über seine Fähigkeiten im Bilde, sie wussten, dass er die Schießbudenfigur mit bloßen Händen ins Jenseits befördert hatte. Für den Griesgrämigen hatte es ebenfalls nur ein paar Sekunden bedurft. Er blieb stehen. Es wurde ihm plötzlich klar, in welche Lage er sich da manövriert hatte. Sollten die übrigen Entführer ihnen folgen, würde es ausreichen, ihn aus sicherer Entfernung einfach abzuknallen. Christina danach einzufangen, dürfte dann nur noch eine Frage der Zeit und für die Kidnapper der reinste Spaziergang sein. Eine weitere Möglichkeit wäre, dass sie ihn gar nicht erst verfolgen würden. Der Urwald würde schon richten, was sie selbst nicht richten konnten. Und plötzlich wurde ihm klar, dass sein Problem ganz anderer Natur war. Sein Problem waren nicht die Entführer. Sein Problem hatte einen Namen und der lautete: Christina Schmidt! Wie sollte er mit ihr durch den Dschungel kommen, einer Frau, deren einzige Fähigkeit darin bestand, Computerprogramme zu entwickeln und sich um die gesellschaftlichen Belange ihres Ehegatten zu kümmern? All das, was sie konnte und kannte, zählte hier nichts. Er kam sich vor, wie ein Ertrinkender, der nach dem rettenden Ufer greift, aber einen Mühlstein um den Hals trägt. Im Lager wäre er besser aufgehoben gewesen, als hier zwischen Lianen und dornigen Büschen. Das war aber noch nicht alles. Seine Ausbildung als Elitesoldat hatte er in der ehemaligen DDR erhalten. Was wusste er schon von den Gegebenheiten in der Karibik? Genaugenommen waren die Gefahren, mit denen sie rechnen mussten, unberechenbar. Mit Christina hatte er Verantwortung übernommen. Würde er dieser Verantwortung gerecht werden? Hatte er in seinem tiefsten Inneren nicht Angst, zu versagen? Ein Problem, dem er sich stellen musste. Ob er nun wollte oder nicht. Er wollte nicht mehr Uwe Berger heißen, wenn er das Problem nicht in den Griff bekam. Er wollte alles daran setzen, sich und Christina heil aus dem Wald herauszubringen. Seine militärische Ausbildung sollte ihnen dabei helfen. Nachdem er noch einmal vergeblich in die Dunkelheit gelauscht hatte, schlich er auf leisen Sohlen zu seinem Problem zurück.

Christina hockte immer noch in ihrem dünnen Kleid neben dem Wasserlauf. Ihre Arme hatte sie um ihre an den Körper gezogenen Beine geschlungen. Ihr Kopf lag bewegungslos auf den Knien.

„Warum hast du die Sachen nicht angezogen?”, flüsterte er.

„Ich kann nicht. Die Klamotten stinken ganz entsetzlich nach Tabak, Alkohol und Schweiß. Es muss Ewigkeiten her sein, seit sie das letzte Mal gewaschen worden sind. Ich ekle mich davor."

„Du musst... du kannst doch nicht in deinen..." Uwe hielt inne. Kurz entschlossen zog er sich bis auf die Unterhose aus, reichte sein Hemd, seine Hose und seine Schuhe Christina. Anschließend zog er sich die Sachen des toten Entführers über.

„Mach hin, wir müssen weiter."

Christina erhob sich, schlüpfte in seine Sachen, zog sich die zu großen Schuhe über und trottete hinter ihm her.

„Was wird aus meinen Schuhen? Soll ich sie hier zurücklassen?"

„Bloß nicht, nicht noch ein Fehler. Einen besseren Wegweiser, wie die zurückgelassenen Schuhe, können sich unsere Verfolger gar nicht wünschen. Gib her." Er wühlte mit dem Messer eine Vertiefung in den Boden, steckte die Schuhe hinein, schob wieder etwas Erde darüber und wälzte dann einen Stein auf die Stelle.

„Na toll, meine Versace-Schuhe für achthundert Mark und einmal nur getragen."

„Deine Sorgen möchte ich haben. Komm jetzt weiter", gab er zurück.

Nachdem sie eine Weile durch die Dunkelheit geirrt

waren, verdichtete sich der Dschungel immer mehr. Da das fahle Licht der Sterne nicht mehr bis zum Boden durchdringen konnte, wurde es derart dunkel, dass ein Weiterlaufen nicht mehr möglich erschien. Auf den letzten Metern hatten sie sich nur noch tastend fortbewegen können. Uwe kroch auf allen Vieren im rechten Winkel von dem kleinen Bach weg, und erst als der Boden unter ihm trocken wurde, ließ er Christina nachkommen.

„Wir warten hier, bis es hell wird. In der Dunkelheit weiterzulaufen, macht keinen Sinn."

Christina hatte sich zu ihm gesetzt, als sie fragte: „Wie geht es überhaupt weiter?"

Er antwortete nicht. Es wurde ihm schlagartig bewusst, dass er keinen Plan hatte. Die Flucht entstand aus der Situation heraus, sie war nicht geplant, nicht vorbereitet.

„Uwe, gib zu, dass du es nicht weißt. Du weißt nicht, wo wir sind, du weißt nicht, was wir als Nächstes machen sollen, du weißt nicht, in welche Richtung wir gehen müssen. Wir haben uns verirrt." Christina konnte nur mit Mühe die Tränen zurückhalten.

Uwe wartete noch einen Augenblick, bevor er antwortete. Es hatte den Anschein, als brauche er diese kurze Zeit zum Überlegen. Dann begann er langsam zu reden: „Wenn du sagst, dass ich nicht weiß, wo wir sind, dann hast du Recht. Wenn du sagst, dass wir uns verirrt haben, dann ist das nicht richtig. Ich verirre mich nie, ich habe mich noch nie verirrt...”

Christina lachte spitz, beinahe hysterisch auf. „Ach ja? Ist ja toll, erzählst du mir dann auch, wie es weiter geht?”

„Also gut, ich werd’s versuchen...befänden wir uns jetzt nicht in dieser - wie du denkst - aussichtslosen Lage, wäre ich vermutlich mausetot und du mehrfach vergewaltigt. So weit zu den Ursachen unseres Dilemmas. Wenn wir den Wasserlauf wieder zurückgehen, sind wir in zirka zwei Stunden wieder im Camp. Das wäre eine Möglichkeit. Möchtest du das?”

Christina zögerte eine Weile, ehe sie dann, auf den Boden starrend und in leisem Ton sagte: „Nein, natürlich nicht, entschuldige bitte. Du hast Recht. Eigentlich bin ich dir zu Dank verpflichtet, dass du mir das erspart hast. Danke.” Dann sah sie ihn an und redete weiter: „Ich wüsste aber trotzdem gerne, wie es weiter gehen soll.”

„Wenn ich die Sterne sehen könnte, wüsste ich einigermaßen genau, wie spät es ist und in welcher Richtung Norden liegt. Das ist aber nicht weiter tragisch. Wenn es hell wird und von den Sternen nichts mehr zu sehen ist, kann ich es auch. Wir haben mehrere Möglichkeiten, unsere Flucht fortzusetzen. Der einfachste Weg ist der längste, der kürzeste Weg der schwierigste. Die Gebirgszüge verlaufen alle von Südwest nach

Nordost. Das ist genau unsere Richtung. Folgen wir also einem Tal, kommen wir früher oder später in bewohnte Regionen. Ich denke, doch eher später. In südöstlicher Richtung liegt San Juan. Allerdings müssten wir quer zu den Gebirgszügen laufen, das heißt immer bergauf, bergab. Da aber die Berge zum Teil recht steil sind, wird es schwierig sein, so einfach rauf und runter zu gelangen. Was die Angelegenheit noch schwieriger macht, ist der Yaque del Sur, ein reißender Gebirgsfluss, der zwischen uns und der Stadt liegt. Dürfte schwer werden, den zu überqueren. Die dritte Möglichkeit wäre die Grenze zu Haiti. Wenn sie bewacht wird, was ich eher nicht glaube, stoßen wir möglicherweise auf Soldaten, die uns helfen könnten. Ist sie nicht bewacht, könnten wir in südwestlicher Richtung die Stadt Banica erreichen, in vielleicht", Uwe überlegte kurz, „in vielleicht zwei Tagen. Aber auch dort geht es ständig bergauf bergab. In nordöstlicher Richtung gibt es, soweit ich mich erinnere, zwei Städte. San Jose de las Matas und etwas weiter westlich Santiago Rodrigues, unser Ziel. Wenn wir Glück haben, treffen wir vorher auf Hilfe. Wenn nicht", wieder unterbrach er sich, als brauchte Zeit zum Überlegen. „Wenn nicht, denke ich, dass wir fünf bis sechs Tage brauchen werden."

„Woher weißt du das alles? Ich wüsste nicht einmal, in welche Richtung ich zu gehen hätte. Wie kannst du an den Sternen die Uhrzeit ablesen? Wo hast du das alles gelernt?" Sie musste daran denken, wie er dem Entführer mit bloßen Händen die Wirbelsäule zerschmettert hatte. Und plötzlich wurde ihr Uwe unheimlich, scheinbar unbewusst rückte sie etwas von ihm ab.

„Ich habe während meiner Armeezeit eine entsprechende Ausbildung erhalten. Die Uhrzeit an den Sternen abzulesen ist relativ leicht. Auch wenn wir hier in der Karibik sind, befinden wir uns immer noch auf der nördlichen Halbkugel. Der Mittelpunkt der Gestirne ist der Nordpolarstern. Alle anderen Sterne und Sternbilder drehen sich um diesen Stern. Wenn du dir um achtzehn Uhr einen Stern oder ein Sternbild südlich vom Polarstern aussuchst, dann stell dir vor, dass das der kleine Zeiger einer Uhr ist. Du musst dir diesen Stern nur einprägen, dann kannst du zu jeder Zeit an seinem Stand ablesen, wie spät es ist. Allerdings muss man bedenken, dass diese Uhr gegen den Uhrzeiger läuft. Wenn dein Stern also auf drei Uhr steht, ist es neun Uhr abends. Die Himmelsrichtung abzulesen, ist noch einfacher. Der Polarstern steht immer im Norden. Daher auch sein Name, Nordpolarstern. Von der Karte im Hotel habe ich dir schon erzählt. Alles, was ich dir eben über Gebirgszüge, Städte und Flüsse sagte, habe ich dieser recht bildhaften Karte entnommen. Das war nicht einfach nur eine Landkarte, das war ein Gemälde, wie von alten Meistern erschaffen. Ich bin damals so gedrillt worden, dass ich mir bis heute noch nicht abgewöhnen konnte, mir Sachen einzuprägen, die um mich herum geschehen."

„Du bist gut, um achtzehn Uhr einen Stern merken. Woher, bitte schön, weiß ich denn, das es achtzehn Uhr ist, wenn ich keine Uhr habe?"

„Gute Frage. Auf die beschriebene Art wurde es uns beigebracht. Die Uhr wurde später natürlich weggelassen. Man bekommt dann mit der Zeit ein Gespür dafür. Nicht nur dafür, sondern für das ganze nördliche Gestirn. Wir sind hier zwar noch auf der nördlichen Halbkugel, aber doch schon relativ weit südlich. Das heißt, dass der Nordpolarstern bereits am nördlichen Horizont verschwunden ist und mit ihm alle aus unseren Breiten bekannten Sternbilder. Großer und kleine Wagen und so weiter. Das macht die Sache schon ein bisschen schwierig für mich. Aber es geht."

„Hast du dort, ich meine während deiner Armeezeit, auch das...", Christina stockte. „Ich meine, hast du dort..."

„Du meinst das Töten? Ich habe bis zum heutigen Tag nicht geglaubt, dass ich diese Fähigkeiten einmal einsetzen müsste. Wir lernten zu töten, wie der Schuster Schuhe zu besohlen oder der Pauker zu unterrichten."

„Das ist ja grausam."

„Nun ja, betrachte so, wie du willst, es hat uns vor weit Schlimmerem bewahrt. Die Schießbudenfigur und auch der Griesgrämige, werden keiner Frau mehr etwas zu Leide tun.”

„Der Griesgrämige? Du meinst, willst du damit sagen, ich meine, hast du den etwa auch?”

„Mir blieb keine Wahl. Für die anderen Entführten konnte ich weiter nichts tun. Es wäre der reinste Selbstmord gewesen. Ich konnte mein Heil nur noch in der Flucht suchen. Du solltest jetzt versuchen, etwas zu schlafen. Sobald es hell wird, müssen wir weiter und unseren Vorsprung ausbauen, falls es überhaupt einen gibt.”

„Was willst du damit sagen?”

„Eigentlich hege ich beträchtliche Zweifel, ob diese Verbrecher uns überhaupt verfolgen.”

„Wie kommst du darauf?”

„Erstens sind es jetzt nur noch drei. Wer soll das Lager bewachen? Zweitens wissen sie jetzt, mit wem sie es zu tun haben. Warum sollen sie sich unnötig in Gefahr begeben? Drittens haben sie noch die anderen Gefangenen. Sie bekommen ohne uns zwar weniger Geld, andererseits müssen sie jetzt nicht mehr durch fünf teilen. Da ich bis jetzt von einer Verfolgung noch nichts bemerkt habe, gehe ich mal davon aus, dass sie es aufgegeben haben.”

„Du hast eine verblüffende Logik”, antwortete Christina nur. Sie rückte wieder etwas näher an ihn heran, lehnte sich an ihn und versuchte etwas zu schlafen. Im Osten wurde es bereits wieder hell.

*

Als es hell genug war, um die Flucht fortzusetzen, weckte Uwe Christina und begann leise zu reden: „Wir müssen da rüber", Uwe deutete auf den Berg, der vor ihnen lag. „Wenn wir die andere Seite erreicht haben, müssen wir die Richtung wechseln. Geh aber vorher zu dem Wasserlauf dort drüben und trinke so viel du kannst. Dann brechen wir auf. Und merk dir... rede so wenig wie möglich und wenn, dann leise. Wenn du gehst, achte darauf, wohin du trittst und was vor dir passiert. Alle zehn Schritte siehst du dich um, ob hinter dir etwas Ungewöhnliches geschieht. Diesen Ast nimmst du und bewegst ihn wie einen Blindenstock. Das sollte helfen, unangenehmes Getier zu verscheuchen. Ich geh voran. Halte einen Abstand von mindestens fünf, aber nicht mehr als zehn Metern zu mir. Beobachte mich. Wenn ich mich zu Boden fallen lasse, tust du dasselbe. Alles soweit klar? Können wir?"

„Du meinst, ich soll das Wasser da trinken?"

„Du hast es die ganze Zeit im Camp getrunken. Das Wasser ist sauber."

„Ich habe keinen Krug..."

„Ich habe auch keinen", unterbrach er sie. „Leg dich flach auf den Boden und trinke."

„Ich bin kein Tier, ich..."

„Schöpfe das Wasser mit deinen Händen." Uwe wurde ungeduldig. „Was du auch machst, mache es schnell, ich möchte weg von hier. Zeit können wir uns erst wieder nehmen, wenn wir sicher sind, dass uns keiner folgt."

Wiederwillig folgte sie seinen Anweisungen. Sie ging auf die Knie, schöpfte mit den Händen etwas Wasser und trank so viel sie konnte. Als sie sich erhob, drehte sich Uwe um und begann, die sich vor ihm befindende Steigung zu erklettern.

Die Steilheit des Berges zwang sie ein ums andere Mal, auf allen Vieren zu kriechen, und ab und an rutschte Christina wieder ein Stück zurück. Als Uwe auf dem Gipfel des Berges angelangt war, drehte er sich zu ihr um. Sie hatte Schwierigkeiten, sein Tempo zu halten, war aber im Begriff, die letzten paar Meter in Angriff zu nehmen, als plötzlich ein Schuss hallte und dicht neben Uwe einschlug. Sie waren entdeckt.

*

Als der Schuss in den Berg einschlug, schrie Christina auf. Sie zitterte am ganzen Körper und war unfähig, klare Worte zu formulieren. Wie gelähmt hing sie am Berg, ehe sie sich umdrehte, als wolle sie ihren Verfolgern direkt in die Augen sehen. Sie bemerkte nicht, wie sie langsam den Abhang herunterrutschte, direkt in die Arme ihrer Peiniger.

Als Uwe ihr zu Hilfe kommen wollte, schlugen unmittelbar neben ihm zwei weitere Kugeln ein. Für Christina konnte er im Moment nichts tun, es war einfach zu riskant. Wenn er doch nur die Schützen sehen könnte.

War es nur einer, wohl eher nicht. Geistesgegenwärtig suchte er hinter einem Baum Schutz. Er sah Christina, wie sie immer weiter den Berg hinabrutschte und in einen schier undurchdringlichen Blätterwald hinein. Bäume, Sträucher, Farne und Blätter, nichts als Blätter. Ein weiterer Schuss prallte gegen einen Stein nahe Christinas rechter Hand und die Kugel jagte als Querschläger pfeifend durch das Blätterdach. Diese unmittelbare Gefahr schien ihren Lebenserhaltungstrieb von neuem zu wecken, denn blitzartig drehte sie sich um und krabbelte auf allen Vieren den Berg hinauf.

Plötzlich verließ einer der Verfolger seine Deckung, hob ein Blasrohr und schoss einen kleinen Pfeil in Richtung Christina ab, der sich augenblicklich in ihren Unterschenkel bohrte. Blankes Entsetzen sah aus ihren Augen, ungehört blieb ihr Schrei. Mit offenem Mund sackte ihr Kopf nach vorn. Christina regte sich nicht mehr, während sie langsam den Berg herabrutschte und Uwe die Kugeln nur so um die Ohren pfiffen. Instinktiv hinter einem Baum Schutz suchend, wusste er mit absoluter Sicherheit, dass die Schurken Christina genau in diesem Augenblick wieder gefangen nahmen.

Da er ihr im Moment nicht helfen konnte, bewegte er sich im Schutz der Bäume vom Schauplatz des Geschehens weg. Große Vorsicht ließ er jedoch nicht walten, da er davon ausging, dass die Männer ihm jetzt nicht folgen würden. Er wusste auch, dass es nicht gerade klug war,

Christina zu betäuben, und er hatte erkannt, dass die Verfolger nicht die Kidnapper aus vom Camp waren. Eine unerwartete Wende, die ihm große Sorgen bereitete. Doch vorerst wollte er über diese neue Situation nicht weiter nachdenken. Es gab Wichtigeres. Er musste Christina befreien und nichts und niemand konnte ihn davon abbringen. Aufhalten konnte ihn nur der Tod.

Dass die Kidnapper Christina betäubt hatten, war in seinen Augen mehr als dumm gewesen, aber genau diesen Umstand wollte er sich zunutze machen. Die Kidnapper würden gewiss nur mit einem Angriff von hinten rechnen, und mit der bewusstlosen Christina kamen sie nur langsam voran. Uwes Plan sah also vor, an einem günstigen Ort auf sie zu warten. In Bogen lief er den Abhang zurück und spähte vorsichtig in die Tiefe. Von seinen Verfolgern war nichts zu sehen, sie hatten ihn, wie erwartet, nicht weiter verfolgt. Sie mussten sich ihrer Sache ziemlich sicher sein und waren wohl der Meinung, dass der Mann seine Frau nicht im Stich lassen und ihnen früher oder später folgen würde. Aus diesem Grund brauchten sie nur auf ihn zu warten.

Nachdem er etwa zehn Minuten eiligen Schrittes in Richtung Camp gegangen war, stieg er den Berg wieder hinab. Beim Abstieg schnitt er von einem Baum einen zwanzig Zentimeter langen Ast ab, der innen hohl war und entfernt an Bambus erinnerte. An dem kleinen

Wasserlauf angekommen, erkletterte er einen umgestürzten Baum und hielt nach den Männern Ausschau. Wie viele würden es sein? Waren es mehr als zwei, musste er töten. Es schien ihm unmöglich, mehr als zwei Männer, noch dazu bis an die Zähne bewaffnet, so im Vorbeigehen auszuschalten. Eine Vorstellung, die ihm einen kalten Schauer über den Rücken jagte.

Dann fasste er einen Plan.

Kurz darauf vernahm er Geräusche, die das Nahen der Gruppe ankündigte. Sehen konnte er sie noch nicht, doch nur wenige Augenblicke später kam der erste Mann in sein Blickfeld. Gleich darauf sah er Christina, an Händen und Füßen gefesselt, wie sie von den ersten beiden Kidnappern mit Hilfe einer Stange wie ein Stück erlegtes Wild auf den Schultern getragen wurde. Dass ihr Kopf hin und her baumelnd herunterhing, verriet ihm, dass sie immer noch bewusstlos sein musste. Hinter dem zweiten Mann entdeckte er einen dritten, der, sein Gewehr im Anschlag, rückwärts ging. Seine Vermutung bestätigte sich. Sie erwarteten ihn also nur von hinten. Uwe hatte gesehen, was er sehen wollte. Er sprang vom Baum und lief in Richtung Camp davon. Bei ihrer Flucht in der Nacht hatte er eine Wasserstelle bemerkt, die tiefer als der übrige Wasserlauf lag. Als er diese Stelle erreichte, ließ er sich umgehend hineingleiten. Die Mulde war gerade so tief, dass nur noch sein Kopf aus dem Wasser herausragte. Das Wasser war angenehm kühl und nahm etwas von dem Gestank, der von den Kleidern ausging. Eine Sorge weniger.

Als er die Schritte der sich nähernden Gruppe vernahm, steckte er das Bambusrohr in den Mund und tauchte so weit unter, dass nur noch ein kleines Stück von dem Rohr aus der Wasseroberfläche ragte. Noch unter Wasser ergriff er die Messerspitze. Als der erste Kidnapper nur noch einen Meter entfernt war, sprang er geschickt aus dem Wasser und warf das Messer mit aller Kraft dem letzten der Gruppe durch den Rücken direkt ins Herz. Mit der anderen Hand holte er blitzschnell aus und stieß seinen Handballen mit voller Wucht gegen die Stirn des ersten Kidnappers, gleichzeitig packte er ihn am Kragen und zog ihn mit voller Wucht zu sich heran. Alles ging dermaßen schnell, dass niemand reagieren konnte. Wie schon bei der Schießbudenfigur konnte die Wirbelsäule die Energie des Stoßes nicht absorbieren, mit einem krachenden Geräusch gab sie nach. Lautlos, fast synchron fielen beide Männer zu Boden. Ehe der dritte überhaupt wahrnahm, was geschah, versetzte er ihm einen wohlgezielten Tritt direkt auf die Herzspitze. Lautlos sackte auch dieser in sich zusammen. Schnell löste er die ledernen Fesseln an Christinas Händen und Füßen. Er hob den leblosen Körper empor und ließ ihn langsam ins Wasser gleiten, wobei er sehr genau drauf achtete, dass der Kopf über der Wasseroberfläche blieb. Doch Eile war geboten, denn der noch bewusstlose

Kidnapper konnte jeden Augenblick wieder zu sich kommen. Rasch ging er zum letzten Mann, zog das Messer aus dem Rücken und wischte das Blut an dessen Kleidung ab. Waffen und Gewehre schleuderte er ins Wasser. Daraufhin befestigte er das Messer mit den Lederriemen an das Ende der Tragestange, so dass es eine Lanze ergab. Dem immer noch bewusstlos am Boden liegenden Mann fasste er unter die Arme und zog ihn zu einem Baumstamm. Bevor er dessen Oberkörper an den Stamm lehnte, fesselte er ihm die Hände auf dem Rücken. Die Beine ließ er frei. Ein kurzer Blick zu Christina sagte ihm, dass sie immer noch bewusstlos war, und Uwe widmete sich wieder seinem Gegenüber. Er setzte sich vor ihn, nahm die Lanze und richtete die Messerspitze direkt auf sein Herz. So hatte er einen Sicherheitsabstand zwischen sich und dem Mann geschaffen. Er wusste nichts über die Fähigkeiten des anderen. Hatte er eine ähnliche Ausbildung wie der Griesgrämige oder war er nur ein gewöhnlicher Verbrecher?

Uwe konnte sich noch sehr gut an die Worte seines Ausbilders erinnern. Wieder und wieder wurde ihnen eingetrichtert, dass man seinem Feind nie gestatten sollte, sich näher als drei Meter zu nähern. Dieser Fehler könnte tödliche Auswirkungen haben, es sei denn, man wollte oder musste den Feind selbst töten.

Mit der linken Hand griff er ins Wasser und spritzte

seinem Gegenüber ein paar Tropfen ins Gesicht. Langsam kam er zu sich und brauchte ein paar Augenblicke, um die Lage, in der er sich befand, zu erkennen. Als er seine toten Kameraden sah, stand ihm plötzlich das blanke Entsetzen ins Gesicht geschrieben und Uwe wusste von diesem Augenblick an, dass es sich bei ihm nur um einen gewöhnlichen Verbrecher handelte. Bevor Uwe zu reden begann, dachte er noch: Lieber Gott, mach, dass er Englisch versteht. Mit seinem Schulenglisch fragte er: „Kannst du mich verstehen?"

Der Mann nickte nur.

„Wie viel seid ihr?"

In gebrochenem Englisch antwortete er: „Achtzehn." Dann blickte er auf die beiden am Boden Liegenden und korrigierte seine Antwort: „Sechzehn."

„Wo sind die anderen?"

„Nix versteh'n."

Sie waren also sechzehn Mann. Eine wertvolle Information. Damit war ein weiterer Versuch, den anderen zu helfen, erst einmal vom Tisch. Glück und Schicksal waren bis jetzt auf seiner Seite gewesen. Er wollte es nicht überstrapazieren.

„Willst du leben?"

„Ja, ja, si Señor, si."

„Ich binde dich gleich los, dann gehst du zurück zum Lager und sagst, dass ich jeden, aber auch jeden der uns folgt, umbringen werde. Dich zuerst. Hast du mich verstanden?"

Wildes Kopfnicken und ein wildes Kauderwelsch in mindestens drei Sprachen folgten als Antwort. Mit einer ruckartigen Handbewegung unterbrach Uwe den Redeschwall und gebot ihm zu schweigen, indem er seinen Zeigefinger auf die gespitzten Lippen legte.

„Wie lange wird sie schlafen?" Uwe deutete mit dem Kopf auf Christina.

„Nicht lange, bald wieder wach. Funf Minutes."

„Ich bringe dich um, wenn du lügst."

„Nein, nein, nix Luge."

Uwe wendete sich Christina zu und spritzte ihr ebenfalls etwas Wasser ins Gesicht. Es passierte zunächst nichts, doch als er wieder zu dem Kidnapper zurückgehen wollte, begann sie sich langsam zu regen. Die Wirkung des Betäubungsgiftes schien nachzulassen. Jetzt konnte er nur noch hoffen, dass sie schnell wieder zu sich kam und dass sie die Gegend verlassen konnten. Da er aber nichts dem Zufall überlassen wollte, entschied er sich, den Kidnapper noch etwas lahm zu legen. Er erhob sich und zeigte mit einer Handbewegung, dass sein Gegenüber sich ebenfalls erheben und in Richtung Camp gehen solle. Als er neben ihm war, schlug Uwe blitzartig und hart zu, worauf der Fremde unmittelbar in sich zusammensackte. Es konnte eine Stunde dauern, bis er in der Lage sein würde, seinen Weg in Richtung Camp fortzusetzen.

Währenddessen kam Christina immer mehr zu sich, wenngleich sie zunächst im Wasser nur linkische Bewegungen machen konnte, so dass Uwe trotz ihrer Bredouille ein Grinsen übers Gesicht huschte. Es sah beinahe so aus, als wäre ein Betrunkener ins Wasser gefallen, der jetzt wild mit den Armen ruderte. Er bückte sich, fasste Christina unter die Arme und zog sie aus dem Wasser. Sie brauchte erst ein paar Augenblicke, bis sie auf eigenen Füßen stehen konnte.

„Bist du in Ordnung, kannst du gehen?"

„Uwe?", fragte sie überrascht, „du?"

Sie schien zu wissen, wer sie war und in welcher Lage sie sich befand. Sie sah zu Boden auf die beiden Toten hinab.

„Ich möchte weg hier, bring mich bitte weg, weit weg."

Christina war zwar noch etwas wackelig auf den Beinen, aber Uwe war froh, dass sie ein Motiv hatte, diesen Ort zu verlassen, denn ein starkes Motiv war immer noch der beste Motor. Eine knappe Stunde später hatten beide den Berg an derselben Stelle erneut erklommen. Sie konnten ihre Flucht fortsetzen.

*

Der Tag neigte sich dem Ende entgegen, als Uwe nach einem Rastplatz Ausschau hielt. Sie hatten keine drei Worte miteinander geredet. Und Uwe schien mit sich selbst beschäftigt zu sein. Wahrscheinlich belastete ihn die Tatsache, dass er wieder zwei Menschen hatte töten müssen. Christina war mit sich und der Welt, die sie umgab und die sie nur aus diversen Hollywoodfilmen kannte, beschäftigt. Durst quälte sie. Sie hatten den ganzen Tag nichts gegessen und getrunken. Unter dem schützenden Blätterdach waren sie zwar nicht der direkten Sonnenstrahlung ausgesetzt, aber es war trotzdem drückend schwül.

Das Tal, das sie durchwanderten, war in etwa so breit wie zwei Fußballfelder. Links und rechts erhoben sich die Bergzüge und türmten sich mehrere hundert Meter auf. Teilweise war das Tal dann jedoch recht eng und die Hänge derart steil, dass nur geübte Bergsteiger sie hätten erklimmen können. Dort gab es zum Glück reichlich Schatten, so dass es nicht mehr ganz so schwül war. Auf der anderen Seite hatte das Tal auch sehr breite Stellen, wo die Hänge ganz sacht anstiegen und die Sonne mit ihren Strahlen bis zur Talsohle kam. Dort war das Marschieren besonders schweißtreibend. Die schlimmste Plage bildeten allerdings die Insekten, die um sie herum surrten, schwirrten und summten. In Myriaden fielen sie über ihre Körper her, um ihren Heißhunger auf Blut zu stillen. Der Weg vor ihnen war steinig und zum größten Teil mit irgendwelchen Pflanzen überwuchert, so dass es nicht ganz leicht war, vorwärts zu kommen. Der Pflanzenwuchs begrub alles unter sich und so stolperten sie mehr als sie gingen. Auch kam es vor, dass sie an einigen Stellen keine Pflanzen unter den Füßen hatten, sie standen dann nicht selten knöcheltief im aufgeweichten Boden.

Christina fluchte wie ein schottischer Hafenarbeiter. Dornen hatten die Haut auf ihren Armen zerrissen und auch ihre Fingernägel hatte sie sich irgendwo bei der Kletterei abgebrochen. Immer und immer wieder verfluchte sie den Tag, an dem sie die Reise gebucht hatte. Sie hasste die Lage, in der sie sich befand, schon allein wegen ihrer Hilflosigkeit, gegen die sie nichts unternehmen konnte. All ihr Geld, all das, was in der Heimat zählte und worauf sie immer großen Wert gelegt hatte, war hier im Wald wert- und nutzlos. Zu allem Überfluss blieben die Kopfschmerzen vom Morgen, die sie auf das Betäubungsgift zurückführte, den ganzen Tag. Missmutig trottete sie hinter Uwe her. Sie wusste, dass er seine eigenen Probleme hatte, und ahnte, wie es in ihm nach den Geschehnissen aussehen musste. Als sie über einen Stein stolperte, der Länge nach hinfiel und sich die Hose zerriss, sank ihre Stimmung auf Null. „Nun sieh dir das an, die Hose ist von oben bis unten aufgerissen. Ich werde mir die ganzen Beine verschrammen", keifte sie. „Die Haut habe ich mir auch aufgerissen."

Uwe musste bemerkt haben, dass es sinnlos war, weiter zu gehen, und da die Dämmerung unmittelbar bevorstand, sagte er: „Wir werden hier rasten und die Nacht verbringen. Im Dunkeln brechen wir uns nur den

Hals. Ich werde versuchen, etwas Essbares aufzutreiben. Doch zuerst zeigst du mir einmal dein Bein." Er schlug das aufgerissene Hosenbein auseinander und besah sich die Schramme. „Du wirst es überleben. Wir machen schließlich keinen Spaziergang!"

Er schien von ihrer Verletzung nicht sonderlich beeindruckt zu sein. „Warte hier und verhalte dich ruhig. Ich bin bald zurück."

„Meinst du, dass wir die Verfolger abgeschüttelt haben?"

„Ich denke schon, wenn es sie überhaupt gegeben hat."

„Das hast du heute Morgen auch gesagt. Kurz danach hatte ich diesen Giftpfeil in der Wade."

Er ging auf ihren Einwand nicht näher ein, verschwand in einem Gebüsch, hockte sich hin und schnitt aus der Mitte ein paar Sträucher heraus. Als er zurückkehrte, sagte er zu ihr: „Hock dich dort hinein und verhalte dich ruhig. Ich werde dich mit diesen beiden Ästen noch zusätzlich tarnen und bin spätestens in einer halben Stunde zurück."

„Und wenn du dich verirrst? Es wird bald ganz dunkel sein."

„Ich verirre mich nicht, das hab ich dir doch schon einmal gesagt. Ich finde dich auch im Dunkeln. Keine Sorge!"

Als sie sich ins Gebüsch gehockt hatte, legte er die

anderen Zweige vor die entstandene Öffnung. Kurz darauf hatte ihn das Grün des Waldes und die nahende Dämmerung verschluckt.

Christina war nun allein und wagte nicht, sich zu rühren. Der Schreck vom Morgen steckte ihr noch in den Gliedern. Sie hatte entsetzliche Angst und achtete auf jedes Geräusch. Wie spät es wohl war, wie weit sie wohl gekommen waren? Fragen, auf die sie keine Antworten wusste. Sie musste an Uwe denken. Was wäre wohl aus ihr geworden, wenn sie ihm nicht begegnet wäre? Unwillkürlich lief ihr ein Schauer über den Rücken. Sie wollte keinen Gedanken daran verschwenden, was sie im Camp wohl schon alles durchgemacht hätte. Vielleicht wäre sie schon tot weil sie sich mit Händen und Füßen gegen ihre Peiniger gewehrt hätte.

Sie musste sich auch eingestehen, wie wenig sie Uwe doch kannte. Warum war er nicht einfach geflohen? Er wäre jetzt mit Sicherheit ein ganzes Stück weiter. Warum war er den Kidnappern gefolgt? Warum kümmerte er sich so um sie? Warum tat er das alles? Hatte sie das überhaupt verdient? Und obwohl sie es schon vorher wusste, wurde es ihr genau in diesem Augenblick so richtig bewusst, dass sie ohne ihn erledigt war. Sie wollte nur eines, sie wollte diesen Dschungeltrip, den Trip durch die grüne Hölle, mit heiler Haut überstehen. Sie nahm sich deshalb vor, ihm so wenig wie möglich im

Wege zu stehen. Fortan wollte sie seinen Anordnungen ohne zu murren Folge leisten und keine unnötigen Diskussionen anfangen. Das war das Mindeste was sie tun konnte. Wenn es auch nicht viel war, aber daran wollte sie sich halten.

Weitere Gedanken gingen ihr durch den Kopf. Ob ihr Mann wohl über ihre Entführung unterrichtet war? Wenn ja, hatte er jemanden engagiert, der sie finden sollte? Würde sie je wieder aus diesem Dschungel herauskommen? Dabei war es noch nicht einmal ein richtiger Dschungel, nein, eher eine Art Regenwald. Wäre es ein Dschungel, hätten sie ohne Machete keine Chance und sie würden am Tage keine drei Kilometer weit kommen. Stellenweise hatte aber auch dieser Wald eine dichte grüne Vegetation und unter anderen Umständen hätte sich Christina sogar dafür begeistern können. In welche Richtung sie auch schaute, überall war üppiges Grün, das zahlreiche Schattierungen aufwies, die in einiger Entfernung ineinander flossen. Viele verschiedene Wildpflanzen blühten in allen nur erdenkbaren Farben. Vögel flatterten durch das Geäst. Um sie herum war am Tage ein Gezwitscher, welches das Herz eines jeden Ornithologen hätte höher schlagen lassen. Handtellergroße Schmetterlinge in allen Farben flatterten durch die Luft. Aber leider waren die Umstände nun einmal keine anderen. Sie konnte nicht sagen: Danke, ich habe genug gesehen, lass uns zur Bar gehen und einen Drink nehmen... Die Bar musste vorerst ohne sie auskommen. Ob sie jemals in ihrem Leben wieder eine Bar sehen würde, stand in den Sternen. In den Sternen, aus denen Uwe die Zeit und die Himmelsrichtung ablesen konnte. Was konnte sie? Nichts! Nichts, was ihr hier helfen konnte. Sollte ihm aus irgendeinem Grund etwas zustoßen, wäre sie hoffnungslos verloren. Sie würde verdursten, verhungern oder wahnsinnig werden. Die Strapazen des Tages forderten ihren Tribut, und schließlich schlief sie mit ihren Gedanken und Ängsten ein.

*

Als Uwe schwer beladen zurückkam, fuhr ihm ein mächtiger Schreck durch die Glieder. Christina antwortete nicht auf sein leises Rufen. Waren die Kidnapper ihnen doch gefolgt und hatten Christina wieder in ihre Gewalt gebracht? Oder hatte er sich doch verirrt? Doch ein kurzer Blick bestätigte, dass er sich an jener Stelle befand, an der er sie allein zurückgelassen hatte. Er legte seine Mitbringsel vorsichtig ab und näherte sich dem Gebüsch, seine Sinne bis zum Äußersten angespannt. Er hielt sich bereit, jederzeit auf etwas Unverhofftes zu reagieren. Mit Eiseskälte würde er zuschlagen oder sein Heil in der Flucht suchen. Langsam, fast behutsam schob er die Zweige auseinander. Ein leises Schnaufen war das erste, was er vernahm, dann sah er sie, wie sie im Schneidersitz dasaß, das Kinn auf ihrer Brust liegend. Die

Strapazen der letzten Stunden hatten ihr wohl sehr zugesetzt, so dass sie eingeschlafen war. Der Anblick rief bei ihm ein Lächeln hervor. Vor ihm saß eine Dame der feinen Gesellschaft, die Gattin eines Industriegiganten, weit ab der Zivilisation in einem Gebüsch und schlief. In viel zu großer Männerkleidung, verdreckt, die Haut ganz zerschunden.

Lautlos zog er sich zurück. Es war noch nicht spät, die Dämmerung ging allmählich in Dunkelheit über.

Endlich fand er die Zeit, sich seinen Mitbringseln zuzuwenden. Er nahm das Messer und begann, aus ein paar Ästen Stangen zu schneiden. Mit dem Messer wühlte er Löcher in den Boden, in die er die Stangen steckte. Mit den Lederriemen, mit denen Christina am Morgen gefesselt worden war, band er die Stangen zusammen. Dann schnitt er die Blätter einer kleinen Palme ab und begann, das entstehende Dach zu bedecken. Wenig später war die kleine Hütte fertig. Ein Feuer zu entfachen, schien ihm das Risiko nicht wert und unnötig. Die Temperaturen in der Nacht lagen in der Karibik nur wenig unter den Tagestemperaturen. Nachdem er die mitgebrachten Früchte in die primitive Laubhütte gebracht hatte, weckte er Christina. Er musste sie unter beide Arme fassen und hochheben, da ihre Beine eingeschlafen waren, so dass sie sich nicht in der Lage sah, auf eigenen Füßen zu stehen. Er hob sie kurzer Hand empor und trug sie ins Innere der Hütte, die er mit weichem Gras und Moos ausgepolstert hatte.

Christina stöhnte: „Wie das kribbelt. Ich kann kaum meine Beine ruhig halten. Wie lange habe ich nur so gesessen?”

„Ich weiß nicht, eine halbe Stunde?”

„Hast du diese Unterkunft gebaut?”

„Nein, es waren die Leute vom Bauhof”, Uwe lachte, „sie haben sie gerade erst geliefert.”

Christina knuffte ihn in die Seite: „So haben wir wenigstens ein Dach überm Kopf. Hast du etwas Essbares gefunden?”

„So viel, dass ich nicht alles mitnehmen konnte. Ja, ich glaub zwar nicht an Regen, aber sicher ist sicher.”

„Wo warst du? Es hat die ganzen letzten Tage nicht geregnet.”

Uwe legte wortlos ein paar Wildfrüchte auf ihren Schoß.

„Was ist das?”

„Wilde Bananen und Papayas. Wasser habe ich auch gefunden, aber nicht mitgebracht. Die Papayas wachsen auf dem Melonenbaum. Du kannst sie zuerst essen, sie enthält sehr viel Wasser. Danach solltest du dir den Bauch mit den Bananen voll schlagen. Bevor wir morgen weitergehen, holen wir uns noch etwas Wegzehrung... Mit einem kleinen Regenguss sollten wir immer rechnen. Es muss ja nicht gleich El Niño sein.”

„Wo hast du das alles her?” Sie erhob sich vorsichtig

und kam wieder aus der Hütte heraus. Sie ging dann ein paar Schritte und sagte: „Ich muss mich bewegen, meine Beine müssen durchblutet werden."

„Der Supermarkt ist gleich um die Ecke..."

„Uwe bitte. Ich habe den ganzen Weg hierher keine Bananen und Papayas gesehen."

„Die Tiere haben sie mir gezeigt. Pass auf, wo du hintrittst."

„Wie das? Uwe, ich denke, dass es nicht die richtige Zeit für Späße ist."

„Wenn du allein im Wald bist und Essen und Trinken brauchst, musst du die Tiere beobachten. Die Vögel haben mir den Weg gewiesen. Ich musste nur noch den Baum hochklettern und ernten. Die Früchte sind wild, sie werden nicht so wie gewohnt schmecken, aber wir werden wenigstens nicht verhungern. Du siehst, es sind keine Späße, Tina." Er hielt ihr ein Stück der Papaya hin, das sie dankbar annahm. Sie setzte sich an einen Baumstamm gelehnt auf den Boden und begann zu essen.

„Die Papaya schmeckt wundervoll und stillt hervorragend den Durst. Hast du das alles bei der Armee gelernt? Und nenn mich bitte nicht Tina, ich mag das nicht."

„Das und noch viel mehr. Die Papaya ist innen hohl, dass heißt, wenn wir die Kerne rausnehmen. Das eigentliche Fruchtfleisch ist nur etwa zwei Zentimeter stark. Wir können die Frucht zum Wasserschöpfen benutzen.

Du solltest das rötliche Fruchtfleisch dem gelben vorziehen. Es schmeckt besser und erinnert etwas an Himbeere und Waldmeister. Also gut, dann weiter mit Christina."

„Hm, lecker. Weißt du, ich habe eine Tina gekannt und möchte nicht an sie erinnert werden."

„Kenne ich diese Tina?"

„Nein, ich glaube nicht. Ist unser eingeschlagener Weg denn der richtige?"

„Exakt Nordost."

„Woher weißt du das? Du kannst die Sterne nicht sehen und was machst du, wenn der Himmel tagelang bedeckt ist? Wie orientierst du dich dann?"

„An den Bäumen."

„An den Bäumen? Wie das?", fragte sie mit echtem Interesse in der Stimme.

„Im Dschungel herrscht eine relativ hohe Luftfeuchtigkeit, da bildet sich an der Nordseite mancher Bäume Moos. Jeder Baum und jeder Strauch, quasi jede Pflanze, wächst zum Licht hin, das heißt, die stärksten Äste der Bäume zeigen nach Süden. Der Rest ist einfach... Zwischen Norden und Süden liegt Westen und Osten. Die Uhrzeit kann man mit etwas Übung am Stand der Sonne bestimmen.

Erzähl mir von dieser Tina."

„Toll... dass du das alles weißt", schwärmte Christina. „Nein, das ist lange her und unwichtig zugleich. Wie geht es morgen weiter?"

„Das selbe Pensum wie heute." Gelangweilt fügte er hinzu: „Jeden Tag dasselbe."

Dann setzte er sich Christina gegenüber auf einen Stein, und während er ebenfalls eine Banane aß, beobachtete er sie.

„Was denkst du, wie weit sind wir gelaufen?", fragte sie und wischte sich den Saft der Papaya vom Kinn.

„Dreißig Kilometer, eher weniger. Viel mehr als fünfunddreißig Kilometer werden wir am Tag auch nicht schaffen. Nicht hier in diesem verdammten Wald", antwortete er und machte mit der Hand eine weit ausholende Bewegung.

„Warum gehen wir im Tal und nicht auf dem Bergrücken? Ich komme mir hier vor, wie in einer Mausefalle. Wir können nicht weg, wenn es die Lage erfordern sollte."

„Wir müssen im Tal bleiben. Wegen des Wassers. Wir werden früher oder später auf Wasser stoßen. Oben auf den Bergen gibt es kein Wasser. Wir würden verdursten."

Christina streckte ihre Beine aus, dehnte ihren Oberkörper und stöhnte, als sie sagte: „Weißt du, was ich nicht verstehe? Warum hast du nie eine Waffe genommen, wo du die Möglichkeit gehabt hattest? Den Revolver in der Hütte, das Gewehr heute Morgen."

Uwe spielte mit dem großen Messer, warf es von einer

Hand in die andere und sagte dann: „Schusswaffen geben dir eine trügerische Sicherheit. Aber in Wirklichkeit lässt nur deine Vorsicht nach, ohne dass du es bemerkst. Das kann tödlich enden. Ich brauche keine Schusswaffe. Das hier", er hob das große Messer empor, „und meine Hände, reichen aus. Ein Gewehr ist nur hinderlich. Mit seinem Eigengewicht wird es auch schnell lästig. Und es ist laut, damit verrät es dem Feind meinen Standort. Wenn ich schon töten muss, dann nur lautlos." Er legte eine Pause ein. Dann redete er nachdenklich weiter: „Ich hätte es nie für möglich gehalten, einmal einen Menschen zu töten. Schon gar nicht vier und das innerhalb weniger Stunden."

„Du hattest keine andere Wahl. Hättest du sie nicht getötet, wärest du jetzt mit Sicherheit schon selbst tot. Und ich... Du hast mich zweimal vor Schlimmerem bewahrt." Sie legte ihre Hand auf seinen Oberschenkel. „Ich bin dir zu Dank verpflichtet, ich stehe tief in deiner Schuld."

„Ich habe das nicht gewollt, es ist einfach passiert. Weißt du, manchmal ist es so, dass man nur noch reagiert, ganz ohne Kopf. Wie ein Tier."

„Nein Uwe, das glaube ich nicht. Du hast nicht kopflos wie ein Tier gehandelt. Du hast reagiert, wie eine Kampfmaschine. Eiskalt und gezielt. Du musst dir aber keine weiteren Gedanken darüber machen. Es ist ohnehin nicht zu ändern."

„Lass nur, ich komme erstaunlich gut mit der Tatsache zurecht. Wahrscheinlich liegt es daran, dass ich Gewissheit habe, dass ich alle vier direkt in die Hölle geschickt habe.”

„Fünf, Uwe, es waren fünf. Im Lager zwei und am Bach drei.”

„Der dritte am Bach ist nicht tot, ich habe ihn mit einer Botschaft ins Lager geschickt. Es war auch nicht unbedingt erforderlich, ihn zu töten, ganz gleich, was er für ein Mensch war. Ich habe ihn nur eine Stunde...”, er lachte kurz, „schlafen gelegt, damit wir genügend Vorsprung herausholen konnten.”

„Welche Botschaft?”

„Ich habe ihm gesagt, dass ich jeden umbringen werde, der uns folgen wird. Ich hoffe sie haben's begriffen.” Nach einem breiten Grinsen fügte er hinzu: „Ich habe geblufft, wie bei einem Pokerspiel.” Plötzlich richtete sich sein Oberkörper auf, er holte blitzschnell aus und warf das Messer in ihre Richtung. Wenige Handbreit von ihrem Kopf entfernt endete der Flug der Klinge mit einem kurzen schmatzenden Geräusch an einem Baum. Nach einer endlos langen Schrecksekunde schrie sie auf und sprang instinktiv auf Uwe zu. Erst als sie sich in Sicherheit wähnte, drehte sie sich um und sah in die Richtung, in der er das Messer geworfen hatte. Die Klinge hatte sich durch den Leib einer großen Vogelspinne gebohrt und an den Baum genagelt.

„Du solltest dir die Stelle vorher ansehen, wenn du dich niederlässt."

„Das ist ja widerlich. Sieh nur, ich bekomme gleich eine Gänsehaut." Sie hob ihre Arme und betrachtete sie abwechselnd. Unbeeindruckt davon ging er zum Baum und zog das Messer mit dem leblosen Körper aus dem Stamm. Anschließend betrachtete er interessiert die tote Spinne. Ein handtellergroßes Exemplar. Der runde Hinterleib war bräunlich und schwarz schattiert, der Rumpf, aus dem die vier Beinpaare herausragten, schwarz. Die langen behaarten Beine, teils braun, teils schwarz, bestanden aus sieben Gliedern. Auffällig waren die ebenfalls behaarten Fühler. Sie schienen recht stark ausgeprägt und sahen eher aus wie zusätzliche Beine. Deutlich konnte Uwe die Augen und das Beißwerkzeuge, die Klauen, erkennen.

„Uwe bitte, schmeiß das Ding weg. Mich ekelt es. Am Ende wirst du noch gebissen." Christina verzog ihren Mund und schüttelte sich dabei.

„Diese hier... die beißt niemanden mehr und selbst wenn... So schlimm ist das nicht." Er holte weit aus und machte dann eine ruckartige Bewegung mit der Hand. Der Spinnenkadaver rutschte von der Klinge und fiel zu Boden. Mit dem Fuß schob Uwe einen etwas größeren Stein über die Spinne.

„Was soll das heißen... so schlimm ist das nicht?"

„Das soll heißen, dass das Gift der Vogelspinne entgegen weit verbreiteter Ansicht für den Menschen nicht sehr gefährlich ist."

„Woher willst du das wissen?" Christina hatte sich auf einen großen Stein gesetzt, die Beine an den Körper gezogen und mit ihren Armen umschlungen. Mit interessiertem Blick sah sie Uwe an.

„Ich habe davon gelesen. Das Gift der Vogelspinne kommt in der Wirkung eher dem der Wespe nahe. Eine leichte Anschwellung und eine Rötung der Haut ist alles, was du zu befürchten hast."

„Sicher?"

„Sicher. Die amerikanische Vogelspinne ist sogar noch etwas harmloser als die afrikanische. Der eigentliche Biss allerdings soll recht schmerzhaft sein. Das Gift dagegen ist für den Menschen eher harmlos."

„Da bin ich aber beruhigt. Begegnen möchte ich so einer Spinne aber trotzdem nicht noch einmal."

„Die Spinnen sind sehr scheu und suchen in der Regel das Weite, so dass du sie nicht weiter zu Gesicht bekommen wirst. Vielleicht war das eben gerade eine rühmliche Ausnahme"

„Ich hätte nichts dagegen. Lass uns das Thema wechseln. Ich mag nicht mal daran denken. Hast du eine Vorstellung, wo wir sind?"

„Nein. Ist das wichtig? Wir sind irgendwo. Irgendwo im Nirgendwo. Ich habe einen Last-Minute-Flug nach Nirgendwo gebucht." Er lachte bei den Satz. Sie blieb ernst.

Er stand auf und ging zu einer Agave, holte mit dem Messer aus und schlug in Kopfhöhe quer gegen die fleischige Blattspitze. Christina sah ihm interessiert zu.

„Vorbei."

„Was machst du da?"

„Wieder vorbei."

Nach dem dritten Versuch ergriff er das dickfleischige Blatt und zog etwas heraus. „Hier hast du Nadel und Faden." Er reicht ihr eine dicke kurze Nadel mit einem langen Faden daran. „Die Blätter der Agaven haben an den Spitzen Dornen. Sie sind leicht gebogen und sehen eher wie Krallen aus. Wenn man sie dort abschlägt, kann man sie aus dem Blatt ziehen. An dem Dorn hängt diese lange Faser. Du kannst beides als Nadel und Faden nutzen und die Hose damit nähen."

„Ich bin ja sprachlos. Weißt du noch mehr?" Ungläubig griff sie nach der langen Faser.

„Zur Not könntest du vom Saft der Pflanze trinken. Ist aber sehr mühselig und uneffektiv, außerdem gibt es genug Wasser hier in den Bergen. Die Mexikaner gewinnen aus dem Saft der Agave alkoholische Getränke. Mescal und den weniger bekannten Pulque. Wusstest du, dass die Agave nur einmal blüht? Danach stirbt sie. Aus den Blättern der Agave gewinnt man Hartfasern." Uwe brach das Thema abrupt ab, ging ein paar Schritte von Christina weg, bückte sich und kam dann mit einer anderen Pflanze zurück.

„Eine Pflanze aus der Gattung der Liliengewächse. Der Saft dieser Pflanze hat antiseptische Wirkung in hoher Konzentration. Hier nimm! Zerquetsche die Pflanze und träufle dir den Saft auf all deine Verletzungen, auf jeden Riss in der Haut. Eine reine Vorsichtsmaßnahme. Der Saft tötet alles ab. Damit gehen wir einer Entzündung oder gar einer Blutvergiftung von vornherein aus dem Weg."

„Du kommst mir vor wie ein wandelndes Lexikon." Sie sah ihn mit großen Augen an. „Hättest du je gedacht, dass du all dieses Wissen einmal anwenden würdest?"

„Nein, natürlich nicht", er lächelte. „Weißt du, die NVA wäre nie im Leben dorthin gelangt, wo es Agaven gibt."

„Soll das heißen, dass dieses Wissen nicht von deiner Ausbildung stammt?"

„Das Grundwissen schon. Die Ausbildung damals hatte mich neugierig gemacht, so dass ich mir zusätzlich entsprechende Literatur besorgte und mich weitergebildet habe." Er sah ihr kurz in die Augen, bevor er fortfuhr: „Soll ich dir mal etwas sagen? Ich bin selbst erstaunt, wie weit ich damit komme. Theoretisch! Ich hätte es nie für möglich gehalten, alles einmal praxisnah anwenden zu müssen."

Christina lachte, als sie sagte: „Na ja, ein Streber warst du ja schon immer. Aber trotz allem, ich bewundere dich." Sie rieb sich mit der zerdrückten Pflanze langsam ihre Wunden ein. Anschließend nahm sie die *Nadel* und begann, ihre Hose zu flicken. Ganz nebenbei sagte sie: „Erzähl mir von deiner Frau. Wo liegt Euer Problem?"

„Problem? Was für Probleme?" Uwe wurde hellhörig.

„Uwe, du hast mir erzählt, dass du deinen Flug unmittelbar vor dem Abflug gebucht hast. Später, dass deine Frau nicht frei bekommen hat. Was denn nun? War der Urlaub geplant oder hast du dich kurz entschlossen?" Sie lächelte kurz zu Uwe hoch. „Gib zu, es war eine Notlüge... und ich hab's bemerkt."

Sie hatte ihn ertappt. Auch wenn es unter anderen Umständen eine peinliche Situation gewesen wäre, so spielte es hier im Wald keine Rolle.

„Christina, das ist jetzt nebensächlich. Wir haben andere Sorgen. Lass uns versuchen zu schlafen. Morgen liegen dreißig Kilometer vor uns."

„Genau, wir haben andere Sorgen. Uwe, deine Schuhe sind mir zu groß. Damit läuft es sich schlecht. Wenn ich mein Kleid in die Hose stecke, bin ich in meinen Bewegungen behindert. Lasse ich es draußen, bleibe ich an allem möglichen hängen."

„Zieh es aus."

„Wie bitte?"

„Das Kleid, zieh es aus."

Wortlos zog sie sich Uwes Hemd und anschließend das

Kleid über den Kopf und reichte es ihm, der es genauso wortlos entgegennahm.

„Das schöne Kleid", sagte er und schnitt es mit dem Messer im Hüftbereich in zwei Teile.

„Hier, das kannst du als Hemd anziehen. Von dem Rest machen wir dir Morgen ein paar Fußlappen."

„Fußlappen?"

„Ja, Fußlappen. Eine praktische Erfindung. Damit sind unsere Väter bei dreißig Grad Minus vor sechzig Jahren von der Wolga nach Hause gelaufen."

„Aber der Stoff ist doch viel zu dünn", wagte sie zu protestieren.

Uwe legte sich hin und drehte sich von ihr weg. „Damit werden dir die Schuhe passen."

„So viel zum Thema Escada-Kleid." Sie hob die Reste des Kleides hoch, betrachtete sie und schüttelte den Kopf.

„Escada, Escada", murmelte Uwe vor sich hin. „Deine Sorgen möchte ich haben. Schlaf jetzt. Morgen ist auch noch ein Tag."

„Scarlet O'Hara", vervollständigte sie seinen letzten Satz. „Wenn du doch nur nicht so streng riechen würdest." Sie legte sich neben ihn und drehte sich von ihm weg. Bald darauf schliefen sie ein.

*

Als Christina am nächsten Morgen erwachte, war sie allein. Sie kroch aus dem primitiven Unterschlupf hervor und sah, dass Uwe nur wenige Meter entfernt auf einem umgestürzten Baumstamm in die frühe Morgensonne blinzelte. Bis auf die Unterhose war er nackt. Sein Haar war nass und auch seinen Körper bedeckten noch ein paar wenige Wassertropfen. Über einem Gebüsch trockneten seine nassen Sachen. Christina beobachtete ihn eine Weile, dann ließ sie ihren Blick durch die Gegend schweifen. Die Luft schimmerte glasklar, während die Vögel allmählich erwachten und ihr allmorgendliches Konzert anstimmten. Der Duft des erwachenden Waldes lag in der Luft. Schmetterlinge flatterten umher. Ein paar kleine Affen hangelten sich durch das hohe Geäst und schaukelten auf armdicken Lianen. Ein Käfer kroch über ein verwesendes Etwas. Die hellen Stämme hünenhafter Bäume glänzten in der frühen Morgensonne.

„Bist du etwa ins Wasser gefallen?" Christina ging zu Uwe und hockte sich neben ihn.

„Nicht ganz, ich bin gesprungen. Hab ein Bad genommen und versucht die Klamotten zu waschen. Du hattest recht, sie rochen fürchterlich."

„Ich würde auch gerne baden."

„Gleich um die Ecke keine zweihundert Meter entfernt hast du die Möglichkeit dazu. Ich werde dich begleiten." Er erhob sich, nahm die noch nassen Sachen und wollte sie sich überziehen.

„Du willst dir doch wohl nicht etwa diese nassen Sachen überziehen? Lass sie hängen. Es reicht, wenn du mir zeigst, wo es langgeht."

„Ich komme mit, du hast wohl schon vergessen, wo du hier bist und was alles passieren kann. Außerdem ist es ohnehin unsere Richtung. Ich werde nur noch die Spuren unserer Übernachtung beseitigen und dann brechen wir auf. Am Wasser finden wir gewiss etwas Wegzehrung und gehen dann geradewegs nach Nordosten. Ein paar Bananen habe ich schon mitgebracht."

Nachdem er die Überreste ihrer Behausung peinlich genau beseitigt hatte, nahm er die wenigen Sachen, die sie ihr Eigen nannten, und setzten ihren Weg fort.

„Möchtest du eine Banane?" Er wartete die Antwort nicht ab, brach eine Banane aus der Staude und reichte sie ihr. Nachdem er sich noch einmal gründlich umgesehen hatte, verließen sie ihren Schlafplatz Richtung Wasserlauf.

„Was ist das für Wasser?", wollte Christina wissen.

„Ein ähnlicher Wasserlauf wie in der Nähe unseres Camps. Nicht sehr tief und auch nicht sehr breit. Eher flach, dafür aber reines sauberes Wasser. Der kleine Bach muss hier irgendwo seine Quelle haben. Es muss hier Dutzende von diesen Bächen geben."

Bald darauf hatten sie den kleinen Wasserlauf erreicht. Christina war enttäuscht. Sie blieb stehen, drehte sich zu ihm um, deutete mit der Hand auf das

Rinnsal und verzog ihr Gesicht.

„Meinst du den da?” Mit ihren Kopf nickte sie in Richtung Bach. „Darin hast du gebadet?”

Ohne darauf einzugehen, ging er an ihr vorbei und sagte nur: „Komm, noch fünfzig Meter.”

Bald hörten sie es leise plätschern. Der kleine Wasserlauf staute sich in einer kleinen Mulde zu einem Becken, das man gut als Badewanne nutzen konnte. Christina steckte ihren Fuß ins Wasser. Sie drehte sich zu Uwe, als sie fragte: „Kann man da einfach rein?”

„Ja, natürlich. Ich hab die nähere Umgebung vorhin ausgiebig abgesucht. Es gibt keine weiteren Badenixen hier.” Mit einem Ast schlug er auf die nahen Büsche ein, als wolle er doch noch vorhandenes Getier vertreiben.

Ohne sich um ihn zu kümmern, hatte sie sich in Sekundenschnelle ihrer Sachen entledigt und stieg ins angenehm kühle Wasser.

„Ich hole noch ein paar Bananen, bleibe aber in Rufweite. Wenn ich zurück bin, werden wir unseren Weg fortsetzen.”

Nachdem sie ausgiebig gebadet und ein paar Bananen verzehrt hatte, zeigte ihr Uwe, wie man Fußlappen optimal anlegt. Anfangs war sie skeptisch, aber schon nach wenigen Metern war sie von der Art, ihre Füße zu schützen und den zu großen Schuhen anzupassen, überzeugt.

Doch nachdem sie sich zwei Stunden durch das Dickicht gekämpft hatten, war ihr die Lust gründlich vergangen. Mehr und mehr verstummte sie. Die Anspannung des Marsches stand ihr deutlich ins Gesicht geschrieben. Von Marschieren konnte keine Rede sein, denn einen direkten Weg gab es nicht. Rechts und links taten sich Bergzüge auf, während sich in dem recht engen Tal der Wasserlauf dahinschlängelte. Der Boden war schlammig und rutschig und mit allem nur erdenklichen Gestrüpp überwuchert. Uwe ging voran und schlug so gut es ging mit dem Messer eine Schneise. Christinas Laune sank auf einen Tiefpunkt. Widerwillig folgte sie ihm. Für die Schönheiten des Waldes, für das Gezwitscher um sie herum und für den Duft der zahlreichen wild blühenden Pflanzen hatte sie nichts übrig. Für sie war alles nur Strapaze. Sie wollte eine Pause, sie brauchte Zeit zum Verschnaufen.

„Uwe, ich kann nicht mehr. Machen wir eine Pause?"

„Noch nicht. Später!", war die knappe Antwort.

„Ich kann aber nicht mehr", jammerte Christina.

Uwe blieb stehen, drehte sich zu ihr um und sagte dann: „Wenn du denkst, du kannst nicht mehr, wenn du der Meinung bist, dass du am Ende bist und nichts mehr geht, dann hast du immer noch sechzig Prozent deiner Leistungsreserven. Komm jetzt weiter. Vier Stunden ist unser Soll. Alle vier Stunden legen wir eine Pause ein."

„Vier Stunden... das schaffe ich nie... sechzig Prozent, dass ich nicht lache. Ich habe keine zehn mehr."

Sie führte Selbstgespräche, als plötzlich und unvermittelt Uwe auf sie zusprang, seine Hand auf ihren Mund presste und sie zu Boden riss. Ohne ein Wort der Erklärung wusste sie, dass Gefahr für ihr Leben bestand. Sie sagte keinen Ton, presste ihren Körper gegen seinen und wagte kaum zu atmen. Ihr kam die Zeit, die sie am Boden lagen, wie eine Ewigkeit vor, als er sich langsam erhob.

„Bleib du hier liegen, ich werde nachsehen, ob wir weiter können." Er schnitt ein paar Palmenwedel ab und bedeckte sie damit. Dann entfernte er sich.

Christina begann, trotz der Hitze zu frieren. Die Feuchtigkeit des Bodens hatte ihre Sachen durchnässt, doch den aufkommenden Wunsch, sich in die wärmende Sonne zu legen, unterdrückte sie beharrlich. Ihre Angst war stärker. Dornen bohrten sich durch ihre Haut. Ihr rechtes Bein brannte wie Feuer. Sie musste mit irgendwelchen Nesseln in Berührung gekommen sein. Hoffentlich muss ich hier nicht noch länger liegen, dachte sie, als sie Schritte vernahm.

„Du kannst jetzt aufstehen." Uwe war zurück.

„Was war los? Sind sie uns gefolgt?"

„Nein. Ich habe eine Familie gesehen. Einen Mann, eine Frau, zwei Kinder und einen Esel. Es muss hier irgendwo ein Dorf geben."

„Das ist doch super." Christina war freudig erregt. „Dann sind wir also gerettet?"

„Nein!"

„Nein?" Christina Freude schlug ins Gegenteil um. „Was heißt nein?"

„Unsere Gastgeber müssen von irgendwo herkommen. Er waren achtzehn Personen. Bei uns im Camp waren aber nur ein paar von denen. Wo steckt der Rest? In diesem Dorf? Die Familie, die ich gesehen habe, machte einen verdammt ärmlichen Eindruck. Selbst wenn die Ganoven nicht aus diesem Dorf sind, wissen wir nicht, ob die Dorfbewohner mit ihnen sympathisieren und wenn nicht, könnten sie uns für eine Handvoll Dollar verraten. Das Risiko ist mir viel zu groß. Wenn wir auf das Dorf stoßen sollten, müssen wir es weitläufig umgehen."

„Das sind ja tolle Aussichten. Wie lange willst du danach noch weitere Ortschaften umgehen?"

„Ich weiß es nicht. Es wird immer auf die Situation ankommen. Ich werde dich jetzt hier verstecken und das Dorf suchen. Vielleicht gibt es ein Telefon. Vielleicht gibt es auch eine Funkstation. Halt du dich so ruhig, wie es nur geht. Es kann diesmal Stunden dauern, bis ich zurück bin."

„Woher weiß ich, ob du überhaupt zurückkommst? Wenn die dich nun gefangen nehmen. Uwe, du kannst mich nicht allein lassen. Ohne dich bin ich aufgeschmissen."

„Ich komme zurück. Du kannst dich drauf verlassen.

Ich weiß nur nicht, wie lange es dauern wird."

„Versprochen?"

„Versprochen. Versuch etwas zu schlafen."

Schnell hatte Uwe wieder ein passendes Gebüsch gefunden, in dem sie sich verstecken konnte. Den Eingang bedeckte er so gut es ging, dann war sie wieder allein.

*

Uwe war noch keine halbe Stunde fort, als Christina aus einem leichten Schlaf aufgeschreckt plötzlich Schritte vernahm. Mit einem Schlag war sie hellwach. Wie lange sie wohl geschlafen hatte? Sollte Uwe etwa schon wieder zurück sein? Sie wusste nicht, woher sie die plötzliche Gewissheit hatte, dass es nicht Uwe war, der sich ihrem Versteck näherte. Sie wagte kaum zu atmen, und insgeheim betete sie zum lieben Gott, dass Uwe den Eingang zu ihrem Versteck gut getarnt hatte. Sie versuchte, so ruhig wie möglich zu bleiben. Langsam und gleichmäßig atmete sie ein und aus. In ihrer Nähe war es unnatürlich still geworden, selbst das allgegenwärtige Gezwitscher und Gekreische der Vögel schien verstummt zu sein. Diese Stille war geradezu unheimlich. Christina vernahm lediglich das Pochen des eigenen Pulsschlages in ihren Schläfen. Sie lauschte. Das Geräusch der Schritte war verstummt, ohne sich allerdings entfernt zu haben. Zu wem auch immer diese Schritte gehörten, diese Person musste in unmittelbarer Nähe ihres Verstecks sein. Anspannung lag in ihrem Gesicht, als sie plötzlich bemerkte, wie ihr etwas über die Beine kroch. Starr vor Entsetzen senkte sie langsam den Kopf. Auf ihrem rechten Oberschenkel hatte es sich eine helle grüne Schlange bequem gemacht. Kalte Schauer jagten ihr über den Rücken und sogleich bildete sich am ganzen Körper eine Gänsehaut. Beim Anblick der Schlange standen ihr förmlich die Haare zu Berge und das Blut gefror ihr in den Adern. Sie hasste Schlangen über alles, mehr noch als Spinnen. Angst, Abneigung und Ekel gegen Schlangen und Spinnen waren bei ihr schon fast krankhaft. Die Schlange lag fast regungslos auf ihrem Schenkel und genoss scheinbar die Wärme, die von ihrem Körper ausging. Sie hatte ihren kleinen Kopf leicht erhoben und sah sie mit ihren fast schwarzen Knopfaugen an. Lieber Gott, lass es nur eine einfache und ungiftige Natter sein, dachte sie, während sie die Schlange etwas näher betrachtete. Im Sekundentakt schnellte eine kleine Zunge aus dem Mund hervor und tastete züngelnd die Gegend ab. Dass die Schlange im vorderen Körperabschnitt vorwiegend dunkle Querstreifen hatte, die Streifen weiter hinten jedoch deutlich heller und länglich angeordnet waren, kam ihr merkwürdig vor. Ansonsten sah sie wie viele andere Schlangen aus, etwas über einen halben Meter lang, breiter platter Kopf, langer dünner Schwanz. Christina konnte sich nicht erinnern, je so eine auffällig gemusterte Schlange gesehen zu haben. In Gedanken sprach sie mit sich selbst: Bleib ruhig, nur nicht rühren. Wenn du ganz ruhig bleibst, werden die Schritte und die Schlange ganz von allein verschwinden. Nur nicht in Panik verfallen. Reiß dich verdammt noch mal zusammen. Obwohl sie am liebsten aufgesprungen und weit fortgelaufen wäre, blieb sie ruhig liegen. Instinktiv wusste sie, dass die Schlange ihr geringstes Problem darstellte. Wenn sie sich nicht rühren würde, hätte die Schlange auch keinen Grund sie zu beißen. Was aber war, wenn jemand die Palmenblätter beiseite räumen und sich die Schlange dadurch bedrängt fühlen würde? Sie hatte den Gedanken kaum zu Ende geführt, als plötzlich eine Hand zwischen den Blättern der Zweige hindurch fuhr, sie packte und mit roher Gewalt emporhob.

Was dann geschah, ging alles sehr schnell. Zwei kräftige Männerhände versuchten, sie mit brutaler Gewalt auf die Beine zu stellen. Als auch der letzte Palmenwedel von Christina abfiel, konnte sie dem Mann direkt in die Augen sehen. Sie identifizierte ihn als einen der Männer aus dem Camp. Dann geschah das Unfassbare. Aus den Palmenwedeln schnellte etwas Grünes hervor. Christina erkannte die Schlange, die nun am Hals des Mannes hing, der sofort einen spitzen Schrei ausstieß, sie losließ und panisch nach der Schlange griff. Mit voller Wucht schleuderte er das Tier weit in die umliegenden Büsche, während sich gleichzeitig blankes Entsetzen im Gesicht des Mannes breit machte.

Wie vom Blitz getroffen fiel er hinten über. Mit einer Hand griff er sich an den Hals, mit der anderen umfasste er ein großes Messer. Unentwegt durchpflügten seine Füße den feuchten Boden wie ein Radfahrer. Schweiß stand ihm auf der Stirn und seine Augen waren nun weit hervorgetreten. Schließlich, noch bevor Schaum aus seinem Mund quoll und er krächzend noch ein paar Wort stammelte, beugte sich sein Körper wie eine Brücke. Ein Zittern durchlief seine Brust, bis er plötzlich in sich zusammenfiel und alles Leben seinen vergifteten Leib verließ.

Christina hatte ihre Fassung noch nicht zurückgewonnen, als sich ihr eine Hand auf die Schultern legte. Wie von der Tarantel gestochen, fuhr sie herum und stieß dabei eine schrillen Schrei aus. Vor ihr stand Uwe. Sie fiel ihm um den Hals und fing an zu seufzen. Die Strapazen des Marsches und das gerade Erlebte waren zu viel für sie. Ihre Nerven lagen blank, und während ihr Körper in ein einziges Schluchzen überging, krallte sie sich an ihm fest. Unfähig, nur ein einzelnes Wort hervorzubringen, weinte sie hemmungslos.

„Es ist vorbei. Beruhige dich."

Doch der Schrecken steckte ihr noch tief in den Gliedern. An eine Beruhigung war vorerst nicht zu denken. Stammelnd brachte sie hervor: „Lass mich nie wieder allein… nie wieder… hörst du? Lass mich nie wieder allein. Nie, nie wieder." Sie hatte ihn am Kragen gepackt, sah ihm ins Gesicht und brachte flehend ihre Worte hervor: „Versprich mir, dass du mich nie wieder allein lässt." Sie ließ nicht eher von ihm ab, bis er sein Versprechen gegeben hatte, sie nicht mehr allein zu lassen.

Anschließend begutachteten sie den Toten. Sein Körper war steif, die Augen weit aufgerissen, Schaum trat aus seinem Mund hervor. Am Hals waren zwei kleine Einstichlöcher.

„Die Schlange hat ihn unmittelbar in die Halsschlagader gebissen. Das tödliche Gift konnte so in Sekundenschnelle wirken. Es war dein Glück."

„Mein Glück? Ich glaube, ich höre nicht richtig. Was ist denn erst Pech in deinen Augen? Ich hätte tot sein können. So oder so. Wenn mich die Schlange nicht gebissen hätte, hätte mich dieser Kerl getötet. Das hier ist... das hier ist das Laboratorium des Teufels!"

„Der Mann da", Uwe deutete auf den Toten, „hätte dich bestimmt nicht getötet. Komm, lass uns verschwinden. Diese Gegend ist nicht gut für uns." Er bückte sich und nahm das Messer des Toten an sich, anschließend wälzte er den leblosen Körper hinter ein Gebüsch, so dass er nicht ohne weiteres zu sehen war.

„Diese Gegend?" Christina lachte hysterisch. „Die ganze Gegend der letzten Tage ist nicht gut für uns. Zumindest, was meine Person angeht."

Nachdem sie einige Minuten gegangen waren, fragte

sie erneut: „Was hat deine Erkundung ergeben? Hast du das Dorf gefunden?"

„Ja, es ist so, wie ich vermutet habe. Im Dorf, es sind nur ein paar primitive Hütten, habe ich den Laster gesehen, der uns in den Dschungel gebracht hat. Rechts von diesem Tal ist ein Dorf und links davon muss ein zweites sein. Ich denke auch, dass der Typ uns an dieser Stelle aufgelauert hat. Ich glaube nicht, dass er uns gefolgt ist. Die wussten, dass wir hier früher oder später vorbeikommen würden. Ein Grund mehr, schnell zu verschwinden."

„Konntest du an ein Telefon..."

„Vergiss es", unterbrach er sie. „Die haben nicht einmal elektrischen Strom oder gar fließendes Wasser."

„Dass es so etwas noch gibt. Auf was wartest du? Lass uns abhauen, ich will weg von hier."

Nachdem sie ein paar Meter weiter gegangen waren, überquerten sie den Trampelpfad zwischen den Dörfern. Er zog sich wie eine Schneise quer durch die Gebirgszüge. Bald darauf hatte das Grün des Waldes sie wieder verschluckt.

*

Das Gestrüpp wurde dichter. Aus dem kleinen Rinnsal wurde ein Bach, der nur wenige hundert Meter weiter zu einer kleinen Stromschnelle anwuchs. Gelegentlich kamen aus den Bergen rechts und links kleine Rinnsale hinzu. Jeder Bach führte glasklares Quellwasser. Über

Wassermangel brauchten sie sich nicht zu beklagen. Das Wasser brachte Abkühlung und schmeckte hervorragend, doch die anschwellende Menge konnte auch Nachteile mit sich bringen.

„Der Bach macht mir Sorgen. Wenn es so weitergeht, bleibt für uns kein Platz mehr. Dann müssen wir das Tal wechseln."

Der Bach bereitete ihm noch aus einem anderen Grund Sorge, den er vor Christina vorsorglich verschwieg. Es lag auf der Hand, dass aus dem Bach früher oder später ein Fluss werden würde. Er konnte sich aber nicht erinnern, auf der Karte in dieser Gegend einen Fluss gesehen zu haben. Sollten sie vielleicht doch in einer ganz anderen Gegend befinden als angenommen? Er rief sich erneut die Landkarte aus dem Hotel ins Gedächtnis zurück und vor seinem geistigen Auge tauchten die Städte, Flüsse und Gebirgszüge, die sich von Südwest nach Nordost ausdehnten, wieder auf. Ein prüfender Blick in die nahe Umgebung und er war sich sicher, dass sie genau in diese Richtung marschierten. Vielleicht war die Karte doch nicht so genau gezeichnet. Vielleicht hatte sich der Künstler einfach nicht die Mühe gemacht, alle Gebirgsflüsse in die Karte einzuzeichnen. Er wusste es nicht.

Christina war wie ausgewechselt. Sie drängte unaufhörlich vorwärts. Sie hatte nur einen Wunsch, die Gegend um die beiden Dörfer herum zu verlassen. Je länger sie sich ihren Weg durch das Dickicht bahnten, je breiter und tiefer wurde der Bach, der sie begleitete. Lange war aus dem schmalen Rinnsal schon ein richtiger kleiner Fluss geworden. Um sich Erfrischung zu verschaffen, wateten sie ab und an durch die Fluten, doch nun war es einfach zu gefährlich geworden, da die Wassermassen ihnen die Beine wegreißen konnten. Allmählich wurde der kleine Wasserlauf zum reißenden Fluss.

Nach mehreren Stunden anstrengenden Marsches mussten sie eine Zwangspause einlegen. Aus einem steilen Nebental stürzte ein kleiner Fluss hinab und vereinigte sich mit dem zum Fluss gewordenen Wasserlauf auf ihrer Seite. Zwar war der herabstürzende Bach nicht sehr breit oder tief, doch durch das enge steile Tal wurde ein tosender reißender Wasserfall daraus. Überall lagen kleinere und größere Steine bis hin zu großen Felsbrocken. Ein Überqueren des Wasserlaufs wäre nur möglich, wenn sie von Felsbrocken zu Felsbrocken springen würden.

Christina kam die Unterbrechung nicht ungelegen. Sie hatte es sich auf einem Stein bequem gemacht und sah Uwe hinterher, wie dieser eine günstige Überquerung suchte.

„Hier oben müsste es gehen", rief er etwas oberhalb von ihr.

Widerwillig erhob sie sich und trottete zum Wasser hinüber. „Ich hätte die Pause nicht machen sollen. Ich kann nicht mehr. Ich bin total down und möchte nur noch schlafen."

„Lass uns den Wasserlauf überqueren und noch ein oder zwei Kilometer zurücklegen, dann können wir rasten. Es wird bald dunkel werden. Bei Dunkelheit wird uns keiner über das Wasser folgen. Wir haben so eine natürliche Barriere zwischen uns und den Dörfern. Komm, ich helfe dir."

Er stand auf einem Felsblock und reichte ihr die Hand. „Es wird nicht schlimm werden. Sieh mal", er deutete auf zwei weitere Felsen, „den und dann den. Das ist es dann auch schon. Ich gehe voran und werde dich auffangen, wenn du vorbeitreten solltest."

Mit Leichtigkeit erreichte er den nächsten Stein. Dann drehte er sich um und wartete auf Christina. Beim nächsten Fels wiederholte sich das Spiel. Der Abstand zwischen den Steinen war nicht sehr groß. Ein Satz noch und sie würden wieder festen Boden unter den Füßen haben. Dann noch eine halbe Stunde Marsch und die wohlverdiente Pause konnte kommen. Uwe sprang als erster ans andere Ufer. Er drehte sich zu ihr um und breitet seine Arme aus. Eigentlich macht sie sich ganz gut hier in der Wildnis, dachte er. Der Gedanke war noch nicht zu Ende gedacht, als sie ins Rutschen geriet und ins Wasser stürzte. So unangenehm es für sie sein musste, konnte er sich ein Lachen nur mit äußerster Mühe verkneifen. Plötzlich verging ihm allerdings das

Lachen, denn Christina wurde von den Wassermassen erfasst, herumgewirbelt und wurde so zum Spielball der Naturgewalten. Sie versuchte zu schreien, schluckte eine Menge Wasser dabei, so dass ihr Schrei in erstickendes Husten überging. Es dauerte nur wenige Augenblicke, bis sie in den unteren Fluss gespült wurde. Auch dort wurde sie vom Wasser hin und her geschleudert. Obwohl das Wasser an dieser Stelle nicht sehr tief war und sie sich unter normalen Bedingungen hätte hinstellen und den Fluss problemlos verlassen können, war die Strömung aber so stark, dass daran nicht zu denken war. Uwe sprang auf und hetzte ihr am Ufer des Flusses hinterher. Christina versuchte, sich an allem nur Denkbaren festzuhalten. Die Äste, die ins Wasser ragten, waren zu dünn und rissen ab, die Gesteins- und Felsbrocken vom vorbeiströmenden Wasser glatt geschliffen und glitschig. Sie trieb immer weiter von ihm weg. Zu allem Überfluss wuchsen die Pflanzen am Flussufer so dicht, dass er das Tempo des Wassers einfach nicht halten konnte. Er musste sich schnell etwas einfallen lassen. Kurz entschlossen stürzte er sich kopfüber in die Fluten und kraulte ihr hinterher. Nur langsam näherte er sich ihr, die noch immer von den Wassermassen herumgewirbelt wurde. Dann war es endlich so weit. Er konnte nach dem dritten Versuch ihre Hand fassen. Unfähig, einen Laut auszustoßen, schluckte sie ständig Wasser, was einen Dauerhusten bei ihr auslöste. Doch schließlich gelang es ihm, sie zu erreichen und zu packen. Da beide zusammen eine andere Gewichtsklasse bildeten, wurden sie nicht mehr so stark herumgeschleudert und irgendwie gelang es ihm endlich, sie ans rettende Ufer zu ziehen. Christina war nur noch ein Häufchen Elend. Wie schon am Vormittag ließ sie ihren Gefühlen freien Lauf. Sie weinte vor Wut, Verzweiflung und Angst. Schluchzen löste sich mit Gestammel ab. Sie griff mit ihrer Hand in den Boden und schleuderte eine Handvoll Schlamm in das Wasser. „Ich hasse das... ich hasse alles... ich hasse diesen Wald, ich hasse den Fluss..." Schluchzen erstickte ihre Stimme. Ihre kleine Faust schlug immer wieder auf den Boden. „Ich will nach Hause... ich will doch nur nach Hause..."

Uwe nahm Christina fest in die Arme und drückte sie an sich. Er wollte etwas sagen, sie trösten. Er bemerkte sehr wohl, dass sie am Ende ihrer Kräfte war, einem Nervenzusammenbruch nahe. Leise und mit sanfter Stimme begann er, auf sie einzureden. Es dauerte eine gewisse Zeit, bis sie sich beruhigen konnte. Sie löste sich von Uwe, streifte das Hemd über den Kopf und sagte: „Ich muss die nassen Sachen loswerden." Kurz darauf breitete sie die Hose über einem Busch zum Trocknen aus. Uwe tat es ihr gleich. Dann machte er sich an die Arbeit, eine Behausung für die Nacht zu errichten. Schnell hatte er wieder eine primitive Unterkunft fertiggestellt, die er im Inneren mit den verschiedensten Blättern und Gräsern auspolsterte. Anschließend ging er ins Freie zu dem großen Stein, auf dem sie wie angewurzelt hockte. Sie hatte ihre Arme um die Beine geschlungen und ihr Kinn auf die Knie aufgelegt. Abwesend starrte sie ins tosende Wasser. Mit einsetzender Dunkelheit konnte man den Grund des Flusses nicht mehr erkennen. Die Wassermassen nahmen so ein noch bedrohlicheres Aussehen an.

„Ist alles in Ordnung?" Uwe hatte sich zu ihr gesellt.

„In Ordnung? Klar ist alles in Ordnung. Es könnte gar nicht besser sein. Wir sind weit weg von jeglicher Zivilisation, haben nichts zu essen, unsere Sachen sind nass. Ich habe genügend Wasser für die nächsten drei Tage geschluckt... wir könnten jeden Augenblick von einer Schlange gebissen werden, deren Biss uns in Sekundenschnelle in die ewigen Jagdgründe schickt... aber sonst ist alles in bester Ordnung. Weißt du, wo wir hier sind? Das ist der Vorhof zur Hölle!"

„Was willst du? Du lebst. Bis jetzt ging doch alles recht gut. Dass es kein Spaziergang werden würde, war doch von Anfang an klar."

„Was ich will? Das kann ich dir genau sagen. Eine Badewanne, einen Drink, saubere und trockene Sachen und ein Rückflugticket. Das würde fürs Erste reichen... deine Ruhe möchte ich haben."

„Nun ja, was die Badewanne angeht, damit könnte ich dienen. Ich dachte aber, dass dein Bedarf zu baden fürs

Erste gedeckt wäre."

„Mach du nur Witze." Sie sah zu ihm hin. „Danke übrigens. Ohne dich wäre ich jetzt bestimmt schon Fischfutter."

„Du kannst mir eine Cola dafür ausgeben, wenn wir erst mal wieder im Hotel sind."

„Wenn wir wieder im Hotel sind, werde ich die Bar mieten. Nur für uns beide. Dann kannst du so viel Cola trinken, wie du willst." Sie lächelte kurz. Dann nahm sie wieder einen ernsten Gesichtsausdruck an und starrte erneut aufs Wasser. „Wenn wir wieder im Hotel sind...", wiederholte sie den Satz mit nachdenklicher Stimme, als wäre sie überzeugt davon, das Hotel nie wieder zu sehen.

„Was meinst du, wie viele Tage werden wir noch marschieren müssen?"

„Ich weiß es nicht", gab er einsilbig zurück.

„Auch keine entfernte Ahnung?"

„Nein." Er hatte sehr wohl eine Ahnung, die aber für Christina nicht gerade ermutigend wäre. Im Laufe des Tages hatte er über die Lage, in der sie sich befanden, nachgedacht und eine Entscheidung gefällt. Wenn sie hier wirklich mit heiler Haut rauskommen wollten, mussten sie die Gegend verlassen. Das hieß, dass sie jeglicher Zivilisation aus dem Wege gehen mussten. Das Risiko, letztendlich wieder bei den Kidnappern zu landen, war einfach zu groß. Hinzu kam, dass es für ihn das sichere Todesurteil sein würde. Er plante für die

Gegend, die es zu verlassen galt, mindestens hundert Kilometer ein. Das würde bedeuten, dass sie drei bis vier Tage lang auf jegliche Hilfe verzichten müssten. Ob er bei ihr damit auf Verständnis stoßen würde, war fraglich. So zog er es vor, sich in Schweigen zu hüllen.

Als hätte Christina seine Gedanken erraten, sagte sie plötzlich: „Auf fremde Hilfe sollten wir uns lieber nicht verlassen. Ich denke, dass wir nur auf uns selbst zählen können. Fremde Hilfe anzunehmen, kann gefährlich werden. Ich hatte heute Zeit zum Nachdenken, Uwe. Du hattest Recht mit deiner Einschätzung über die Leute aus dem Dorf. Das Risiko, von denen oder von anderen verraten zu werden, ist viel zu hoch. Ich werde auf keinen Fall zurückgehen. Hörst du? Auf keinen Fall. Eher jage ich mir das Messer in die Brust."

„Dann haben wir zumindest einen Punkt, in dem wir uns einig sind. Mit dem Messer wird es aber nichts werden. Ich habe beide im Fluss verloren. Sobald es hell ist, werde ich sie suchen."

„Was ist mit den letzten Bananen?"

„Auch weg."

„Was du mir heute erzählt hast, dass mit den sechzig Prozent, hast du doch sicher nur gesagt, um mich anzuspornen. Sehe ich das richtig?"

„Nein, es ist eine Tatsache und wissenschaftlich bewiesen. Wahrscheinlich eine Schutzreaktion des Körpers."

„Schau!” Er bückte sich und hob etwas auf, dass aussah wie ein kleiner schwarzer Wimpel an einem dünnen Stab. „Das müsste der Arm eines Flughundes sein. Für eine Fledermaus ist er zu groß. Wer oder was dafür wohl verantwortlich ist?”

„Wir können nur hoffen, dass wir nicht auch so enden. Nur gut, dass es hier keine Löwen und Ähnliches gibt.”

„Löwen vielleicht nicht, aber vielleicht Leoparden oder so.”

„Nein, die gibt es auch nicht.”

„Sicher?”

„In diesem Fall bin ich die Expertin. Ich habe mich erkundigt. Es gibt hier keinerlei größere Wildtiere. Das Unangenehmste, was uns passieren könnte, wäre eine Giftschlange oder eine Vogelspinne. Entschuldigung, ich meine einen Skorpion. Wenn es doch nur nicht so schnell dunkel werden würde.”

Sie begann plötzlich zu kichern.

„Ich wollte nach dem Urlaub eine Diät machen. Ironie des Schicksals... Jetzt habe ich meine Diät.”

„Das kostenlos. Wozu sollte deine Diät gut sein?”

„Na du machst mir Spaß. Wozu wohl. Drei Kilo müssen runter.”

Uwe schüttelte seinen Kopf. „Frauen!”, war sein einziger Kommentar.

Christina hatte sich erhoben und sich zu ihm gedreht.

Sie griff sich in die Taille und presste eine Hautfalte zwischen Daumen und Zeigefinger. „Hier sieh doch mal… Das könnte ruhig weg."

„Du bist total verrückt. Deine Figur ist tadellos."

„Ich bin nicht verrückt. Vielen Dank für das Kompliment. Du könntest mich ruhig etwas mehr aufbauen. Erst recht nach so einem Tag."

„Ich glaube, dazu tauge ich nicht. Das haben die Jungs von der Armee uns nicht beigebracht." Er grinste in sich hinein.

„Du bist doch ein Mann. Soll ich dir jetzt vielleicht zeigen, wie ein Mann eine Frau aufbauen soll?" Sie war zu Uwe herangetreten. „Ich kann dir aber zeigen, wie du mich aufbauen kannst."

Ehe er so recht wusste, was sie damit meinte, hatte sie sich rittlings auf seinen Schoß gesetzt, ihre Arme um seinen Nacken geschlungen und ihren Mund auf seine Lippen gepresst. Kurz danach sah sie ihm in die Augen. „Mir wird kühl, du kannst mich ruhig etwas wärmen", flüsterte sie. „Du musst mir auch nicht den gefühllosen Klotz vorspielen. Ich weiß doch, dass auch du nur ein Mann bist."

„Ich warne dich, ich hatte seit Tagen schon keine Frau mehr gehabt."

„Das ist genau das, was ich jetzt brauche. Und ich hoffe, dass ich wenigstens davon hier in der Wildnis genug bekommen werde."

Er wollte noch etwas erwidern, kam aber nicht mehr dazu. Christinas Mund verschloss seine Lippen erneut. Sie hatte sein Gesicht in die Hände genommen und schmiegte sich mit ihrem Oberkörper an seine Brust. Nackte Haut an nackter Haut erreichte bei ihm mehr, als tausend Worte. Er spürte diese herrlichen Brüste, die Hügel warmen Fleisches, die in ihm deutliche Regungen hervorriefen.

„Lass uns in unsere Unterkunft gehen."

„Nein, nicht dort." Ihre Stimme zitterte vor Erregung. Sie erhob sich von seinem Schoß und streifte blitzschnell ihren Tanga ab, den sie achtlos beiseite warf. Dann griff sie zu Uwes Slip und streifte ihn ebenfalls hinab. Sekunden später landete er neben dem Tanga. Wieder setzte sie sich auf seinen Schoß. Behutsam rückte sie vor zur richtigen Stelle, behutsam führte sie ein, was sich ihr entgegenstreckte. Langsam begann sie, sich zu bewegen, langsam und vorsichtig, als könnte etwas zerbrechen, begann sie rhythmisch zu schwingen. Ihre Hände hatte sie wieder an seine Wangen gelegt. Wie eine Schlange, die das Kaninchen mit seinem Blick hypnotisierte, sah sie ihm in die Augen. Zitternd stieß sie ihm ihren Atem ins Gesicht. Ihr Schwingen war in schaukelnde Bewegungen übergegangen. Kleine Schweißperlen glitzerten auf ihrer Stirn. Uwe, der vollkommen passiv auf dem Felsen saß und seine liebe Mühe damit hatte, beide Körper zu halten hatte sich zurückgelehnt. Mit seinen Armen stützte er sich nach hinten auf den Felsen ab. Nur mit größter Mühe konnte er das Gleichgewicht halten. Christina schien in eine andere Welt abgetaucht zu sein. Mit starrem Blick sah sie durch ihn hindurch. Deutlich spürte er, wie ein leichtes Zittern von ihrem Schoß emporstieg und den ganzen Oberkörper erfasste. Langsam steigerte sie ihr Tempo. Ihn schien sie vergessen zu haben, sie war nur für sich selbst da. Sichtlich genoss sie, was sie sich von ihm nahm und worauf auch sie die letzten Tage hatte verzichten müssen. Sie schien jetzt ihr richtiges Tempo und ihren optimalen Rhythmus gefunden zu haben, und es schien ihm, als kümmere sie sich jetzt etwas mehr um seine Belange. War er doch bis jetzt, auf Grund seiner Körperhaltung, eher der Passivere, bemerkte er doch sehr wohl, wie es sich bei ihm zu regen begann. Er konnte sich nicht erinnern, je von einer Frau so manipuliert worden zu sein. Christina hatte es doch tatsächlich geschafft, dass sie beide zur selben Zeit kamen. Langsam ließ sie sich nach vorne gleiten, bis sie mit ihrem Oberkörper auf Uwes Brust lag. Ihren Kopf legte sie auf seine Schultern, ihre Arme ließ sie einfach herunter hängen. Kurze Zeit später vernahm er ein leises gleichmäßiges Atmen. Christina war eingeschlafen.

*

Uwe erwachte am nächsten Morgen, als sich Christina an ihn kuschelte. „Mir ist kühl. Ob unsere Sachen wohl schon trocken sind?"

„Ich werde nachsehen." Er wollte sich erheben, als sie ihn daran hinderte.

„Bleib liegen. Das hat Zeit." Sie stützte ihren Kopf auf ihre Hand. Mit der anderen fuhr sie durch sein dichtes Haar. „Ich habe gestern Abend nur an mich gedacht. Das war egoistisch. Entschuldige bitte."

„Nicht so schlimm, du warst phantastisch in deinem Egoismus..."

„Du lügst, ich glaube dir kein Wort", gab sie zurück. „Ich werde dir zeigen, was phantastisch ist."

Ehe er auch nur etwas erwidern konnte, begann das Spiel vom Abend erneut, wobei die Frau eine Phantasie an den Tag legte, die er ihr nie zugetraut hätte. Wie schon am Abend zuvor manipulierte sie ihn, doch diesmal war sie ganz für ihn da. Sie ging auf ihn ein, als hätte sie nie mit einem anderen Mann geschlafen, als hätte sie hundertfach oder gar tausendfach bei ihm Erfahrung sammeln können. Wieder verstand sie es, gemeinsam mit Uwe zu explodieren und noch lange lagen sie eng umschlungen beieinander.

Als er ins Freie trat, war der Tag voll erwacht. Gut gelaunt ging er Richtung Fluss und sprang mit einem kühnen Satz in die Fluten.

Als Christina zum Wasser kam, hockte sie sich ans

Ufer nieder und beobachtete sein Treiben. Er bewegte sich mit einer Eleganz im Wasser, als sei es sein Element. Als er wieder auftauchte, streckte er eine Hand aus dem Wasser und wedelte mit dem Messer hin und her. Das zweite Messer hielt er mit den Zähnen fest. Er holte aus und warf das Messer ans Ufer, dessen Klinge sich einen halben Meter vor Christina in den Schlamm bohrte, ein Stück weiter die zweite.

Bei Tageslicht sah der Fluss lange nicht so gefährlich aus, wie im Dämmerlicht des gestrigen Abends. Stellenweise war das Wasser keinen Meter tief. Frei von jeder Angst ließ sich Christina ins Wasser gleiten und schwamm ihm mit wenigen Armzügen entgegen.

„Das Wasser ist herrlich", sagte sie und schlang ihre Arme um seinen Nacken. „Hast du die Bananen auch gefunden?"

„Nein, die sind weg. Ich habe aber schon neue entdeckt. Auf der anderen Flussseite. Ich werde gleich rüberschwimmen. Bleib du lieber hier, in der Flussmitte ist die Strömung sehr stark."

„Pass bitte auf", rief sie ihm nach, aber er war bereits in den Fluten verschwunden. Sekunden später tauchte er auf der anderen Seite des Flusses wieder auf. Schnell hatte er eine Staude wilder Bananen gepflückt und sprang zusammen mit ihr wieder in den Fluss.

Als er ihr eine reife Banane entgegenhielt, waren nur wenige Minuten vergangen.

„Hm, lecker, Bananen... ich hab schon lange keine Bananen gehabt."

„Wem sagst du das? Ich könnte auch mal was anderes zwischen den Zähnen gebrauchen. Wenn wir weit genug gegangen sind, kann ich versuchen ein Tier zu erlegen. Wir können es dann am Lagerfeuer braten. Hier und jetzt Feuer zu machen, halte ich noch für etwas verfrüht."

„Das hättest du nicht sagen sollen. Es erinnert mich wieder daran, wo wir sind. Ich hatte es gestern Abend und heute Morgen schon fast vergessen."

„Wenn der Fluss weiter anschwillt, könnte eine Überquerung gefährlich werden. Bald wird es nicht mehr möglich sein." Uwe lenkte vom Thema ab, er wollte nicht mit ihr darüber reden. Sie hatten miteinander geschlafen, gut und schön. Ihm konnte es eigentlich egal sein, aber sie war verheiratet. Wenn das Schicksal es gut mit ihnen meinte, würden sie in ein paar Tagen wieder in ihrem Hotel sein und in ein paar weiteren Tagen nach Deutschland zurückkehren. Sie wäre wieder bei ihrem Mann und, ehe man sich's versah, würde der Alltag wieder Einzug halten. Also, warum sich Gedanken über etwas machen, was ohnehin bald vorbei sein würde. Er ergriff die Sachen, reichte sie ihr und sagte: „Es gibt viel zu packen, also los." Weiter ging es in Richtung Nordost.

*

Es war wie am Tag zuvor, er ging voran, sie trottete hinterher. Sie aß noch zwei weitere Bananen, deren Schalen sie achtlos in den Fluss warf. Mit einem Ast stocherte sie in der Pflanzenwelt vor sich, bevor sie ihren Fuß dort hineinsetzte.

Erneut ging es durch dichtes Gestrüpp, über kleine und größere Stein, vorbei an umgestürzten Bäumen. Der Weg war besonders für Christina sehr beschwerlich. Sie ließ ihren Unmut an den Sträuchern und Büschen, die ihr im Wege standen, aus. Zudem schlug sie mit einem Knüppel gegen die sich ihr entgegenreckenden Äste, um eventuell vorhandenes Getier zu verscheuchen.

Nach zwei Stunden anstrengenden Marschierens, teilte sich das Tal. Sie mussten sich entscheiden. Ein Tal wand sich nach Osten, während das andere mehr nach Norden ging. Das linke Tal hatte mehr Sonne und aus diesem Grunde eine üppigere Vegetation, als das rechte. Wasser gab es in beiden Tälern.

„Welches Tal nehmen wir?" Christina hatte zu Uwe aufgeschlossen.

„Die Richtung stimmt bei beiden. Ich glaube, es ist fast egal", antwortete er.

„Wenn es egal ist, lass uns das rechte nehmen. Dort sind nicht so viele Pflanzen im Weg. Wir kommen so besser voran."

„Gut, wenn du meinst, nehmen wir das rechte."

Der Weg, den sie einschlugen, unterschied sich schon

von dem bisherigen. Zwar gab es auch hier allerlei Gerümpel aber es war doch deutlich einfacher, voranzukommen. Hinzu kam, dass sie den sengenden Sonnenstrahlen nicht so ausgeliefert waren.

Nach weiteren zwei Stunden ordnete Uwe eine Pause an. Sie suchten sich einen günstigen Platz und verzehrten dort ihre letzten Früchte.

„Uwe, sieh mal das Wasser."

„Was ist damit?

„Das Wasser im anderen Tal floss in unsere Richtung, dieses fließt uns entgegen. Ob das was zu sagen hat?"

„Das hast du gut beobachtet. Wir gehen also bergauf. Das andere Tal führt bergab. Wir haben den falschen Weg gewählt."

„Das muss nicht unbedingt sein. Es kann doch sein, dass wir nur momentan bergauf gehen. Wer sagt dir, dass das so bleibt? Hattest du nicht gesagt, dass alle Gebirgszüge in eine Richtung verlaufen?"

„Exakt Nordost."

„Dort ist das Meer. Dann wird auch dieses Tal zum Meer abfallen. Früher oder später."

„Früher wäre mir lieber. Komm, lass uns weitergehen."

Zwei weitere Stunden später, es musste um die Mittagszeit sein, machte das Tal, das immer enger wurde, eine Biegung; und hinter der Biegung endete es. Sie waren einer Sackgasse gefolgt. Die Enttäuschung war bei beiden groß.

„Uwe, was machen wir denn nun?", frage Christina, die als erste ihre Sprache wiederfand.

„Was wohl? Umkehren und zurücklaufen. Wir haben damit einen ganzen Tag verschenkt. Wenn wir ganz besonderes *Glück* haben, laufen wir unseren Peinigern jetzt direkt in die Arme."

„Wenn wir nicht zurück, sondern über die Berge..."

„Vergiss es", unterbrach er sie. „Sieh dir doch nur die Steigung an. Es hilft nichts, wir müssen zurück."

„Das ist alles meine Schuld. Ich wollte unbedingt durch dieses Tal."

„Mach dir keine Vorwürfe. Es wird nicht unser letzter Fehler sein. Einen direkten Schaden haben wir auch nicht davon getragen. Also, was soll's. Komm, wir gehen zurück."

Da in dem Tal keine Sonne schien, hatte es den Anschein, dass die Dämmerung früher einsetzte. Beim Betrachten des Himmels wurde aber klar, das es nicht die Dämmerung war, die das Tal verdunkelte. Große schwarze Wolken zogen auf. Es zeichnete sich ein Unwetter ab.

„Sieh dir die Wolken an", sagte Uwe mit nachdenklicher Mine. „Wir sollten uns einen Unterschlupf suchen oder schleunigst einen errichten."

„Meinst du, dass es regnen wird?"

„Regnen? Wenn's bloß bei Regen bliebe, wird's nicht

weiter schlimm. Das da", er deutete mit der Hand zu den Wolken hin, „sieht nach Unwetter aus. Die blanke Untertreibung... das sieht aus wie Weltuntergang. Komm."

Plötzlich hatte er es sehr eilig. Er reichte Christina ein Messer, als er sagte: „Schneide so viel Palmenwedel ab, wie du kannst. Ich werde ein paar Stangen brechen. Wir brauchen ein Dach überm Kopf. Hier wird gleich die Hölle los sein."

Obwohl sie seine Besorgnis nicht so recht teilen konnte, befolgte sie seine Anweisungen.

Etwa drei Meter über der Talsohle begann er auf einer kleinen Plattform eine Art Schleppdach zu errichten. Er rief ihr zu, die Palmenwedel zu bringen. Mehr als vier Wedel konnte sie aber nicht die Anhöhe hinauftragen. Sie musste mehrmals gehen.

„Warum nicht unten? Warum hier?", schnaufte sie.

„Willst du etwa im Nassen sitzen? Was meinst du, was aus dem kleinen Wasserlauf wird, wenn hier die Sintflut runterkommt. Du wirst dir wünschen, dass diese kleine Plattform noch zwei Meter höher liegen würde."

Hektisch band er die Stangen mit Hilfe der Lederriemen zusammen. Am Himmel zogen die schwarzen Wolken unheildrohend heran. Wind kam auf, der rasch zum Sturm heranwuchs. Die Wolken zogen von Nordost nach Südwest, parallel zum Tal. Das Bergmassiv, welches das Tal eingrenzte, würde ihnen somit keine Deckung vor dem Sturm geben können.

Nachdem Uwe das primitive Gestell errichtet hatte, begann er Steine zu sammeln, mit denen er das Palmendach beschweren wollte. Christina legte die Wedel auf das Gestell und verschlang sie ineinander, als die ersten schweren Regentropfen klatschend auf ihre nackten Arme fielen und erahnen ließen, was folgen würde. Peitschend zogen Sturmböen durch das Tal, während in der Ferne Gewittergrollen zu hören war. Ein dunkler feuchter Schleier hatte sich über das enge Tal gelegt, als schließlich die Hölle losbrach. Orkanartige Böen peitschten die grüne Vegetation. Das Zentrum des Unwetters musste unmittelbar vor dem Tal stehen. Aus den einzelnen schweren Tropfen wurde Regen, den die Kleidung gierig aufsaugte. Schnell wälzte Uwe die letzten Steine auf das Palmendach, als das Unwetter mit voller Kraft auf das Tal niederging. Der Sturm war ohrenbetäubend. Sie hockten unter dem Schleppdach und beobachteten das Naturschauspiel, wobei sie vollkommen im Trocknen saßen. Die übereinander gelegten Palmenwedel hielten dem Regen hervorragend stand.

Um das Prasseln des Regens und das Tosen des Sturmes zu übertönen, musste Uwe schreien. Er gab Christina Anweisung, die Stangen des Daches festzuhalten.

„So oder so ähnlich muss es Noah ergangen sein",

schrie er.

Abgerissene Äste und Blätter peitschten über sie hinweg, um sich gleich danach in der dichten Vegetation der Berghänge zu verfangen.

Der Granit der Berge, den der Regen frei gewaschen hatte, war schwarz und grau wie der Himmel. Gewaltige Blitze zuckten durch das enge Tal, unmittelbar gefolgt von brachialen Donnerschlägen. Das schmale Rinnsal, das sich in der Talsohle dahinschlängelte, schwoll allmählich schon zu einem Bach an. Das Wasser spritzte und schäumte, vom Schlamm dreckig braun gefärbt.

Mit aller Macht zerrte der Sturm an der primitiven Unterkunft, als wolle er sie mit Stumpf und Stil aus dem Boden reißen. Beide klammerten sich an den Stangen fest, wie ein Ertrinkender an einen Strohalm. Es war unmöglich für beide, ruhig zu sitzen. Ständig wurden sie hin und her gerüttelt.

Lange schon hatte die Dichtheit der Palmenwedel den Regenfluten nachgeben müssen. Wasser tropfte ihnen auf die durchnässte Kleidung, die Haare hingen triefend herunter.

Als der Sturm seine Stärke potenzierte, war ein Halten des Daches nicht mehr möglich. Wie ein Drachen wurde es in die Luft gehoben und durch das Tal geschleudert. Den Schrei aus Christinas Kehle konnte Uwe nur sehen. Mit lautem Knall gingen die Urgewalten ins Tal nieder. Fassungslos musste er mit ansehen, wie

Christina von einer Sturmböe erfasst und wie ein Spielball ins Tal in die ständig sich verbreiternden Fluten des Flusses geworfen wurde. In Sekundenschnelle war er nass bis auf die Haut. Während er ihr in großen Sätzen nacheilte, zerrte der Sturm an seinen Sachen und schüttelte ihn durch, wie er es noch nie erlebt hatte. Jeder Versuch von Christina, sich wieder aufzurichten, wurde unmittelbar bestraft, denn noch im gleichen Augenblick schmiss der Sturm sie wieder um, um sie anschließend in die Wogen des Wassers zu tauchen. Uwe rannte ihr hinterher und stolperte ein ums andere Mal. Wenn er zum Sprung über einen Stcin ansetzte, wurde er vom Orkan erfasst, der ihn ein Stück durch die Lüfte trug und dann zu Boden warf.

Das Wasser kam von überall her. Es schoss die Talsohle entlang, und es hatte den Anschein, als hätten die Berge Tausende von Quellen. Der schmale Uferbereich des anschwellenden Flusses bestand nur noch aus Geröll, Schlamm und abgerissener Vegetation. Als kleine und mittlere Äste durch die Gegend geschleudert wurden, suchte Uwe Schutz vor den Urgewalten hinter einem größeren Stein. Dort hielt er vergeblich Ausschau nach Christina. Er hoffte nur, dass sie sich aus eigener Kraft irgendwo vor dem Sturm in Sicherheit bringen konnte. Seinen sicheren Platz zu verlassen, hätte den Tod nach sich ziehen können Es ging nur noch ums nackte Überleben. Da waren sie glücklich aus den Fängen der Kidnapper entkommen, um Tage später hier mitten in der grünen Hölle zu verrecken.

„Verdammte Scheiße”, fluchte er laut, als er seine Beine fest in den Schlamm bohrte und sich mit dem Rücken gegen den Stein stemmte. Plötzlich geschah das Unfassbare. Ein großer Laubbaum konnte der Macht des Windes nicht weiter standhalten und brach mit lautem Krachen über Uwe zusammen.

*

Christina hatte es aufgegeben, den Fluss stehenden Fußes zu verlassen. Auf allen Vieren kroch sie durch den Schlamm, direkt in ein dichtes Gebüsch hinein. Dort legte sie sich flach zwischen die Äste, klammerte sich verzweifelt fest und presste sich zwischen den dünnen Stämmen so gut es ging an den Boden. Mit ihren Händen umklammerte sie je einen Ast. Der Sturm tobte über sie hinweg und schüttelte den Busch durch, ganz so, als wolle er ihn herausreißen und wie einen Fußball durch das Tal schießen. Das Wasser floss unter ihrem Körper dahin, und es schien fast so, als läge sie darauf. Direkt unter ihr hatte sich ein kleiner Bach gebildet, der seine Nahrung aus den von den Bergen herabstürzenden Fluten bekam. Ihre lehmverschmierten Sachen klebten ihr am Leib, ihre Haare hingen wirr herab. Kleinere Kieselsteine rollten die Berghänge hinab.

Sie wusste nicht, wie lange der Sturm bereits tobte und wie lange sie sich an den Stämmen festgekrallt hatte. Sie hatte jegliches Zeitgefühl verloren, als der Sturm plötzlich, so unvermittelt wie er gekommen war, seine Kraft aushauchte wie eine leere Batterie. Es war vorbei. Das Rauschen des Wassers war das einzige Geräusch, das sie wahrnahm. Sie konnte es noch gar nicht fassen, dass sie überlebt hatte. Kraftlos ließ sie ihre Stirn vorne über in den gallertartigen Schlamm sinken. Tief atmete sie durch. „Es ist vorbei, es ist vorbei, es ist vorbei." Sie schlug mit ihrer flachen Hand in den Schlamm, bevor sie sich erhob. Als sie sich umsah, erkannte sie das Tal nicht wieder. Aus dem kleinen Rinnsal war ein richtiger Fluss geworden, der seine braunglänzenden Massen das Tal entlang wälzte. Überall lagen entwurzelte Bäume und herausgerissene Sträucher. Abgerissene Äste und Palmenblätter waren über das Tal gestreut, als hätte der Teufel sie persönlich gesät.

Langsam stieg sie zum Wasser hinunter. Als sie hinter einem Stein ihren Fuß auf etwas Weiches stellte, entfuhr ihr ein markerschütternder Schrei. Sie war auf einen toten Affen getreten. Rückwärts stolpernd entfernte sie sich von dem Ort, bis es ihr plötzlich wie Schuppen von den Augen fiel und sie leise vor sich hin redete: „Wo, zum Teufel noch mal, ist Uwe?"

*

Kurz nachdem das Unwetter abgezogen war, hatte sich der Himmel wieder etwas erhellt. Die Vögel, die das Inferno überstanden hatten, begannen zaghaft ihr Konzert. Die Luft war klar und von den Ästen fielen vereinzelt die letzten Tropfen des Gewittersturms zu Boden.

Das angestaute Wasser war schnell den Berg hinabgeflossen und hatte so dem kleinen Wasserlauf das unheimliche Tosen wieder genommen. Das Gewitter hatte eine Schneise der Verwüstung hinterlassen. Gnade Gott dem, der sich in dieser Schneise aufgehalten hatte. Das Tal sah aus, als wäre der Teufel persönlich mit einem Pflug im Schlepptau und mit Siebenmeilenstiefeln hindurchgewandert.

Ein markerschütternder Schrei, der durch das Tal hallte, war wohl der Grund dafür, dass Uwe wieder einen klaren Gedanken fassen konnte. Immer noch saß er, die Beine im Schlamm steckend, mit dem Rücken gegen den Fels gelehnt. Über seiner Brust lag ein Gewirr von Ästen und Blättern und presste ihn gegen den Stein, so dass er sich nicht rühren konnte. Ohne fremde Hilfe würde er es schwer haben, sich von dem umgestürzten Baum zu befreien. Diesmal musste Christina ihm aus dieser misslichen Lage helfen. Christina? Es fiel ihm wieder ein, dass er sie schon vor geraumer Zeit aus den Augen verloren hatte. Wo mochte sie jetzt sein? Ob sie das Unwetter unbeschadet überstanden hatte? Lebte sie überhaupt noch? Sein Gehirn sträubte sich, diesen Gedankenfaden weiter zu spinnen. Laut rief er ihren Namen, aber außer den Geräuschen des Waldes rührte sich nichts. Er versuchte sich zu bewegen, wurde aber wie von eiserner Faust gegen den Felsen gedrückt. Quer über seinem Oberschenkel lag ein starker Ast, der seine Beine mit Gewalt gegen den feuchten Boden drückte. Probehalber bewegte er seine Zehen. Zum einen schien nichts gebrochen zu sein, zum anderen spürte er keine Schmerzen. Er konnte sich lediglich nicht bewegen. Immer wieder versuchte er, sich von der Last der Äste zu befreien. Immer wieder rief er nach Christina. Immer wieder musste er feststellen, dass beides sinnlos war. Er atmete tief durch, als er plötzlich jemanden über sich bemerkte. Angespannt lauschte er. Nichts. Kein verräterisches Geräusch, aus dem er hätte schließen können, wer oder was sich dort über ihm befand. Es konnte eine Raubkatze sein, ein Eichhörnchen oder aber ein Mensch. Er wusste es nicht. Er spürte aber ganz deutlich, dass dort jemand war. Jemand aus Fleisch und Blut. Dieser jemand konnte Leben oder Tod bedeuten. Er konnte gerettet, aber auch getötet werden. Er konnte nicht sehr viel dazu beitragen, dagegen kämpfen konnte er schon gar nicht. Er war gefesselt ohne Fesseln und konnte sich nur geduldig seinem Schicksal ergeben.

*

Christina stolperte mehr als sie ging. Wo mochte Uwe nur sein? In welche Richtung musste sie gehen, um ihn zu finden? Als sie ihn das letzte Mal gesehen hatte, war er kurz hinter ihr gewesen. Es konnte sein, dass er, während sie in dem Busch gelegen hatte, an ihr vorbei gekommen war. Sie sah das Tal hinab. Ein paar Meter weiter lag ein großer umgestürzter Baum quer über der Talsohle und versperrte die Sicht. Davor befand sich ein einzelner kleiner Felsen. Christina beschloss auf den Felsen zu klettern, um über den Baum sehen zu können. Nach mehreren Versuchen gab sie auf, da der Fels zu groß und zu glatt war. Nirgendwo entdeckte sie einen Vorsprung, auf dem sie den Fuß hätte stellen können. Sie sah sich um und suchte den Waldboden ab. Sie musste einen Stein oder einen Ast als Kletterhilfe finden. Steine lagen zu Tausenden herum, die allerdings entweder zu klein oder zu groß und damit zu schwer waren. Nach einigen Augenblicken hatte sie einen abgebrochenen Ast gefunden, mit dessen Hilfe sie den Fels erklettern konnte. Oben angekommen, konnte sie immer noch nicht über die Krone des umgestürzten Baumes hinwegsehen. Sie wollte gerade wieder den Felsen verlassen, als sie auf dem Waldboden ein Rascheln in den Ästen vernahm. Sie bekam einen fürchterlichen Schrecken, als sie unter sich auf dem Waldboden Uwe sah, der von den Ästen des Baumes eingeklemmt schien. In dem Moment, als sie hinabsah, bewegte er seine Beine etwas. Er versuchte sich allem Anschein nach, aus der misslichen Lage zu befreien. Sie hörte plötzlich, wie er ihren Namen rief. Offensichtlich war er nicht weiter verletzt. Ihr huschte ein Grinsen über ihr Gesicht, als sie fragte: „Es ist wohl bequem da unten, dass du glaubst, du brauchst dich nicht weiter um mich zu kümmern?"

*

Laut hörbar atmete Uwe aus. „Wo bleibst du denn? Du musst mich hier rausholen."

Christina sprang den Fels herunter und versuchte die Äste zur Seite zu biegen. „Schön zu hören, wie besorgt du um mich bist. Ich hätte tot sein können."

„Und? Bist du tot? Ich weiß, dass dir nichts Ernsthaftes passiert ist."

„Woher willst du das wissen?"

„Wenn du Schaden genommen hättest, hättest du mir nicht diese Frage gestellt, nicht in diesem Tonfall und den Fels wärst du wahrscheinlich auch nicht wie eine Gazelle hochgeklettert. Hab ich Recht?"

„Ha ha", antwortete sie nur. „Was soll ich jetzt machen?"

„Versuch die Äste so weit abzubrechen, bis du an mich herankommst. Dann nimmst du das Messer aus meinem Hosenbund und gräbst unter meinen Beinen die Erde weg."

Eine Aufgabe, die sich leicht anhörte, aber zunehmend schwieriger wurde. Die Äste waren elastisch wie Gummi und ließen sich nicht brechen. Nach wenigen Minuten war das Scheitern offensichtlich.

„Ich glaube, wir haben ein Problem. So wird das nichts. Hast du noch eine andere Idee?"

„Ja, an der Rückseite des Messers befindet sich eine

Säge. Wenn die Äste nicht brechen wollen, musst du jeden einzelnen absägen."

„Toll", antwortete Christina. „Sagst du mir auch, wie ich an das Messer herankommen soll?"

„Suche einen größeren Ast, den du als Hebel nutzen kannst. Armstark und mindestens drei Meter lang. Und, Christina?"

„Ja?"

„Wenn es geht, bitte mit etwas Eile. Mir sind bereits beide Beine eingeschlafen. Ich möchte noch vor Einbruch der Dunkelheit hier raus sein."

„Klar doch. Kein Problem. Armstark und drei Meter lang, kein Problem. Und das ganze ein bisschen dalli", redete sie vor sich hin, als sie ihren Blick in die Runde schweifen ließ. Sie sprang vom Fels herunter, machte sich auf die Suche und kam schon wenig später zurück.

„Es war wirklich kein Problem. Äste aller Stärken und Längen sind über das ganze Tal verteilt. Der Orkan hat ganze Arbeit geleistet. Was jetzt?"

„Geh auf die andere Seite des Steins und versuch den Ast als Hebel unter den zu schieben, der mir auf den Beinen liegt. Wenn der Ast hier auch nur ein paar Zentimeter nachgibt, kann ich mich befreien."

Christina ging um den Fels herum, steckte den Knüppel unter den Ast und versuchte diesen hoch zu drücken. Doch es rührte sich nichts.

„Uwe, ich schaffe es nicht. Der Ast ist viel zu

schwer.”

„Ich hab’s gewusst”, flüsterte er. „Such dir einen Stein, der so groß ist, dass du ihn gerade noch tragen kannst. Lege ihn unter den Hebel, sozusagen als Drehpunkt.”

„Gut, ich bin gleich zurück. Wenn es etwas im Tal gibt, sind das Steine.”

Kurz darauf kam sie mit einem Stein zurück, den sie so platzierte, dass er als Drehpunkt für den Hebel dienen konnte. Beim ersten Versuch rutschte sie ab, doch schon beim zweiten Versuch gab der Ast etwas nach. Blitzschnell hatte Uwe seine Beine hervorgezogen. Der Rest war eine Kleinigkeit und wenig später war er frei. Als er ihr gegenüberstand und sie sich beide ansahen, konnten sie bei allem Ernst der Lage ihr Lachen nicht zurückhalten. Sie waren beide die reinsten Dreckspatzen, von Kopf bis Fuß mit Lehm beschmiert, die Haare hingen nass und dreckig herab. Christina war die erste, die ihre Worte wiederfand: „Was machen wir denn jetzt nur? So wie das Wasser aufgewühlt ist, brauchen wir uns dort nicht zu waschen. Außerdem wird es bald dunkel sein. Heute bekommen wir unsere Sachen garantiert nicht mehr trocken.”

„Wir werden Probleme haben, einen trockenen Schlafplatz zu finden, aber im Dunklen weiterlaufen zu wollen, macht auch keinen Sinn. Was da alles runtergekommen ist. Sieh dir das Tal nur an. Man erkennt es gar nicht wieder."

„Ob das ein Monsun oder Hurrikan war?"

„Ich weiß es nicht. Jedenfalls war es kein einfaches Gewitter und wir haben jetzt ein Problem. Ein ziemlich feuchtes Problem. Das wird eine tolle Nacht werden."

„Na, toll." Christina ging in die Hocke und ließ ihr Kinn auf die Brust sinken. Langsam schüttelte sie den Kopf. Hatte sie sich gerade noch über ihr beider Aussehen amüsiert, so war sie jetzt zutiefst betrübt. Ihr Stimmungsbarometer sank gegen Null. Es hatte für Uwe den Anschein, als würde ihr die Sinnlosigkeit ihres Unternehmens genau in diesem Moment so richtig bewusst werden. Er legte ihr die Hand auf die Schulter und sagte dann: „Ruh dich etwas aus. Inzwischen werde ich die Lederriemen vom Schleppdach suchen, auf die ich in keinem Fall verzichten möchte."

„Ich komme mit", gab sie entschlossen zurück. „Ich helfe dir beim Suchen. Ich werde hier sonst noch wahnsinnig." Sie ging zum Stamm des umgestürzten Baumes und kletterte darüber hinweg. Uwe folgte ihr. Kurz darauf fanden sie sowohl das völlig zertrümmerte Schleppdach als auch alle Lederriemen wieder.

Ohne viel Gerede kehrten sie zur Weggabelung zurück. Kurz darauf überraschte sie die Dämmerung, so dass sie ihre Wanderung abbrechen und sich ein trockenes Plätzchen für die Nacht suchen mussten.

„Ich habe Hunger. Holst du noch ein paar Früchte?"

„Ich fürchte, dass du heute mit leerem Magen einschlafen musst. Ich habe nirgends ein Anzeichen für das Vorhandensein von Früchten entdecken können. Sieh doch mal da vorne, etwas oberhalb der Talsohle. Dort geht der Berg fast senkrecht hoch und steht weiter oben sogar etwas über. Unter dem Überstand könnte der Boden trocken sein."

Sie erklommen die Steigung, bis sie am Felsüberhang ankamen. Er hatte Recht gehabt. Auf einer Fläche von einem knappen Quadratmeter war der Boden trocken, dafür aber steinhart und kalt.

Nachdem sie sich auf den Boden niedergekauert hatten, ging ein jeder seinen Gedanken nach. Nach nur wenigen Minuten sagte Christina: „Ich hab die Nase gestrichen voll. Ich halte das hier nicht aus."

„Was willst du dagegen tun?", war seine knappe Frage.

Sie erhob sich plötzlich und sagte dann: „Komm, lass uns weitergehen."

„Weitergehen? In einer halben Stunde wird es vollkommen dunkel sein."

„Aber wir können unmöglich hier bleiben. Unsere Sachen sind nass, der Untergrund ist steinhart, kalt obendrein. Wir werden hier nicht schlafen können. Ich friere jetzt schon. Wir müssen uns bewegen, immer in Bewegung bleiben. Es ist egal, wie weit wir kommen. Hauptsache wir bleiben in Bewegung."

„Vielleicht hast du Recht, aber gönnen wir uns noch ein halbes Stündchen. Wir werden die kurze Erholung dringend brauchen können."

Christina antwortete nicht, setzte sich wieder und döste vor sich hin.

Kurze Zeit später ging die Dämmerung in Dunkelheit über. Die Nacht war rabenschwarz, als sie beide aufbrachen. Langsam tastete Uwe sich voran, während Christina ihm auf den Fersen blieb. Sie hatte seine Hand ergriffen und ließ sich von ihm durch den Wald führen.

„Erzähl mir, wie es weitergehen wird. Was kommt morgen?"

„Was fragst du? Du weißt es doch."

„Sag es mir trotzdem."

Uwe begann zu erzählen, hörte aber nach wenigen Minuten wieder auf. Er hatte gesagt, was es zu sagen gab.

Nachdem sie schweigend eine Stunde gegangen waren, änderte das Tal die Richtung, was den Nebeneffekt hatte, dass fortan etwas mehr Mondlicht zur Verfügung stand. Da die Nacht nun nicht mehr ganz so dunkel war, kamen sie besser voran. Jede Stunde legte Uwe eine Pause ein und jedes Mal war es Christina, die die Pause beendete. Sobald sie sich irgendwo niederließen, begann sie in den immer noch nassen Sachen zu frieren. Sie drängte unaufhörlich vorwärts. Schon lange hatten sie die Weggabelung hinter sich gelassen. Uwe hatte, kurz nachdem die Morgendämmerung heraufgezogen war, ein paar Bananen gepflückt, die sie gierig in sich hineinschlangen. Die Bananen waren klein und mickrig. Sie schmeckten nicht besonders und reichten auch nicht aus, ihren Hunger zu stillen. Als sie an einer Stelle ankamen, an der die Sonnenstrahlen bis zur Talsohle reichten, blieb Uwe stehen, zog sich seine Sachen aus und warf sie in den Flusslauf. Er stieg umgehend ins Wasser und begann, sich und die mit Lehm verschmierten Sachen zu waschen.

„Hier, wo Sonne ist, können unsere Sachen trocknen. Wir können uns ebenfalls von den Sonnenstrahlen wärmen lassen."

Christina tat es ihm gleich. Wie an den Tagen zuvor, war das Wasser wieder klar. Sie mussten sich beide ausgiebig einweichen und waschen, da der Schmutz über Nacht getrocknet war. Christinas größte Sorge galt ihren von Dreck verklebten Haaren. Wieder und wieder tauchte sie mit dem Kopf unter Wasser, denn nur langsam wollte sich der getrocknete Lehm einweichen lassen. Mit den Sachen sah es ähnlich aus. Auch hier brauchten beide eine geschlagene halbe Stunde, um sie nur halbwegs wieder sauber zu bekommen.

Christina begann zu frieren. Sie zitterte am ganzen Leib, als sie zu Uwe sagte: „Hoffentlich habe ich mir heute nichts weggeholt. Das wäre dann die Krönung."

„Setz dich in die Sonne. Ich werde ein Lager machen. Wir müssen versuchen, ein paar Stunden zu schlafen, bevor wir weitergehen."

Uwe schnitt Blätter von den umliegenden Bäumen und richtete ein Lager her. Christina breitete die Sachen zum Trocknen aus, legte sich hin und schlief umgehend ein.

*

Als die Sonne hoch am Himmel stand und gnadenlos brannte, setzten sie ihren Marsch fort. Christina sah zu Uwe herüber und vernahm, wie er sagte: „Wir haben Zeit verloren. Komm, lass uns aufbrechen." Er schlüpfte in seine Sachen, nahm die beiden Messer und ein paar Bananen. Sie verstand die Geste als kleine Aufmunterung, als sie sah, wie er ihr zu zwinkerte. Dann brachen sie auf.

Der Fluss wurde tiefer und breiter, das Wasser immer reißender. Die Gesteinsbrocken am Flussufer waren teilweise mit glitschigen Algen bewachsen, so dass es zu gefährlich wurde, ihren Weg dort fortzusetzen, aber da das Tal an dieser Stelle noch breit genug war, setzten sie etwas abseits des Flusses ihren Weg fort. Sie stiegen bergauf und konnten wenig später auf den Fluss hinabsehen, der sich tosend seinen Weg durchs Tal bahnte. Christina befolgte Uwes Anweisungen. Sie hielt einen Abstand von etwa fünf Metern, achtete darauf, wohin sie trat und sah sich alle zehn Meter um. Mehr und mehr wurde der Fluss breiter und das Tal zu allem Überfluss schmaler. Ein Umstand, der ihnen beiden nicht gerade behagte. Wie sollten sie vorankommen, wenn der Fluss erst das ganze Tal einnehmen würde? An der Steigung entlangzuwandern, konnte auf Dauer recht mühselig sein, doch das Tal zu wechseln, hieße, über den linken oder rechten Berg steigen zu müssen. Sie schaute die Berge empor. Stellenweise war es augenscheinlich, dass ein Besteigen unmöglich war, an anderer Stelle bestand durchaus eine realistische Chance, den Berg zu überwinden. Würden sie auf der anderen Seite Wasser finden? Wie weit war es überhaupt bis dahin und bis zum nächsten Tal? Sie wusste auf ihre Fragen keine Antworten und versuchte, auch nicht weiter darüber nachzugrübeln. Noch ging es auf ihrer Seite weiter und an ruhigeren Stellen hatten sie Trinkwasser und eine Badestelle zugleich.

Sie musste daran denken, wie der vorletzte Abend geendet und wie der Tag darauf angefangen hatte. Anfangs hatte sie sich gefragt, ob es zu verantworten wäre, mit Uwe zu schlafen. Als kleines Urlaubsabenteuer sicher kein Problem, doch jetzt hatten sie ein Abenteuer ganz anderer Natur zu bewältigen. Wie würde er es aufnehmen, wenn sie sich ihm hingab? Wie würde er sich ihr gegenüber verhalten, wenn sie erst wieder in Deutschland waren? Würden sie Deutschland überhaupt jemals wiedersehen? Hinter jeder Flussbiegung, hinter jedem Stein konnte der Tod lauern. Jeder Atemzug konnte ihr letzter sein. Sie musste an die Schlange denken und daran, wie schnell ihr Gift den Mann getötet hatte. Trotz der Hitze lief ihr bei dem Gedanken ein kalter Schauer über den Rücken und sie achtete unbewusst aufmerksamer darauf, wo sie ihren Fuß hinsetzte. Der Biss einer Giftschlange oder der Stich eines Skorpions und ihr Leben war verwirkt. Alles schien in diesem verdammten Wald möglich zu sein. Der Tod begleitete sie quasi auf Schritt und Tritt. Je mehr sie sich mit dieser Thematik befasste, desto mehr war sie entschlossen, diesen Horrortrip durch den Dschungel zu überstehen. Je deutlicher ihr klar wurde, dass jede Minute ihre letzte sein konnte, desto bewusster wurde ihr auch, dass ihre sexuelle Lust auf Uwe vor dem Rest der Welt entschuldbar war. Warum sollte sie sich hier, fernab jeglicher Zivilisation, nicht etwas Abwechslung und Zerstreuung gönnen? So hatte sie die Möglichkeit für einen kurzen Moment die feindliche Welt um sie herum zu vergessen und zu genießen, was sie zu Hause in der Form nicht hatte. Genaugenommen, war es für beide die einzige Freude, Abwechslung und Zerstreuung, die sie in dieser menschenfeindlichen Welt hatten. Wie durch einen Schleier hörte sie Uwes Worte, der sie auf ein Bauwerk schwarzer Waldameisen aufmerksam machte. Christina hatte aber keine Augen dafür. Als sie dem Hindernis auswich, hatte sie alle Hände voll zu tun, dass sie nicht den Berg herabrutschte und im tosenden Wasser landete.

Die Zeit verstrich und sie versuchte abzuschätzen, wie viel sie wohl schon gelaufen waren, als plötzlich etwas Unerwartetes geschah. Mit Gewalt wurde sie aus ihrer Gedankenwelt gerissen. Uwe war über etwas gestolpert und stürzte kopfüber die Geröllmassen des Flussufers hinunter. Ein dumpfer Aufprall, ein kurzer Schrei und ein paar wild auffliegende Vögel, dann trat Stille ein, eine Stille, als hätte der Tod seinen Mantel über das Tal gebreitet. Wie gelähmt stand sie da und zitterte am ganzen Körper. Instinktiv wusste sie, dass etwas geschehen und Uwe nicht nur einfach gestolpert war. Leise und zitternd vernahm sie ihre eigene Stimme: „Steh auf... bitte. Komm schon und sag mir, dass nichts Ernsthaftes passiert ist.” Aber es rührte sich nichts. Sie hörte die Geräusche des Waldes, das Rauschen des Wassers nicht mehr. Sie stand nur einfach da, krallte ihre Finger um den Ast und wartete, bis Uwe sich zwischen den Steinen erhob und den Weg fortsetzte, als sei nichts passiert.

*

„Wir haben Zeit verloren. Komm, lass uns aufbrechen.” Uwe schlüpfte in seine Sachen, nahm die beiden Messer und einige Bananen. Als kleine Aufmunterung zwinkerte er ihr zu. Dann brachen sie auf.

Christina ist guter Dinge, dachte er. Sie kommt erstaunlich gut mit den Gegebenheiten zurecht. Sie hatte ihn in der letzten Nacht regelrecht angetrieben. Er würde sonst etwas darum geben, in das Seelenleben dieser Frau hineinsehen zu können. Er hatte auch wohlwollend registriert, dass sie sich, je länger sie durch diesen Wald irrten, verändert zu haben schien. Sie war nicht mehr so explosiv, arrogant oder gar kratzbürstig. Hier im Wald musste sie wohl niemandem beweisen, wer sie war und welche gesellschaftliche Stellung sie in Deutschland einnahm. Hier ging es schlicht ums nackte Überleben. Was für sie zu Hause Wert hatte, zählte hier nichts, war sogar belanglos. Eigentlich war sie hier in der Wildnis ein liebes Wesen, zu der er sich als Mann durchaus hingezogen fühlen konnte. Den Sex mit ihr konnte er nur als erotische Sensation bezeichnen. Eigentlich passte auch das zu ihrer Perfektion. Ob es wohl eine Ausnahme war? Mehrere Jahre hatten sie zusammen als Kommilitonen verbracht, danach hatte er sie gut zehn Jahre nicht mehr gesehen. Jetzt irrten sie schon seit Tagen durch diesen Wald. Konnte er sie daher kennen? Wer sagte ihm eigentlich, dass er sie kennen musste? Wer sagte ihm, dass nicht bereits hinter der nächsten Biegung der Tod lauerte? Warum sollte er sich nicht nehmen, was sie freiwillig bereit war zu geben? War es nicht nur gerecht, dass sie etwas zurückgab? Genau, mehr war es nicht, mehr sollte es nicht sein, mehr durfte es nicht sein. Er musste auch feststellen, dass er selbst sehr gut zurechtkam. Seine innere Unruhe, die er zu Beginn ihrer Odyssee verspürt hatte, schien sich gelegt zu haben. Er kam mit den Gegebenheiten besser zurecht, als er dachte. Auch belastete ihn die Verantwortung, die er übernommen hatte nicht mehr so sehr. „Der Mensch wächst mit seinen Aufgaben”, zitierte er einen Satz von Pawel Kortschagin[2] aus seiner Schulzeit.

Gedankenverloren wäre er um ein Haar in einen Haufen schwarzer Waldameisen getreten. Diese nützlichen Tierchen hatten ihm nichts getan, warum also sollte er ihren Bau zerstören? Er drehte sich um und rief Christina zu: „Pass auf, hier ist ein Ameisenhaufen. Tritt nicht rein.”

Ihr Weg, der im Grunde keiner war, stieg leicht an. Es bot sich eine phantastische Aussicht über das Flusstal. Der reißende Fluss, der aus einer Quelle geboren war und jetzt zwischen den Bergrücken dahinfloss. Die Vegetation, die Vögel. Natur pur. Es gab natürlich bessere Aufenthalte auf der Welt, aber auch deutlich schlechtere. Sie hatten zu essen, sauberes kristallklares Wasser, und sie brauchten nicht zu frieren. Bevor er auf einen Felsvorsprung sprang, dachte er noch: was willst du eigentlich mehr? Ein faszinierender Abenteuerurlaub, in ebensolcher Begleitung. Als er auf dem Felsen stand, drehte er sich zu Christina um und dann ging alles sehr schnell. Er verlor sein Gleichgewicht und stürzte zu

---

[2] Protagonist aus dem Roman, „Wie der Stahl gehärtet wurde”, von Nikolai Ostrowski.

Boden. Nicht weiter tragisch, wenn an der Stelle Boden gewesen wäre. Der vermeintliche Strauch, der vor ihm wuchs, war kein Strauch. Es war ein Ast, der weit auseinandergefächert war. Er fiel durch ihn hindurch ins Bodenlose. Ein Messer warf er weg, das andere fiel ihm aus der Hand, ehe er hart aufschlug und in seiner Hüfte einen stechenden Schmerz spürte. Seinen Schrei hörte er nicht mehr. Dunkelheit hatte ihn umgeben. Dunkelheit, absolute Stille und ein seltsames weißes Licht war alles, was er noch wahrnahm. Seine Augenglieder wurden schwer wie Blei. Schlaf, der ihm wie der kleine Bruder des Todes vorkam, bemächtigte sich seiner. Schlaf, dachte er. Lass mich einfach nur schlafen... ich bin so müde... ich möchte doch nur schlafen, nur ein halbes Stündchen Schlaf... bitte...

*

Es mochten Tausende von Augenblicken vergangen sein, als Christina langsam wieder zu sich kam und in der Lage war, einen klaren Gedanken zu fassen. Achtlos warf sie ihren Ast zur Seite, der wie eine Lanze in eine verwelkte Agave fiel und dort hoch aufgerichtet stecken blieb. Es war etwas Schreckliches passiert, daran bestand kein Zweifel. Sie musste Uwe zu Hilfe eilen, sie musste sehen, ob sie ihm helfen konnte. Wenige Augenblicke später stand sie an der Stelle, an der sie ihn zuletzt gesehen hatte. Hier musste er gestolpert sein. Außer einem buschigen Gestrüpp sah sie nichts. Hilflos stand sie da und drehte sich suchend um. Sie war gekommen, um zu helfen, entschlossen, alles zu tun, um ihrem Beschützer in höchster Not zur Seite zu stehen. Aber da war niemand. Leise rief sie seinen Namen, immer bedacht, niemanden mit ihrem Geschrei anzulocken. Es rührte sich jedoch nichts. Uwe blieb verschwunden. Sie begann zu zittern, während heiße Tränen über ihr Gesicht kullerten und ihre Knie weich wurden. Sie verspürte den Drang, sich hinzuhocken und ihren Gefühlen freien Lauf zu lassen. Kraftlos sackte sie in sich zusammen, als sich einzelne kleine Steine vom Felsvorsprung lösten, das Gebüsch herunterkullerten, um Sekunden später irgendwo da unten aufzuschlagen. Augenblicklich war sie hellwach. Sie legte sich auf die Knie, griff nach den Ästen des Busches und drückte sie beiseite. Vor ihr tat sich eine Grube auf, auf deren Grund - gut vier Meter tief bewegungslos Uwe lag. Sie stieß einen Schrei der Verzweiflung aus, als sie die blutige Messerklinge sah, die aus seinem Körper ragte und sich ihr wie der Finger Satans entgegenstreckte. In diesem Moment schien sie um Jahre gealtert zu sein. Es schien, als hätte sie der Teufel persönlich geschminkt. Blankes Entsetzen stand ihr ins Gesicht geschrieben. Ihr war, als bräche das Jüngste Gericht über sie herein. All ihre Hoffnungen lagen dort unten auf dem Grund der Grube, mit einem großen Messer im Leib und einer hässlichen, stark blutenden Wunde. Dem Wahnsinn nahe schaute sie immer wieder nach unten. Lebte er noch? Er rührte sich nicht, lag da wie... Oder war er tot? Hatte er sich vielleicht das Genick gebrochen oder mit dem Messer beim Aufprall selbst durchbohrt? Wie sollte sie da hinunterkommen? Wie sollte sie ihm - sofern er noch lebte - helfen? Wie sollte sie ihn aus dem Loch herausholen, wie allein Hilfe holen und dorthin wieder zurückfinden? Wem konnte sie, wenn sie überhaupt jemanden finden sollte, eigentlich vertrauen? Das hatte sie nicht verdient, das hatte Uwe nicht verdient. Das hatte niemand verdient. Warum war das Schicksal nur so ungerecht? Hatten sie nicht schon genug gelitten? Was würde alles noch folgen, bis es auch sie erwischte, bis auch sie mit einer hässliche Wunde oder mit zertrümmerten Knochen irgendwo im Nirgendwo verenden oder der Wahnsinn sie holen würde?

Während sie so dasaß und in die Tiefe blickte, sah sie ein pelziges Etwas an Uwes lebloser Gestalt vorbeihuschen. Sekunden später nur, bemerkte sie, wie jenes Geschöpf am Ufer des Flusses zwischen den Steinen verschwand. Es musste also eine Öffnung geben, eine Öffnung zum Fluss hin. Sie erhob sich und stolperte zum Wasser runter. Auf dem Weg dorthin betete sie: „Lieber Gott, lass mich die Öffnung finden und lass sie so groß sein, dass ich hindurchkriechen kann."

Einen direkten Weg nach unten gab es nicht. Sie musste unzählige Sträucher, Stauden, Bäume und

Felsbrocken umgehen. „Ich werde diese Stelle finden. Ich werde diese verdammte Stelle finden." Aber sie fand sie nicht. Wo sie auch hinsah, von einer Öffnung weit und breit keine Spur. Vor lauter Verzweiflung begann sie Selbstgespräche zu führen. „Wo ist dieses verdammte Loch? Ich muss es finden. Ich werde nicht eher ruhen, bis ich es gefunden habe."

Mit den Augen tastete sie den Berg ab und suchte die Stelle, an der sie entlanggegangen waren. Wo sie auch hinschaute, für sie sah alles gleich aus: grün, grün und nochmals grün.

„Ich werde noch wahnsinnig in diesem verdammten Wald. Das ist kein Wald, das ist ein Ungeheuer. Du bist ein grünes Ungeheuer", wimmerte Christina nur und hätte es doch am liebsten laut hinausgeschrieen.

„Ob ich vielleicht schon zu weit gegangen bin?"

Wieder suchten ihre Augen den vermeintlichen Pfad ab, bis sie plötzlich den Ast sah, den sie achtlos weggeworfen hatte und der nur etwas weiter links von ihr in einer Agave steckte. Sie konnte mithin die Öffnung noch gar nicht erreicht haben. Bei all den Hindernissen, die sie umgehen musste, hatte sie sich in der Entfernung verschätzt. Sie war noch nicht weit genug gegangen. Es fehlten noch gut zwei Meter, bis sie mit der Suche nach einer Öffnung beginnen konnte.

„Nur noch über diesen einen Stein", murmelte sie vor sich hin, „dann müsste ich da sein." Sie wollte gerade über den Stein steigen, als sie zwischen den Blättern etwas funkeln sah. Als sie etwas genauer hinschaute, erkannte sie das Messer, mit dem sich Uwe den Weg gebahnt hatte. Wie kam das Messer da nur hin, grübelte sie. Vielleicht hatte er es bei seinem Sturz verloren. Oder hatte er es gar weggeworfen, damit er sich nicht verletzen konnte? Während sie noch dastand und das Messer an sich nahm, huschte ein kleines Pelztier an ihr vorbei und verschwand gleich darauf wieder aus ihrem Gesichtsfeld. Sie musste unmittelbar vor der Öffnung stehen. Das Tier war direkt vor ihr aus dem Berg gekommen. Gab es nun eine richtige Öffnung oder war es nur ein kleines Loch, ein schmaler Spalt zwischen den Steinen? Christina stand etwa einen halben Meter über dem Wasserlauf, direkt am Fuße des Berges, der mit allen erdenklichen Pflanzen überwuchert war. Sie nahm das Messer und stach in das Gewirr von Blättern hinein. Sie stach gegen Steine, in Wurzeln oder in Erde. Sie wollte schon aufgeben, als das Messer plötzlich ins Leere fuhr. Schnell teilte sie den grünen Teppich auseinander. Zwischen den Steinen war eine Öffnung, groß genug, um zu Uwe zu gelangen. Sie räumte ein paar Steine zur Seite, entfernte ein paar Wurzeln und die Öffnung zur Grube war frei. Unmittelbar vor ihr lag er. Den Kopf hatte er zur Seite gedreht, die Haare klebten an seiner Stirn. Kalter Schweiß lag auf seinem Gesicht. Das große Messer ragte weit aus seiner Hüfte hervor.

Zwar hatte die Wunde aufgehört zu bluten, doch noch lief ein dünner Faden Blut an seiner Kleidung herab. In der Grube war es feucht und kalt und ein unangenehmer Geruch von verrottenden Pflanzen umgab sie. Von den Steinen tropfte Wasser, am Felsen wuchs Moos.

„Uwe", flüsterte Christina, als wolle sie seinen Schlaf nicht stören. „Uwe, kannst du mich hören? Uwe... Was mach ich denn jetzt nur?"

Tränen erstickten ihre Stimme.

„Uwe... Uwe, sag doch was... bitte. Uwe!", schrie sie plötzlich, wobei sie seinen Kragen packte. „Lass mich nicht allein. Du hast mir versprochen, mich nicht mehr allein zu lassen. Halte gefälligst dein Versprechen. Uwe... bitte..."

Der Rest ging in Schluchzen über. Sie war zusammengesackt, ihr Kopf lag auf seiner Brust. Schmerzlich war ihr bewusst, dass sie nicht fähig war, auch nur das Geringste für ihn zu tun. Sie hatte von erster Hilfe keine Ahnung. Sie wusste nicht, wie man jemanden versorgte, der vier Meter in die Tiefe gestürzt war und dem ein Messer aus der Hüfte ragte. Selbst, wenn sie es gewusst hätte. Hier draußen in der Wildnis in diesem feuchten Loch fand sich nichts, was ihr zur Versorgung des Verletzten hätte helfen können. Aber sie musste etwas tun, ganz gleich, was. Das war sie ihm zumindest schuldig.

Sie wusste nicht, wie lange sie mit dem Kopf auf

seiner Brust gelegen hatte, als sich plötzlich eine Hand auf ihre Schulter legte. Christina wollte gerade emporschießen, als sie ganz leise ihren Namen hörte.

„Christina, dreh mich auf die Seite."

Nur leise konnte sie Uwes Stimme vernehmen. Aber sie war unsagbar froh, dass er lebte.

„Uwe, was kann ich für dich tun?" Sie hatte ihren Oberkörper erhoben und saß mit tränenverschmiertem Gesicht neben ihm.

„Dreh mich auf die Seite und beschreib mir die Wunde. Wie sieht sie aus? Ich habe kein Gefühl an der Stelle. Zeig mir an deinem Körper, wie und wo das Messer steckt."

Christina war überglücklich, zeigte es doch, dass er wusste, was mit ihm passiert war. So schlecht konnte seine Lage nicht sein. Was aber noch wichtiger war... er war bei Bewusstsein. Nahezu euphorisch machte sie sich an die Arbeit und drehte ihn vorsichtig auf die Seite. Sie konnte das Messer jetzt von beiden Seiten sehen, wie es durch Uwes Hüfte ragte. Hinten befand sich der Griff des Messers, der bis zum Anschlag in seiner Lende steckte. Vorne trat die blutverschmierte Klinge aus. Er musste beim Sturz in das Messer gefallen sein.

„Schau, so sieht die Wunde aus." Christina drehte sich etwas zur Seite und zeigte ihm an ihrem Körper, wo das Messer steckte. „Hast du sonst noch andere Schmerzen? Hast du dir vielleicht etwas gebrochen?"

„Nein, ich glaube nicht. Ich spüre alle meine Gliedmaßen und kann sie auch bewegen. Ein paar blaue Flecken vielleicht und eine Beule am Kopf. Wie sieht die Wunde aus?" Uwe stöhnte.

Sie wusste nicht, was genau sie antworten sollte denn es war die erste Wunde dieser Art, die sie sah.

„Gut", gab sie zögerlich zurück.

„Wie stark blutet sie?"

„So gut wie gar nicht mehr. Was soll ich machen? Kann ich dir helfen?"

„Wie breit ist die Wunde?"

„Wie breit?" Christina musste sich zusammenreißen. Sie gehörte zwar nicht zu der Gattung Mensch, die beim Anblick von Blut weiche Knie bekamen. Bei großen, auseinanderklaffenden Wunden sah das jedoch anders aus.

„Wie breit ist die Wunde", fragte Uwe erneut und verzog vor Schmerzen sein Gesicht.

„So", sie hob ihre Hand und deutete mit Daumen und Zeigefinger zirka zehn Zentimeter an. „Sieht wie eine reine Fleischwunde aus. Du hattest Glück im Unglück. Ein Stück weiter und...." Sie wagte nicht, den Satz zu beenden. Es war auch nicht notwendig, denn Uwe wusste am besten, dass das Messer um ein Haar seine Niere durchbohrt hätte. Er wäre an den Folgen innerlich verblutet.

„Zieh den Rest deines Kleides aus und zerteile es in

zwei gleichgroße Stücke. Verknote die Lederriemen zu einem langen Seil. Sie stecken in meiner Jackentasche."

Christina tat, wie ihr geheißen. Sie war heilfroh, dass er bei Bewusstsein war und ihr diese Anweisungen gab, wobei ihr erneut vor Augen geführt wurde, dass sie ohne ihn hoffnungslos aufgeschmissen war.

„Kannst du dich an den Ameisenhaufen erinnern?"

„J...ja."

„Was meinst du, findest du ihn wieder?"

„Ich denke schon."

„Okay. Ziehe jetzt das Messer aus der Wunde. Aber nicht langsam. Es muss schnell gehen. Vermeide aber dabei, dass du die Wunde noch größer schneidest. Anschließend presst du die beiden Teile von deinem Kleid auf beide Seiten der Wunde. Den Lederriemen wickelst du um meinen Körper und fixierst damit den Stoff. Es ist gut möglich, dass ich ohnmächtig werde. Mach dir nichts daraus. Es wird nicht lange dauern. Wie hoch ist diese Grube über dem Wasserspiegel?"

„Einen halben Meter. Eher weniger."

„Gut. Wenn du mich verarztest hast, gehst du raus, suchst eine höher gelegenen Stelle und baust eine Hütte. Hier können wir nicht bleiben. Wenn das Wasser steigen sollte, wäre das mein sicherer Tod."

„Ich kann das nicht. Ich kann das Messer nicht rausziehen, ich kann dich nicht verarzten und eine Hütte kann ich auch nicht bauen..."

„Stell dich nicht an", unterbrach er sie. „Ich kann mich nicht selbst verarzten. Das Messer muss aber raus. Je schneller desto besser. Bevor du anfängst, schieb mir erst den Lederriemen unter meinen Körper. Ich wäre dann so weit."

„Was mache ich, wenn du ohnmächtig wirst?"

„Das sagte ich doch schon, die Hütte bauen."

„Aber ich kann dich doch nicht allein..."

„Natürlich kannst du das. Ich werde selig schlafen. Mach dir um mich keine Sorgen. Sieh nur zu, dass du selbst klar kommst. Von jetzt an wirst du die Führung übernehmen. Du musst dich um alles kümmern, all das tun, was ich getan habe." Als wolle er jeglichen Protest im Keime ersticken, fügte er hinzu: „Es wir schon werden, du hast oft genug zugesehen. Besonders schwer ist es ohnehin nicht. Bevor du gleich das Messer rausziehst, geh nach draußen zum Wasser, such dir ein großes Blatt und schöpf etwas Wasser. Ich habe entsetzlichen Durst. Nun geh schon."

Christina wagte nicht zu widersprechen. Sie erhob sich und verließ die Grube. Als sie wieder im Freien war und nach einem großen Blatt Ausschau hielt, redete sie vor sich hin: „Es wir schon werden, du hast oft genug zugesehen. Besonders schwer ist es ohnehin nicht. Von wegen. Ich werde mir in die Hosen machen. Du wirst schon sehen."

Kurz darauf kam sie mit etwas Wasser zurück, das

Uwe gierig in sich hineinschlürfte. Unterdessen zog sie vorsichtig den Lederriemen unter seiner Hüfte durch.

„Bist du so weit?"

Christina nickte nur und machte einen hilfslosen Eindruck.

„Also gut, dann los..."

Christina griff nach dem Messer, drehte ihren Kopf leicht zur Seite, schloss die Augen und zog es mit einem kurzen Ruck aus seiner Hüfte. Uwe stöhnte kurz auf, dann fiel sein Kopf zur Seite. Christina stieß einen kleinen Schrei aus. Sie war sich sicher, dass sie das Geräusch, das das Messer beim Herausziehen verursacht hatte, ihr Lebtag nicht mehr vergessen würde. Weiter konnte sie nicht darüber nachdenken, da aus beiden Seiten umgehend Blut heraussickerte. Schnell presste sie die Reste ihres Kleides auf die Wunden. Anschließend verknotete sie den Lederriemen. Bevor sie die Grube verließ, strich sie ihm noch das vor Schweiß verklebte Haar aus der Stirn und sagte: „Lass mich nicht allein. Du hast es mir versprochen."

*

Drei Stunden später hatte sie endlich geschafft, wozu er nie mehr als zwanzig Minuten gebraucht hatte. Ihre primitive Unterkunft war fertig. Das Schneiden der Äste dauerte bei ihr schon eine kleine Ewigkeit, da sie einfach nicht genügend Kraft besaß, die Äste vom Baum zu bekommen. Die Lederriemen, mit denen Uwe die Äste zusammengebunden hatte, trug er im Moment als Gürtel um den Bauch. Sie hatte es mit langen Gräsern versucht, doch jedes Mal, wenn sie dachte, sie sei fertig, war ihre Konstruktion wieder zusammengefallen. Eine Tatsache, die sie beinahe an den Rand der Verzweiflung gebracht hatte. Aber letztendlich hatte sie es doch irgendwie zustandegebracht. Sie polsterte den rauen Boden mit allerhand Farnen, Gräsern und Blättern aus. Zwischendurch schaute sie immer wieder nach ihm. Sie wusste nicht, ob er ohnmächtig war oder ob er schlief. Er hatte seine Position bislang nicht verändert. Dass sein Atem sehr gleichmäßig ging, beruhigte sie ein wenig. Sie kümmerte sich rührend um ihn, ganz so, als wäre er ihr Mann oder ihr Sohn. Sie ging regelrecht auf in dieser Aufgabe. Es schien, als gäbe es nichts in der Welt, was sie daran hindern könnte. Die Blutung war inzwischen allem Anschein nach zum Stillstand gekommen, so dass sie ihn für eine Weile wieder allein lassen und sich voll auf ihre Arbeit konzentrieren konnte.

Da es offensichtlich war, dass diese Unterkunft länger als nur eine Nacht halten musste, gab sie sich große Mühe. Zudem wollte sie nicht als Versagerin vor ihm dastehen oder gar als Püppchen der feinen Gesellschaft angesehen werden, als Gattin eines reichen Industriemagnaten, deren einzige Aufgabe darin bestand, die gesellschaftlichen Belange abzudecken. Sie wollte ihm zeigen, dass er sich auf sie verlassen konnte, wenn es auch schwer sein würde. Ein kurzes Lächeln huschte ihr übers Gesicht, als sie daran dachte, dass sie noch vor ein paar Tagen ein ganz anderer Mensch gewesen war. Hätte ihr jemand prophezeit, dass sie weit ab von der Zivilisation eine Hütte im Urwald bauen würde, sie hätte ihn schallend ausgelacht.

Mit etwas Stolz betrachtete sie das Bauwerk etwas näher. Eigentlich glich es eher einem Zelt als einer Hütte. Die Fläche betrug etwas mehr als zwei Meter im Quadrat. Die Firsthöhe lag bei etwas über einem Meter, so dass man in der Behausung nicht aufrecht stehen konnte. Aber das war auch nicht nötig. Es reichte, einen Platz zum Schlafen, und für den Fall, dass es einmal regnen würde, ein Dach über dem Kopf zu haben.

Sie beschloss, Uwe noch etwas Ruhe zu gönnen. Bis zur Dämmerung dauerte es noch eine Weile. Diese Zeit wollte sie nutzen, um sich etwas in der näheren Umgebung umzuschauen. Wie viele Tage sie hier bleiben mussten, wusste sie nicht und wagte auch keine Prognose. Sie wusste nur, dass die Rollen jetzt vertauscht waren und dass sie sich jetzt um Uwe zu kümmern hatte. Sie wollte alles tun, um ihrer neuen Rolle gerecht zu werden. Sie beide mussten versorgt werden, aber was hieß das genau? Eigentlich recht wenig. Sie mussten essen und trinken, weiter nichts. Wasser gab es unmittelbar vor der Tür. Bananen und andere Früchte ließen sich finden. Sie sah sich um, doch Früchte konnte sie nirgendwo entdecken. Wie hatte Uwe gesagt? Du musst den Tieren folgen, sie zeigen dir den Weg. Welchen Tieren? Ein paar Schmetterlinge flatterten durch die Luft. Hoch oben in den Bäumen zwitscherte es. Von irgendwelcher Nahrung war jedoch weit und breit nichts zu sehen. „Wir müssen essen und trinken, weiter nichts", sprach sie wieder zu sich selbst. „Eben, weiter nichts!"

Sie bemerkte sehr schnell, dass die Essensbeschaffung nicht so leicht war, wie sie ursprünglich gedacht hatte. Sie wollte aber nicht so schnell aufgeben. Sie versuchte, sich zu erinnern, ob sie auf dem Weg Bananen oder Ähnliches gesehen hatte, kam aber zu keinem Ergebnis. Woran sie sich lediglich erinnern konnte, war der Ameisenhaufen. Warum hatte Uwe sie wohl danach gefragt? Er wollte doch wohl nicht etwa das Getier essen? Niemals würde sie Ameisen essen. Dann schon lieber dreimal am Tag Bananen. Ob es im Wasser wohl Fische gab? Wenn ja, würde sie welche fangen können? Selbst wenn. Rohen Fisch konnten sie nicht essen. Ein Feuer zu machen, war immer noch viel zu riskant. Sie waren noch nicht weit genug von den Dörfern entfernt. Hinzu kam, dass sie jetzt mit Uwes Zustand auf keinen Fall entdeckt werden durften. Uwe konnte sich in seinem jetzigen Zustand nicht wehren und sie nicht verteidigen. Panik kam bei diesem Gedanken bei ihr auf. Was wäre, wenn… Sie wagte nicht, diese Möglichkeit weiterzuspinnen und wieder wurde ihr bewusst, wie schutz- und hilflos sie doch der grünen Hölle ausgeliefert war.

Als sich auf der anderen Flussseite in den Büschen etwas bewegte, erschrak sie beinahe zu Tode. Dort versteckte sich etwas. Instinktiv hockte sie sich nieder und ging hinter einem Felsbrocken in Deckung. Angespannt ließ sie die Stelle nicht aus den Augen, wo sie die Bewegung wahrgenommen hatte. Es rührte sich jedoch nichts. Wer auch immer dort in den Büschen saß, so viel stand fest, der hatte ein Problem. Wenn sie selbst und nicht einmal Uwe über den Fluss gelangen konnten, war es demjenigen, wer immer das auch sein mochte, auch nicht möglich. Ein wenig zuversichtlicher blickte sie abermals zu den Büschen auf der anderen Flussseite. Sie konnte ihre Augen aber noch so anstrengen, zu sehen war niemand. Wahrscheinlich hatte man sie zuerst entdeckt, bevor sie selbst die Bewegung in den Sträuchern wahrnahm. Was sollte sie nur tun? Weglaufen? Wohin? Sie konnte Uwe unmöglich allein lassen. Auf der anderen Flussseite rührte sich noch immer nichts.

Christina beschloss, sich ebenfalls ruhig zu verhalten. Hatte sie doch alle Zeit der Welt, und irgendwann würden der oder die schon aus ihrer Deckung hervorkommen und sie würde sehen, mit wem sie es zu tun hatte.

*

Uwes Ohnmacht war in einen traumlosen Schlaf

übergegangen. Eine Schutzreaktion des Körpers. Während er schlief, erholte er sich, schlief sich gewissermaßen gesund. Als er langsam zu sich kam, wusste er nicht, wie lange er geruht hatte. Es dauerte auch eine ganze Zeit, bis er seine Erinnerungen richtig sortieren konnte. Als er die Augen aufschlug, sah er sich immer noch in dem Erdloch liegen. Er tastete seine Wunde ab und fühlte nur den Stoff von Christinas Kleid. Der Stoff war trocken, die Wunde musste aufgehört haben zu bluten. Wie hatte Christina gesagt? Glück im Unglück. Wie wahr, wie wahr. Das eine Messer hatte er noch wegschmeißen können. Für das zweite hatte die Zeit nicht gereicht. Pech nur, dass er ausgerechnet auf das Messer gefallen war. Sein Glück bestand darin, dass es wirklich nur eine unbedeutende Fleischwunde war. Der Sturz in die Grube hätte auch anders enden können. Ganz anders. Langsam kehrten seine Kräfte zurück. Erst reckte er das rechte Bein, dann den rechten Fuß. Es folgte die linke Seite. Nacheinander spannte er alle nur erdenklichen Muskeln seines Körper an. Es schien, als hätte er durch den Sturz keine weiteren Schäden genommen. So weit, so gut. Wie ging es jetzt weiter? Als erstes musste die Wunde auf beiden Seiten gesäubert werden. Eine Infektion war das letzte, was er in der Wildnis gebrauchen konnte. Es wäre sein sicheres Todesurteil gewesen. Als zweites musste die Wunde genäht werden. Für Uwe nicht gerade ein angenehmes Gefühl, aber anders würde er den Weitermarsch nicht durchstehen. Als drittes wollte er sich mindestens zwei, besser drei Tage absolute Ruhe gönnen. Erst dann konnte an die Fortsetzung des Marsches gedacht werden. Dumm gelaufen. Aber was soll's? Es hätte schlimmer kommen können. Was Christina wohl dazu sagen würde, wenn sie erfuhr, dass sie hier mindestens drei Tage festsitzen würde? Christina? „Wo steckt sie eigentlich?", murmelte er vor sich hin.

Er versuchte, sich umzudrehen.

„Vorsichtig, Freund", sagte er zu sich selbst. „Ganz vorsichtig. Lass die Wunde nicht erneut aufreißen."

Nur langsam konnte er sich drehen. Dann begann er, genauso langsam, aus dem feuchten Erdloch zu kriechen. An den verschiedensten Stellen seines Körpers spürte er Schmerzen. Allem Anschein nach hatte er sich nichts gebrochen. Dafür dürfte er aber einiges an Prellungen erlitten haben. Es dauerte eine kleine Ewigkeit, bis er vollständig das Erdloch verlassen hatte. Von Christina war weit und breit nichts zu sehen.

„Zum Teufel noch mal, wo steckt diese Frau?"

Als er sich aufrichten wollte, fiel dicht neben ihm ein Steinchen zu Boden, gleich darauf ein zweites. Als er in die Richtung schaute, aus der die Steine kamen, sah er drei Meter weiter Christina hinter einem Großen Stein kauern. Sie hatte ihren Zeigefinger auf die Lippen gelegt. Aufgeregt deutete sie mit der anderen Hand auf das andere Flussufer.

„Bloß das nicht, nicht jetzt”, stöhnte Uwe. Vorsichtig kroch er zu ihr hin, die ihm auf halber Strecke entgegen gekrochen kam.

„Dort drüben ist jemand”, flüsterte sie.

„Wo?”

„Dort.” Sie zeigte mit der Hand zur anderen Flussseite. „Dort, zwischen den beiden großen Steinen. Siehst du die? Hinter dem rechten von den beiden Büschen.”

„Wer ist dort?”

„Ich weiß es nicht. Ich habe aber ganz deutlich gesehen, wie sich die Äste bewegt haben.” Als er sie verdutzt ansah, fügte sie hinzu: „Es ist nahezu windstill, also muss irgendjemand die Äste bewegt haben. Ich habe was gesehen. Ich weiß nur nicht, was es war. Es ging einfach zu schnell. Da ist was, Uwe, glaub mir doch.”

„Was hast du dann getan?”

„Ich habe mich versteckt, den Busch beobachtet und gewartet.”

„Wie lange?”

„Weiß nicht. Lange. Eine halbe Stunde bestimmt.”

„Was ist während der Zeit passiert?

„Nichts.” Christina flüsterte immer noch.

„Gar nichts?”

„Gar nichts.”

„Dann ist da auch nichts. Du musst dich geirrt haben.”

„Ich hab mich nicht geirrt. Ich bin mir ganz sicher.

Als ich zufällig in die Richtung gesehen habe, hat sich jemand hinter dem Busch versteckt. Wahrscheinlich, um nicht von mir gesehen zu werden.”

Abermals sahen beide zur anderen Flussseite hinüber. Uwe zeigte mit seiner Hand in die Richtung und sagte zu Christina: „Du meinst den rechten Busch dort drüben zwischen...”

„Zwischen den beiden großen Steinen”, beendete sie seinen Satz.

Uwe hob den Oberkörper etwas an, als könne er so besser sehen. Aufmerksam suchten seine Augen die Gegend ab. Er war sich sicher, dort drüben konnte niemand sein, der ihnen gefährlich werden könnte.

„Dort drüben ist niemand”, sagte er zu Christina gewandt.

„Uwe, ich hab es ganz deutlich gesehen. Glaub mir doch, bitte.”

Uwe hob einen Stein auf, reichte ihn ihr und sagte: „Wirf den Stein und versuch den Busch zu treffen. Ich kann’s nicht.”

Sie sah ihn mit großen Augen an. „Uwe, dass ist zu weit für mich.”

„Versuch es.”

„Das schaffe ich nicht.”

„Versuch es doch wenigstens.”

Christina nahm den Stein und sah zur anderen Seite hinüber, als sie plötzlich zu kichern anfing. Uwe blickte jetzt ebenfalls auf. Zwischen den Steinen saß friedlich eine Katze und schleckte Wasser. Jetzt musste auch Uwe lachen.

„Du hattest Recht, verdammt noch mal. Da war jemand. Gut beobachtet."

Das Lachen bereitete ihm Schmerzen, so dass er zur Linderung seine Hand auf die Wunde presste. Christina indessen war sauer. Wütend warf sie den Stein in Richtung Katze, die umgehend die Flucht antrat.

„Wegen dem Vieh habe ich hier eine halbe Stunde dumm rumgelegen."

„Lass nur. Du hast dich schon richtig verhalten."

Er richtete sich langsam auf.

„Sieh dir einmal die Umgebung dort drüben an. Dort konnte unmöglich ein Mensch hinkommen. Der Berg ist sehr steil, das Wasser reicht bis an den Berg heran und scheint sehr tief zu sein. Zudem ist die Strömung viel zu stark. Die Bewegung, die du gesehen hast, konnte nur von einem Tier stammen.

„Na toll." War alles, was sie erwiderte.

„Lass nur." Er legte seine Hand auf ihre Schulter. „Du hast dich schon richtig verhalten", sagte er wieder.

„Was wird nun? Wie geht es jetzt weiter? Du kannst kaum stehen, wie willst du da marschieren?"

„Es gibt viel zu tun. Es wird bald dämmern. Hast du dich hier schon umgesehen? Ich brauche so etwas wie eine Badewanne, eine Badestelle."

„Das da." Sie deutete mit dem Kopf hinter Uwe. „Ich habe die Zeit genutzt, um eine Unterkunft zu bauen."

Uwe drehte sich um, besah sich die primitive Unterkunft und sah dann wieder zu Christina. „He, super. Komm, zeig sie mir näher."

Er legte seinen Arm um ihre Schultern und humpelte zu der Hütte rüber. „Damit haben wir schon ein Problem weniger. Das hast du gut gemacht."

Christina musste Lächeln. Offenbar empfand sie so etwas wie Stolz.

„Komm, lass uns da hinüber gehen."

Er deutete auf den Fluss. Nur ein paar Schritte entfernt war am Ufer eine kleine Ausbuchtung zu sehen, durch der das Wasser nur langsam floss. Eine Mulde, deren Boden komplett aus Felsen bestand. Sie war auch nicht sonderlich tief. Als sie die Stelle erreicht hatten, begann er sich langsam und vorsichtig zu entkleiden.

„Hilf mir bitte. Meine Wunde muss gereinigt werden. Das hier ist eine ideale Badewanne." Als er nackt war, ging er vorsichtig ins Wasser und kniete sich auf den ausgewaschenen Fels. Das Wasser war gerade so tief, dass es ihm bis kurz über die Hüfte reichte. Vorsichtig löste er den Lederriemen und nahm die Überreste von Christinas Kleid ab. Dann begann er mit äußerster Sorgfalt die Wunde zu reinigen.

„Siehst du? Dasselbe machst du jetzt von der anderen Seite. Die Wunde muss absolut sauber sein. Keiner weiß, wie viele Bakterien an der Klinge klebten."

Christina entledigte sich ihrer Hose, schlüpfte aus den Schuhen und wickelte sich die Fußlappen von den Füßen. Dann kniete sie sich zu Uwe ins Wasser und begann, die Wunde am Rücken vorsichtig zu waschen.

„Schmerzt es sehr?"

„Nein. Es ist eher ein Brennen. Die anderen Stellen, auf die ich gefallen bin, schmerzen da schon eher. Aber das geht vorbei, vielleicht Morgen schon. Die Schnittwunde wird dagegen schon länger brauchen."

„Ich glaube, dass es so reichen müsste."

„Gut. Du erinnerst dich an die Ameisen?"

„Du willst die doch nicht etwa essen?", fragte sie mit großen Augen zurück.

„Nein. Geh dorthin zurück und hol welche her."

Er machte eine kurze Pause.

„So etwa zwanzig Stück. Zählen brauchst du sie aber nicht." Er lachte, verzog aber gleich darauf vor Schmerzen sein Gesicht.

Christina sah ihn immer noch mit großen Augen an. „Wie soll ich das anstellen? Denen ein Halsband umlegen und hinter mir herziehen? Was willst du mit den Dingern?"

„Christina, frag nicht lange. Ich erkläre es dir später. Du musst los. Es wird bald dunkel. Lege ein Blatt oder einen Zweig in den Haufen. Es werden schon welche draufkrabbeln. Auf dem Weg zurück musst du dann den

Zweig langsam drehen, damit die Ameisen sich nicht runterfallen lassen. Beeile dich jetzt. Die Zeit wird knapp. Halte auch nach einer Lilie Ausschau. Wenn du eine findest, bring sie mit."

Christina verließ das Wasserbecken, stieg wieder in ihre Hose und zog sich die Schuhe über. Ihre Fußlappen warf sie zu ihm ins Wasser.

„Damit du dich nicht langweilst. Die müssen gewaschen werden."

Widerwillig trottete sie den Weg zurück.

*

Uwe nutzte die Wartezeit, in dem er sich im Wasser ausstreckte und entspannte. Er überdachte seine Lage, verwarf aber umgehend wieder alle Gedanken. Von welcher Seite er es auch anging, viel kam nicht dabei heraus. Um sich abzulenken, dachte er an die Wildkatze, die auf der anderen Flussseite ihren Durst stillte. Es musste ihr gut gehen, sie machte einen gepflegten Eindruck. Anders, als die herrenlosen Katzen, die sich in der Nähe der Hotelanlagen herumtrieben. Seiner Ansicht nach könnte es sich bei der Katze um einen Ozelot handeln. Sie war nicht länger als einen Meter, wobei die Hälfte davon aus Schwanz bestand, hatte kurze Beine und einen muskulösen Körperbau. Ihr Fell wies eine rotbraune Färbung auf und besaß dunkle Zeichnungen. Für den Menschen war sie nicht weiter gefährlich. Es mochte an der Windrichtung liegen, dass sie so dicht an

Christina herankam. In der Regel machen die Wildkatzen dieser Art einen großen Bogen um den Menschen.

Seine Gedanken wurden unterbrochen, da Christina sich seiner Badewanne näherte. In der Hand trug sie ein großes Blatt, das sie so weit wie möglich vom Körper hielt. Schon von weitem rief sie: „Was nun? Wohin damit?"

„Gib es einfach her."

Er nahm ihr das von Ameisen wimmelnde Blatt ab und legte es auf die Wasseroberfläche. „Sieh jetzt genau zu. Das, was ich vorne mache, machst du anschließend hinten. Erspare mir jede Widerrede, es muss sein. Andernfalls werden wir uns hier für längere Zeit häuslich einrichten können. Hast du keine Lilien gefunden?"

„Nein, leider nicht."

Er nahm behutsam eine Ameise vom Blatt in die rechte Hand und betrachtete sie sich. Sie war deutlich größer als die einheimische rote Waldameise. Ihr Körper war anthrazitfarben bis schwarz und bestand im Wesentlichen aus drei Teilen, einem eiförmigen Hinterleib, der mit zwei tiefschwarzen Querringen belegt war, einem schlanken länglichen Mittelteil, aus dem die drei Beinpaare ragten, und schließlich dem Kopf, an dem deutlich die Augen, zwei lange Fühler und die mächtigen Beißwerkzeuge zu erkennen waren.

Mit der linken Hand griff er nach seiner Wunde und

presste die Wundränder vorsichtig zusammen. Seine rechte Hand führte die Ameise an die Wunde. Nach kurzem Abtasten der Wunde, biss die Ameise zu. Umgehend knipste er mit seinen Fingernägeln den Kopf des Insekts ab. Den Rest warf er in den Fluss. Christina stand mit offenem Mund da und schaute zu. Sie konnte wohl nicht so recht begreifen, was er dort anstellte. Uwe sah kurz zu ihr auf und sagte dann: „Nummer eins." Nach einer kurzen Pause redete er langsam und konzentriert weiter: „Ich setze jeden Zentimeter einen weiteren Kopf an. Sobald die Ameise zubeißt, knipse ich ihr den Kopf ab. Die Beißwerkzeuge der Ameise halten meine Wunde zusammen. Besser könnte ein Chirurg mit seinem metallischen Werkzeug auch nicht klammern. In früheren Zeiten hat die Urbevölkerung auf diese Art ganze Wunden *genäht*... Nummer zwei. Ich hab das zwar noch nie gemacht, aber es soll ganz einfach sein. Es tut kaum weh und soll besser halten als die heutigen Methoden... Nummer drei. Du musst nur die Wundränder richtig aneinander drücken... Nummer vier. Du brauchst nichts weiter zu tun, als das Tierchen an die Wunde zu halten... Nummer fünf. Beißen tut sie von allein... oh, das ging daneben. Sobald sie zugebissen hat, blitzschnell den Kopf abkneifen... Nummer sechs. Das war es auch schon." Uwe betrachtete zufrieden die Wunde. Dann sah er wieder zu Christina hoch. „Jetzt du."

Christina wusste offenbar, dass ein Protest sinnlos war. Gerade eben hatte gehört, dass er es auch zum ersten Mal machte. Warum sollte sie es nicht auch können? Wortlos stieg sie zu ihm ins Wasser, nahm die erste Ameise vom Blatt und hielt sie an die zusammengepresste Wunde. „Nummer eins. Das ist ja ganz einfach," kicherte sie. „Oh, das war nichts, die ist mir ins Wasser gefallen."

Uwe hatte sein Kinn auf die Brust gelegt, starrte ins Wasser und wartete geduldig, bis Christina fertig war.

„Nummer acht. Fertig." Sie strahlte übers ganze Gesicht, als schien sie stolz darauf zu sein, was sie gerade vollbracht hatte. „Das haben die euch alles bei der Armee beigebracht?"

„Das und vieles mehr. Komm, hilf mir aus dem Wasser." Das Blatt mit den übrigen Ameisen legte er auf die Oberfläche des Flussbetts und ließ es treiben.

Als sie ihm in die Sachen half, fragte sie wie nebenbei: „Erzähl, wie geht es weiter?"

„Als nächstes musst du etwas Essbares auftreiben. Das wäre für heute schon alles. Es kann ruhig etwas mehr sein. Wir werden hier mindestens zwei Tage pausieren, bevor ich wieder einigermaßen laufen kann. Vielleicht sogar drei Tage. Dann sehen wir weiter."

„Ich habe hier nirgendwo etwas Essbares gesehen, auch keine Tiere, die mich führen könnten."

„Kurz bevor ich in die Grube gestürzt bin, habe ich das

Kreischen einiger Affen gehört. Ungefähr hundert Meter vor uns, etwas bergauf. Dort fängst du mit der Suche an. Nimm das Messer und einen Lederriemen mit. Wenn du nicht an die Bananen herankommst, bindest du das Messer – quasi als Armverlängerung – an einen Ast. Pass aber auf, wohin du trittst und verhalte dich ruhig. Und... Christina. Denk daran, ich werde dir kaum helfen können."

„Das sind ja tolle Aussichten. Dann drücke mir wenigsten die Daumen, dass ich heil und voll beladen zurückkomme."

„Okay, sieh dich vor und beeile dich. Es wird bald dunkel."

Christina griff nach der Lederschnur. Anschließend holte sie das Messer aus dem Erdloch. Wenige Augenblicke später war Uwe allein.

*

„Hundert", sagte Christina. „Hundert Schritte. Jetzt etwas bergauf." Sie war stehen geblieben und sah an dem steilen Hang hoch. Für einen Augenblick hielt sie den Atem an und lauschte in den Dschungel hinein, weder hörte sie Affen noch sah sie irgendwelche Bananen.

„Okay, Uwe Berger, glaub ja nicht, dass ich nicht in der Lage wäre, dir Bananen zu besorgen. Du wirst schon sehen."

Da an dieser Stelle die Ersteigung des Berges unmöglich war, beschloss sie ein Stück weiterzulaufen. Irgendwo würde sie schon eine Stelle finden, an der sie den Berg hochklettern konnte. Wieder zählte sie ihre Schritte. Sie passte auf, wohin sie trat und verhielt sich ruhig, ganz wie er es ihr aufgetragen hatte.

„Fünfundzwanzig", sagte sie leise zu sich selbst. Ein kurzer Blick den Berg hinauf, sagte ihr, dass sie weiter musste... „Fünfzig." Wieder blieb sie stehen und sah sich um. Keine Bananen, keine Affen, keine Vögel. Wieder ließ sie ihren Blick in die Höhe schweifen, wieder nur eine steile Anhöhe, die noch zu allem Überfluss von Pflanzen überwuchert wurde... „Fünfundsiebzig. Der sollte sein Gehör untersuchen lassen."

War Christina am Anfang noch voller Tatendrang, so konnte sie sich mit zunehmender Zeit nicht mehr so recht für die Sucherei begeistern. Obwohl sie selbst einen enormen Hunger verspürte, konnte sie sich vorstellen, für den Rest des Tages auf Bananen aller Art zu verzichten. Aber der Ehrgeiz hatte sie gepackt, ein Zustand, den sie das letzte Mal vor zehn Jahren während ihres Studiums empfunden hatte. Uwe wollte Bananen? Er sollte Bananen bekommen... „Hundert. Weiter gehe ich nicht." Erneut schaute sie sich in der Gegend um. Keine Bananen, keine Affen, keine Vögel.

Nach Uwes Erzählweise hatte es sich so einfach angehört... hundert Meter, leicht den Berg hinauf. So sehr sie den Berg auch anstarrte, es gab keine Bananen und es ging auch nicht leicht bergauf. Sie nahm aber noch etwas anderes wahr. So oft sie die Steigung des Berges hinaufgestarrt hatte, registrierte sie nicht, dass die Sicht immer weniger wurde. Die Geräusche des Tages schienen zu verstummen, um den Geräuschen der Nacht Platz zu machen. Wie schon an den Tagen zuvor, schritt die Dämmerung mit Riesenschritten durch das Tal. Die Vögel waren lange schon verstummt und die Affen schienen es ihnen gleich zu tun. Wie sie sich auch drehte und wendete... für sie war Baum gleich Baum, Strauch gleich Strauch, Palme gleich Palme. Mit Schrecken nahm sie wahr, dass sie das Rauschen des Flusses nicht mehr hörte, mit Schrecken stellte sie fest, dass bis zur absoluten Dunkelheit nur noch Minuten vergehen würden. Sie hatte sich hoffnungslos verirrt.

*

Uwe saß halbnackt an einen Stein gelehnt und blinzelte in die Abendsonne. Es war ihm etwas kühl, doch er führte den Umstand auf seine Verletzung zurück und darauf, dass er zu viel Zeit im Wasser verbracht hatte. Hunger ließ seinen Magen knurren. Wie lange Christina wohl schon weg war?

„Komm, Mädchen, bring mir eine Banane."

In weiter Ferne sah er eine Horde Affen, die ihm seltsam groß vorkamen und die mit einander redeten. Er bemerkte schon nicht mehr, dass er phantasierte. Es war allerdings nicht der Hunger, der seine Gedankenwelt durcheinander brachte, sondern Fieber. Zwar handelte es sich nicht um das gefährliche Wundfieber, aber auch das Fieber, das ihn befallen hatte, verwirrte seine Sinne, so dass er konfuses Zeug vor sich hin redete. Er sah Katzen des Weges ziehen, die aussahen wie kleine Geparden. Bananen so groß wie Gurken, Schlangen die an den Hälsen gesichtsloser Gestalten hingen. Figuren aus Schießbuden, die ihn mit übergroßen Messern bedrohten. Griesgrämige Typen, die versuchten ihm das Genick umzudrehen. Nackte Leiber, die sich im Zweivierteltakt der Merengue-Musik einander hingaben. Finstere Firmenbosse, die ihre Mitarbeiter entließen, weil sie an der Börse ein falsches Spiel gespielt hatten. Pfeile, die aus Hunderten von Blasrohren geschossen wurden. Eine Welt wie sie Edgar Allen Poe nicht besser hätte erfinden können. Die Luftwurzeln der Bäume begannen sich zu regen und versuchten, sich zunächst um seinen Hals zu wickeln, von seinem Herz Besitz zu ergreifen. Eingeölte Leiber tanzten vor seinen Augen, die mit langen Armen nach ihm schnappten. Lautes Gelächter tobte um ihn herum und erfüllte die sich abkühlende Luft des Regenwaldes.

Schweiß tropfte von seiner Stirn, rann ihm in die Augen und brannte dort wie Feuer. Er bemerkte nicht mehr, wie er zur Seite fiel und im Fieberwahn nach Christina rief. Schwer atmend schlief er nur wenige Meter vor Christinas Bauwerk ein. Wirres Zeug stammelnd, fiel er in einen dunklen, traumlosen Schlaf.

*

Da der Himmel voller Wolken hing und das Kronendach der Bäume immer dichter wurde, fehlte der schwache Schein der Sterne und des Mondes. Christina war von der Dunkelheit so plötzlich überrascht worden, dass sie die Orientierung in wenigen Minuten gänzlich verloren hatte. Im Dunkeln band sie das Messer an den mitgenommenen Stock, den sie anschließend wie eine Lanze im Anschlag hielt. Die Geräusche der Nacht, die durch den Wald klangen, waren furchterregend. Um sie herum knackte und raschelte es, Insekten schwirrten durch die Dunkelheit. Irgendwo aus der Ferne hallte der Schrei eines Tieres herüber, das sie nicht bestimmen konnte. Friss oder du wirst gefressen, töte oder du wirst getötet. Die ungeschriebenen Gesetze der Wildnis waren allgegenwärtig. Einen menschenfeindlicheren Ort als diesen konnte sie sich im Moment nicht vorstellen. Unheimlich, dachte sie, stand einfach nur da und wagte es nicht, sich vorwärts zu bewegen. Uwes letzter Satz ging ihr durch den Kopf. ...ich werde dir nicht helfen können... Er würde sie nicht allein lassen, davon war sie überzeugt. Er würde sie hier rausholen, das war so sicher wie das Amen in der Kirche. Sie musste sich nur etwas gedulden. Mit seiner Verletzung konnte er sie nicht so schnell finden. Wenn sie doch nur rufen könnte, sie würde ihre Angst herausschreien.

Statt dessen begann sie mit sich selbst zu reden:

„Mach dich nicht verrückt, er kommt dich holen… er wird bald da sein. Nur noch fünf Minuten. Wenn es doch nur nicht so dunkel wäre."

Sie beschloss, sich einen Platz zu suchen, an dem sie auf ihn warten konnte. Langsam ging sie vorwärts, bis die Spitze ihrer Lanze gegen etwas Hartes stieß. Sehen konnte sie nichts. Langsam tastete sie sich mit der Hand an den Gegenstand heran und erkannte bald, dass es sich um einen einzelnen Felsblock handelte, der ihr bis zur Brust reichte. Sie erkletterte den Stein und setzte sich obendrauf. Mit ihren Armen umklammerte sie ihre Schienenbeine, ihr Kinn legte sie auf ihre Knie. Die Lanze lag griffbereit neben ihr. Gleichmäßig atmete sie durch. Je ruhiger sie wurde, desto intensiver nahm sie die Geräusche der Nacht wahr.

„Ich werde hier noch verrückt. Warum kommt er nicht? Er muss doch lange bemerkt haben, dass etwas nicht in Ordnung ist."

Während sie oben auf dem Stein hockte, wusste sie nicht einmal mehr, aus welcher Richtung sie gekommen war. Sie hatte jegliche Orientierung verloren. Das Schlimmste für sie war, dass sie nicht um Hilfe rufen konnte und dass auch Uwe sie nicht rufen durfte. Wie sollte er sie jemals finden? Sie war sich ihrer Lage voll bewusst. Nur eines stand fest: Sie würde lieber hier auf dem Stein die Nacht verbringen, als durch lautes Rufen mögliche Verfolger auf sich aufmerksam zu machen.

Als plötzlich irgendetwas in ihrer Nähe durchs Gebüsch huschte, fuhr ihr ein gehöriger Schrecken durch die Glieder. Trotz der Schwüle der Nacht zitterte sie am ganzen Leib. Ihr wurde klar, dass sie irgendwelche Geräusche verursachen musste, damit sich das Getier von ihrem Stein fernhielt. Was sollte sie machen? Einerseits musste sie sich ruhig verhalten, andererseits lockte gerade diese Ruhe die Tiere an. Leise begann sie zu singen, zunächst aktuelle Songs, dann Lieder aus ihrer Kindheit. Wenn ihr der Text ausging, summte sie die Melodie. Kam sie zum Ende ihres Repertoires, fing sie wieder von vorne an. Sie wusste nicht, zum wievielten Male sie „Alle meine Entchen” gesungen hatte, sie wusste nur eines mit Sicherheit: Mit Uwe brauchte sie nicht mehr zu rechnen. Wenn er sie suchen würde, hätte er sie längst gefunden.

„Wie lange bin ich nur gelaufen”, sang sie, „zweihundert Schritte. Nur zweihundert Schritte?” Sie hörte auf zu singen. „Nur zweihundert Schritte? Warum findet er mich dann nicht? Warum gehe ich nicht einfach diese verdammten zweihundert Schritte zurück? Selbst mit verbundenen Augen kann das nicht länger als eine Stunde dauern.”

Sie verstummte plötzlich. Ihr Problem bestand darin, dass sie nicht wusste, in welche Richtung sie gehen sollte. Sie wusste nicht einmal mehr, von welcher Seite sie auf den Stein geklettert war.

„Christina Schmidt, du bist eine dumme Stadttrine. Andere Leute lesen an den Sternen die Uhrzeit ab und an den Bäumen die Himmelsrichtung. Und was kannst du? Datenbanken erstellen und sich um die gesellschaftlichen Belange deines Mannes kümmern." Da ihr das Singen zu dumm war, redete sie nun laut mit sich selbst: „Toll, das was hier zählt, davon hast du keine Ahnung. Was soll's, man kann schließlich nicht alles wissen. Aber warum können andere das? Uwe kann es. Er kann mehr, als du je können wirst." Ihre Gedanken blieben bei Uwe. „Eigentlich ein angenehmer Typ." Es wurde ihr plötzlich bewusst, dass bei all ihrer Unbeholfenheit nie ein schlechtes Wort über seine Lippen gekommen war. Wieder und wieder gab er ihr geduldig wie ein Engel die notwendigen Erklärungen, immer wieder hatte er sich rührend um sie gekümmert, hatte sie getröstet, wenn sie Trost brauchte, hatte ihre Tränen getrocknet, hatte sein Leben für sie aufs Spiel gesetzt. Warum tat er das alles? Sie wusste keine Antwort auf ihre Frage. Für Uwe mussten andere Gesetze gelten und andere Werte zählen. Wo bei anderen die Brieftasche steckte, war bei ihm das Herz. Gesellschaftliche Belange waren für ihn wahrscheinlich Nächstenliebe, Hilfsbereitschaft und Barmherzigkeit. Nie und nimmer würde er auf die Idee kommen, sie hier im Wald allein zurückzulassen. Vielleicht war es einfach nur die Dunkelheit, die ihn an der Suche hinderte. Sobald es aufhellte, würde er sie suchen. Daran bestand nicht der geringste Zweifel.

Die Zeit verstrich und während all ihrer Gedankenspiele war die Nacht dem Morgengrauen gewichen. Das Schwarz um sie herum ergraute, die Vögel erwachten zu ihrem morgendlichen Konzert. Die Stimmen der Nacht wechselten sich mit den Stimmen des Tages ab. Schmetterlinge flatterten durch die Luft. Christina bemerkte von all dem nichts. Müdigkeit hatte sie übermannt. Über all ihren Gedanken war sie eingeschlummert.

Zwei spitze Schreie und ein Gepolter über ihr, ließ sie aufschrecken. Eine Horde Affen strich durch die Wipfel der Bäume. Als sie sich auf ihrem Stein erhob, stieß sie gegen etwas Hartes. Sie sah hoch und konnte nur mit dem Kopf schütteln, denn über ihr hing eine Staude wilder Bananen. Sie band das Messer los und schnitt die Staude vom Baum. Nachdem sie zwei Bananen gegessen hatte, blickte sie sich um. Sie konnte an den zertretenen Pflanzen erkennen, aus welcher Richtung sie gekommen war. Sie teilte die Staude noch einmal in zwei Hälften, steckte sich das Messer in den Hosenbund und verließ ihr Nachtlager. Ihre eigenen Spuren führten sie zurück zum Ausgangspunkt. Es stellte sich heraus, dass sie keine dreihundert Meter entfernt von ihrem Rastplatz im Wald übernachte hatte. Kopfschüttelnd betrat sie den freien Platz vor ihrer Behausung. Uwe lag selig auf dem

Farn und schlief den Schlaf der Gerechten.

„Ich fasse es ja nicht. Ich musste auf diesem Stein übernachten und du… Uwe? Uwe, was ist… Uwe!”, rief sie plötzlich aus. „Wie siehst du nur aus?”

Sie ließ die Bananen fallen, kniete zu ihm nieder und legte ihre Hand auf seine Stirn.

„Fieber”, stellte sie nüchtern fest. „Uwe, kannst du mich hören?”

Er öffnete seine glasigen Augen und sah Christina an. Er zitterte am ganzen Leib und sagte nur ein Wort: „Kalt.”

„Aber warum bist du nicht in unsere Behausung gegangen? Warum hast du nichts weiter an?”

Schnell hatte sie ihr Hemd ausgezogen und half ihm beim Ankleiden. Mit seiner Jacke deckte sie ihn zu.

„Die Sonne wird bald ins Tal scheinen und dich zusätzlich wärmen. Was ist nur los mit dir?” Er antwortete nicht, war längst in einen tiefen Schlaf gefallen. Christina griff nach einem ihrer Fußlappen, die sie zum Trocknen über einen Ast gehängt hatte. Sie ging zum Wasser, tauchte ihn ein, legte ihn zusammen und kühlte damit Uwes Stirn.

„Jetzt wird mir einiges klar. Während ich auf diesem dusseligen Stein vergeblich auf dich gewartet habe, hast du hier im Fieber gelegen und wahrscheinlich vergeblich auf mich gewartet. Mach mir ja keine Dummheiten. Ich brauche dich doch. Nur du kannst mich nach Hause bringen. Andersherum wäre ich doch hoffnungslos überfordert."

Zärtlich strich sie ihm durchs Haar, dann legte sie sich zu ihm und zog ihn ganz dicht zu sich heran. Mit ihrem nackten Oberkörper gab sie ihm die Wärme, die er brauchte. Sie ahnte, dass das Fieber von seiner Verletzung stammen musste. Mit einer Ansteckung brauchte sie also nicht zu rechnen. Irgendwann forderte die schlaflose Nacht ihren Tribut. Mit Uwe im Arm schlief auch Christina ein.

*

Die Sonne stand bereits hoch am Himmel, als sie erwachte. Uwe schlief immer noch. Sie setzte sich auf, sah kurz zu ihm hinunter und sagte dann: „Schlaf du ruhig, schlaf dich gesund." Dann stand sie auf, streifte ihre Hose ab und nahm vorsichtig ein schnelles Bad. Anschließend machte sie Uwe wieder kalte Umschläge. Alle zehn Minuten wechselte sie die Kompresse. Viel war es nicht, was sie tun konnte. Sie bedauerte zutiefst, dass ihre Fähigkeiten nicht weiter reichten. Zwischendurch verließ sie immer wieder ihr Lager und suchte die nahe Umgebung nach Liliengewächsen ab. In unmittelbarer Nähe ihrer Behausung konnte sie keine entdecken, um sich weiter vom Lager zu entfernen, fehlte ihr der Mut.

Als Uwe kurz erwachte, konnte sie ihn davon überzeugen, eine halbe Banane zu essen. Er machte einen müden erschöpften Eindruck. Nach dem er seine Notdurft verrichtet hatte, fragte er: „Wie sieht meine Wunde aus?”

„Gut”, antwortete sie, als sie sich beide Wunden eingehend betrachtet hatte. Absolut trocken. Keine Absonderungen. Die Insektenköpfe halten wundersamerweise auch alle.”

„Ist der Wundrand rot?”

„Nein, keine Verfärbung zur übrigen Hautfarbe.”

„Dann weiß ich nicht, woher ich das Fieber habe. Ich dachte es kommt von der Verletzung. Wenn die Wunden trocken sind und nicht entzündet, gibt es für das Fieber keine einleuchtende Erklärung.”

„Kann es sein, dass es eine Art Abwehrreaktion deines Körpers ist?”, fragte sie zurück und machte sich ernste Sorgen um ihn.

„Ich weiß es nicht. Ich weiß nur, dass ich unendlich müde bin. Ich werde jetzt weiterschlafen. Das ist die beste und einzige Medizin, die ich habe.”

Er atmete schwer und Christina erkannte, wie sehr ihn das Reden anstrengte.

„Kann ich nicht irgendetwas für dich tun?” Mit der Hand strich sie ihm durch die Haare.

„Versuche das andere Messer zu finden. Es muss dort oben am Rand der Grube liegen. Wenn du kannst, besorg ein paar Früchte. Die Vitamine werden mir gut tun. Immer nur Bananen sind auf Dauer zu einseitig.”

Er legte sich in die primitive Hütte, deckte sich mit seiner Jacke zu und schloss die Augen.

„Das Messer habe ich schon gefunden. Ich werde sehen, ob ich noch etwas anderes zum Essen finde", gab sie mit besorgtem Blick zurück. Uwe nahm den Satz aber schon nicht mehr wahr, es schien, als sei er umgehend in einen tiefen Schlaf gesunken.

Christina blieb noch einen Augenblick bei ihm, ehe sie ins Freie trat und sich umsah.

„Andere Früchte..." Sie sah zu ihm hin und redete dann weiter. „Sagst du mir auch, wie ich das anstellen soll?"

Sie ging die wenigen Meter zum Fluss.

„Wenn ich doch nur nicht so hilflos wäre."

Sie musste daran denken, wie er ihr erklärt hatte, dass sie nach den Tieren Ausschau halten solle. Weit in der Ferne hörte sie das Kreischen der Affen vom Morgen. Dorthin brauchte sie nicht zu gehen. Bananen hatten sie fürs Erste genug. Überall flatterten kleinere und größere Vögel herum, manche bunt, manche farblos. Langsam drehte sie sich im Kreise. Sie sah dabei zum Blätterdach des Waldes hinauf. Die müssen doch irgendwo und irgendetwas fressen, dachte sie, als sie wieder ein paar Vögel beobachtete. Plötzlich wurde ein Schwarm Vögel aufgescheucht. Christina schätze die Entfernung auf etwa zweihundert Meter flussabwärts. Ob dort vielleicht? Sie wollte schon voller Euphorie in die eingeschlagene

Richtung laufen, als sie eine innere Stimme davon abhielt.

„Warum sind die Vögel aufgeflogen?”, fragte sie sich leise. Schnell war sie zum Rand der Kuhle gelaufen und schnitt rasch ein paar Äste und Blätter ab, mit denen sie den Eingang ihrer Behausung verdeckte. Sie steckte sich das Messer in den Hosenbund, nahm ihre *Lanze* und schlich auf leisen Sohlen den Flusslauf zurück.

„Warum sind die Vögel aufgeflogen?”, fragte sie sich erneut. „Einfach nur so? Ein Tier? Oder gar... ein Mensch?”

Leicht gebückt schlich sie in die Richtung, wo sie die Vögel gesehen hatte. Alle zehn Meter hielt sie inne und lauschte gespannt in den Wald hinein. Zu allem entschlossen. Sie würde sich von nichts und niemandem kampflos einfangen lassen. Sie würde sich und Uwe bis zum letzten Atemzug verteidigen. Bereit, alles zu tun, um eine Gefangennahme zu verhindern, würde sie nicht einen Moment zögern, ihre Lanze dem Verfolger mitten in die Brust zu stoßen. Da der Überraschungseffekt bei ihr lag, rechnete sie sich gute Chancen aus. Auf die Idee, dass es mehrere Verfolger sein könnten, kam sie in ihrer grenzenlosen Naivität nicht. Wieder machte sie eine kurze Pause, um nach verräterischen Geräuschen zu lauschen. Nichts. Sie wollte gerade ihren Weg fortsetzen, als sich unmittelbar vor ihr im Gebüsch etwas bewegte. Sie überlegte gerade, wie sie sich am besten verhalten sollte, als unvermittelt jemand auf sie zusprang und sie ohne Vorwarnung angriff.

*

Als Uwe die Augen aufschlug, war der Tag gerade dabei sich zuverabschieden. Es dämmerte bereits. Der Schlaf hatte ihm gut getan. Er fühlte sich ausgeruht und auch das Fieber schien nachgelassen zu haben. Er hatte Hunger und Durst. Als er sich aufsetzte, bemerkte er, dass er sich in der Zeit verschätzt hatte. Die Dämmerung, die er glaubte wahrgenommen zu haben, rührte daher, dass Christina den Eingang der Behausung verdeckt hatte. Er schmunzelte. Da hatte sie sich doch tatsächlich etwas bei ihm abgeguckt. Sieh an, sieh an. Da ist sie also auf dem besten Wege, sich in der Wildnis auch allein zurechtzufinden. Man lernt nie aus. Er erhob sich und begab sich ins Freie. Dort aß er eine Banane und trank etwas Wasser. Ein kurzer Blick in die Runde, verriet ihm, dass es später Nachmittag sein musste. Wo war Christina? Ob sie auf der Suche nach Wildfrüchten war? Sicher, wo sollte sie sonst sein. Er setzte sich ans Wasser und ließ seine Beine in die Fluten baumeln. Dieser Zwangsaufenthalt ärgerte ihn umso mehr, da er nicht wusste, woher das Fieber kam. Es gab keine logische Erklärung dafür. Seine Wunden schienen in Ordnung zu sein, der Schmerz hatte deutlich nachgelassen. An der Nahrung konnte es auch nicht liegen, Christina hatte bis jetzt das Gleiche gegessen. Vielleicht hatte er sich an einer giftigen Pflanze verletzt, ohne es bemerkt zu haben. Oder reagierte er auf den Stich eines Insekts allergisch? Wie dem auch sei, sie mussten hier pausieren. Das war nicht das Schlimmste. Was aber, wenn sie doch verfolgt wurden und die Verfolger sie eingeholt hatten? Die Gegenwehr, die er in seinem Zustand leisten konnte, wäre keine wirkliche Gegenwehr. Es würde nur eine Frage der Zeit sein, bis man ihn überwältigt hatte. Das Fieber würde ihn nicht davon abhalten, dem ersten den Hals umzudrehen, dessen er habhaft werden konnte. Zu dumm aber die Sache mit dem Messer. Und mit den beiden Wunden würde er nicht viel ausrichten können. Und Christina? Ob sie wusste, was ihr blühen würde, sollte sie wieder in die Hände der Kidnapper fallen? Natürlich wusste sie es. Sie wusste ja auch, was mit den beiden jungen Frauen im Camp passiert war. Wo blieb sie nur? Wie lange mochte sie schon weg sein? Ob er nach ihr suchen sollte? Aber in welche Richtung war sie gegangen? Nach kurzem Überlegen beschloss er noch etwas zu warten, bis er sich aufmachen wollte, Christina zu suchen.

*

Christina erschrak ungemein, als aus dem Gebüsch etwas auf sie zugesprungen kam. Ehe sie überhaupt reagieren konnte, war schon alles vorbei. Die Wildkatze, die auch die Vögel aufgescheucht haben musste, war direkt in Ihre *Lanze* gesprungen. Das Ende des Astes, an dem sie das Messer gebunden hatte, hatte sich in die Erde gebohrt, so dass die *Lanze* nicht nachgeben konnte. Das Messer bohrte sich mitten durch die Brust des Raubtieres. Es war auf der Stelle tot.

Als sie sich ein wenig von ihrem Schrecken erholt hatte, beugte sie sich zu dem toten Tier herunter, strich mit der Hand über den noch warmen Körper und sagte nur: „Du dummes Ding." Es musste dieselbe Katze sein, die sie am anderen Flussufer gesehen hatte. Sie war nicht sehr groß, hatte dafür aber einen recht langen Schwanz.

Es wurde ihr auch bewusst, wie naiv sie an die Sache herangegangen war. Ihre Chance, etwas auszurichten, war gleich Null gewesen.

Wie sollte es aber jetzt weitergehen? Was sollte mit dem toten Tier geschehen? Einfach liegen lassen? Mitnehmen? Vielleicht war das Fleisch der Raubkatze genießbar. Das würde aber heißen, dass sie ein Feuer entfachen mussten. War Uwe dazu in der Lage? Sie beschloss das tote Tier vorläufig liegen zu lassen und Uwe danach zu fragen. Vorher wollte sie noch die Stelle aufsuchen, an dem sie die Vögel gesehen hatte.

Nach nur wenigen Schritten den Berghang hinauf stand sie unvermittelt vor einer Staude mit wilden Früchten, die sie erstaunen ließ. Die riesigen, runden bis ovalen Früchte hatten einen Durchmesser von fast zwanzig Zentimetern eine graugrüne Farbe und eine schuppige Haut. Als sie sich die Frucht etwas näher besah, stellte sie fest, dass es mehrere kleine Früchte waren, die zu einer großen Frucht[3] zusammengewachsen waren. Sie zerteilte sie mit dem Messer. Das Fruchtfleisch war weiß bis leicht bläulich

„Na bitte", sagte sie, „ist doch ganz leicht." Sie war erfreut darüber, dass sie Uwe jetzt frische Früchte bringen konnte. Damit war sie kein unnützer Ballast mehr für ihn. Sie probierte eine der Früchte, die ein bisschen nach Erdbeere und nach Ananas schmeckte. Anschließend zog sie ihr Hemd aus und legte es auf den Boden. Dann pflückte sie vier Früchte, die sie mit dem Hemd, als Beutel, wegschaffen konnte. Kurz darauf machte sie sich auf den Rückweg.

*

Uwe wollte sich gerade erheben und nach Christina schauen, als er bemerkte, wie sich jemand näherte. Er staunte nicht schlecht, als er Christina sah, die mit freiem Oberkörper und einem Sack auf dem Rücken auf ihn zukam.

„Es gibt gute Nachrichten", begrüßte sie ihn. Wir haben in unmittelbarer Nähe alles, was wir brauchen. Wasser, Bananen und das hier." Sie legte das Hemd mit den Früchten vor Uwe auf den Boden. „Sieh mal", sagte sie, in dem sie ihm eine Frucht reichte, „was ich dir mitgebracht habe. Die sind sehr saftig und schmecken

---

[3] Gemeint ist der Zuckerapfel (Cherimoya) aus der Familie der Annona cherimola.

sehr lecker." Sie strahlte übers ganze Gesicht und wartete auf seinen Kommentar.

„Super, ich bin stolz auf dich. Du hast schon eine Menge gelernt."

„Wie geht es dir?"

„Noch etwas wackelig auf den Beinen, aber der Schlaf hat mir gut getan. Ich denke auch, dass das Fieber nicht weiter gestiegen ist." Er kostete von der Frucht, die sie ihm reichte. „Endlich etwas anderes als immer nur Bananen."

„Schön. Wenn du willst, kannst du auch etwas Fleisch essen, das heißt, falls man das Fleisch einer Raubkatze überhaupt essen kann und wir es wagen können, ein Feuer zu machen."

„Fleisch? Raubkatze?"

„Ja, ich hab nebenbei mal so eben eine Raubkatze erlegt", lachte Christina. „Sie liegt dahinten. Ich brauche sie nur zu holen."

Dann erzählte sie ihm ausführlich, was sich ereignet hatte. Sie schloss mit dem Satz: „Ich glaube, das war die Katze von der anderen Flussseite."

Sie legte die übrigen Früchte in ihre Behausung und zog sich das Hemd wieder über.

„Das müsste ein Ozelot gewesen sein. Ich habe keine Ahnung, ob man das Fleisch essen kann. Ich denke aber, dass es etwas zu früh ist, ein Feuer zu machen."

„Was passiert jetzt mit der toten Katze? Liegen lassen?"

„Nein, das wäre unklug. Wir wissen nicht, wen wir mit dem Verwesungsgeruch anlocken. Du musst sie begraben. Grab mit dem Messer ein Loch. Versuche anschließend einen Stein darauf zu wälzen, damit andere Tiere sie nicht ausbuddeln können. Komm, lass es uns gleich erledigen. Es wird bald dunkel."

„Uns?", Christina dehnte das Wort endlos lang. „Du willst doch nicht etwa mitkommen?"

„Ja, das hatte ich vor. Wie weit ist es?", fragte er und tat so, als sei es das Selbstverständlichste von der Welt.

„Weiß nicht, vielleicht zweihundert Meter." Sie konnte nicht so recht glauben, was er gerade vorgeschlagen hatte.

„Okay, gehen wir."

Sie waren keine dreißig Meter weit gekommen, als er stehen blieb. Schwer atmend hielt er sich seine Hüfte.

„Es ist besser, ich gehe wieder zurück. Ist wohl doch noch etwas zu früh für mich. Ich sollte mich weiter schonen."

„Schon gut, geh du nur. Ich schaffe es schon allein. Wird ja nicht weiter schlimm sein."

Uwe ging zum Lagerplatz zurück, legte sich wieder auf sein Lager und schlief bald darauf ein.

*

Als Christina zur Hütte zurückkam, fand sie Uwe schlafend vor. Die Dämmerung war hereingebrochen, spätestens in einer Stunde würde es im Tal dunkel sein. Sie aß noch zwei Bananen und etwas von der anderen Frucht. Anschließend nahm sie ein Bad. Sie legte sich in ihre *Badewanne* und streckte sich genüsslich aus.

Nach einer halben Stunde verließ sie das Wasser und setzte sich zum Trocknen auf einen Stein. Nach einer weiteren halben Stunde zog sie ihre Sachen an und legte sich zu Uwe. Bald darauf schlief auch sie ein.

*

Als sie am nächsten Morgen erwachte, schlief Uwe immer noch. Sie ließ ihn schlafen und ging ins Freie. Der Morgen war wie jeder andere Morgen der vergangenen Tage. Die Luft war klar, es war warm, die Vögel zwitscherten um die Wette, und das Wasser war angenehm kühl. Nur die Insekten plagten sie.

Nachdem sie gebadet hatte, setzte sie sich auf ihren Stein, blinzelte in die Sonne und wartete darauf, dass ihr Körper trocknete. Währenddessen aß sie eine Banane und verzehrte etwas von den Früchten, die sie tags zuvor gefunden hatte. Als sie überlegte, wie sie den Tag verbringen könnte, bemerkte sie Uwe, der hinter ihr stand.

„Ich wünschte, ich könnte dich auf Zelluloid bannen, so wie du dasitzt."

„Hallo, ausgeschlafen? Wie fühlst du dich? Kann ich etwas für dich tun? Möchtest du etwas essen? Kaffee ist grade ausgegangen. Wie wäre es mit einen Schluck Wasser?” Sie lachte.

„Lach’ du nur.”

Er beugte sich zum Wasser runter und trank ein paar Schlucke von dem kühlen Nass.

„Ich fühl’ mich ganz gut, aber das hat nichts zu sagen. Ich habe die ganze Nacht durchgeschlafen. Mein Körper ist ausgeruht. Du weißt doch sicher, wie es ist, wenn man Grippe hat. Am Morgen ist das Fieber immer am niedrigsten. Ich habe Hunger. Wie sieht es mit unseren Vorräten aus?”

„Es ist noch alles vorhanden. Am Mittag werde ich Nachschub holen. Wenn du Hunger hast, ist das doch ein gutes Zeichen.”

„Täusche dich da nicht. Ich habe zwar Hunger, aber keinen rechten Appetit. Wenn ich nur wüsste, was mir in den Knochen steckt.”

„Das Wissen darüber ist unwichtig. Du könntest ohnehin nichts dagegen tun. Wir haben keine Medizin.”

„Hört, hört, da spricht der Fachmann.”

„Wir bräuchten einen Medizinmann der Einheimischen. Der könnte dein Problem diagnostizieren und aus irgendwelchen Wurzeln eine Medizin brauen.”

„Medizinmann. Wir leben im einundzwanzigsten Jahrhundert. Wo willst du heute noch einen Medizinmann hernehmen? Reichst du mir bitte eine Banane?”

„Meinst du, es gibt keine Medizinmänner mehr? Vor dem Frühstück wird gebadet. Ab in die Wanne.”

Uwe sah sie verdutzt an. „Wie sprichst du mit mir? Ich bin nicht..."

„Red nicht, ab in die Wanne."

„Ja, Mama." Er trottete zum Wasser hin, entkleidete sich und legte sich der Länge nach in die *Wanne.*

Nach kurzer Zeit schon, sagte sie zu ihm: „Du solltest nicht so lange im Wasser bleiben, so lange du noch Fieber hast."

„Okay, lass uns Frühstücken." Er sprang mit einem Satz aus dem Wasser.

„Erstaunlich, Gestern konntest du kaum gehen und heute springst du schon wieder durch die Gegend. Du solltest dich vorsehen. Deine Wunde könnte wieder aufreißen."

„Meine Wunde? Die habe ich total vergessen."

Er sah an sich herab und betrachtete seine Wunde. „Sieh dir das nur an. Ich hab's nicht für möglich gehalten."

Christina sah sich die Wunden an und sagte dann: „Sehen aus, als seien sie schon drei Wochen alt. Wie kommt das?"

„Der Speichel der Ameise soll angeblich heilende Wirkung haben. Ich hab es nie so recht geglaubt."

„Wenn das so ist, dann könnten wir doch neue Köpfe nehmen, damit die Heilung beschleunigt wird."

„Vergiss es. Das funktioniert nur mit frischen Wunden."

„Was die früher alles schon gewusst haben. Und das ohne Computer, Bits und Bytes.”

Uwe zog sich seine Sachen an, nahm sich eine Banane und erwiderte dann: „Ich denke, dass solches Wissen viel aus Zufall heraus entstanden ist. Willst du den ganzen Tag nackt herumlaufen?”

„Warum nicht? Ich habe Urlaub. Was meinst du, warum ich in die Karibik gefahren bin? Ich wollte Sonne, Meer und Palmen.” Christina lachte kurz auf. „Meer haben wir hier zwar nicht, aber dafür brauchen wir nicht mit Haien zu rechnen. Sonne und Palmen haben wir hier satt. Wenn wir schon nicht weiter können, dann lass mich wenigstens braun werden. Weiß du, wenn es hier etwas... etwas aufgeräumter, ja, aufgeräumter wäre, wenn wir hier richtige Wege hätten, so schlecht wäre es nicht.”

„Du bist hier mitten in der Wildnis und nicht in einem Nationalpark.”

„Ja, du hast ja Recht. Ich hab mich damit ja auch schon abgefunden. Ich mein' doch nur... Wie hast du gesagt? Wir haben Wasser, zu Essen und müssen nicht frieren. Wenn wir jetzt noch einen Weg hätten - und wenn es nur ein schmaler Pfad wäre - und in der Nähe des Wassers weniger Schlamm, wäre es deutlich einfacher.”

Uwe lachte. „Wenn das an dem wäre, bräuchten wir nur noch alle dreißig Kilometer eine Herberge für die

Nacht. Du bist hier nicht bei *Wünsch dir was.*"

Während sie dasaßen, huschte plötzlich etwas zwischen den Steinen hindurch und verschwand in der Kuhle, in die Uwe gestürzt war.

„Hast du das gesehen? Wir haben Gesellschaft. Was war das wohl für ein Tier?"

„Keine Ahnung. Vielleicht eine Marderart. Die scheinen von uns überhaupt keine Notiz zu nehmen. Eigenartig. Die Raubkatze, die du erlegt hast, ist normalerweise ein Nachtjäger. Warum die hier am Tage umherirrt, weiß ich auch nicht."

„Was meinst du, bekommst du ein Feuer an und können wir es schon wagen, Feuer zu machen?"

„Wozu brauchst du Feuer? Willst Du die Katze wieder ausbuddeln und braten?"

„Ich habe heute Morgen Fische im Wasser gesehen, so groß." Sie zeigte zwischen ihren beiden Zeigefinger einen Abstand von zirka zwanzig Zentimetern. „Ob es hier Forellen gibt?"

„Keine Ahnung. Ich glaube, wir können es wagen, ein Feuer anzünden, denn Anzeichen für etwaige Verfolger hab ich nicht feststellen können. Wir dürften mittlerweile auch schon weit vom Camp entfernt sein. Womit willst du die Fische denn fangen?"

Christina lächelte Uwe mit ihrem süßesten Lächeln an, das sie aufbringen konnte. „Wozu habe ich dich wohl mitgenommen? Ich bin mir sicher, dass du weißt, wie man Fische auch ohne Angel fängt."

„Du kannst dich mit deiner Lanze an den Fluss stellen und versuchen, die Fische zu harpunieren. Wenn du das drei Tage intensiv übst, hast du vielleicht eine kleine Chance, einen Fisch zu erlegen."

„Gibt es keine andere Möglichkeit? Eine einfachere?"

„Wenn du mit dem dicken Knüppel da", er zeigte auf einen herabgefallenen Ast, „mit voller Wucht auf das Wasser schlägst, platzt beim Fisch die Blase. Damit ist er sofort tot und schwimmt an der Oberfläche. Du musst ihn dann nur noch aus dem Wasser holen."

„Ich brauche ihn also nicht einmal zu treffen?"

„Nein. Du musst aber ziemlich dicht am Fisch aufs Wasser schlagen, sonst ist es wirkungslos."

Christina schnappte sich den Ast und ging voller Tatendrang zum Wasser. Vorsichtig stieg sie in den Fluss. Als ihr das Wasser bis zur Hüfte reichte, blieb sie stehen. Sie hob den Armdicken Ast über ihren Kopf und verharrte regungslos. Indessen beobachtete Uwe, auf einem Stein sitzend und Banane mampfend, interessiert Christinas Treiben. Das Wasser spritze hoch auf, als sie zugeschlagen hatte.

„Daneben", sagte er amüsiert.

„Woher willst du das wissen?", fragte sie zurück, in dem sie die Wasseroberfläche absuchte.

„So wird das nichts."

Er nahm sich ebenfalls einen dicken Ast und kletterte über einige Steine zu Christina hin. Im Gegensatz zu ihr blieb er jedoch im flachen Wasser. Kurz darauf schlug er mit voller Wucht zu. Als sie sich zu ihm umdrehte, schwammen bereits zwei tote Fische auf der Wasseroberfläche. Bevor sie etwas sagen konnte, riet er ihr: „Du stehst zu tief im Wasser, so kannst du mit dem Knüppel nicht genug Wucht aufbauen. Hinzu kommt, dass das Wasser über den Fischen den Schlag absorbiert. Die Methode funktioniert nur im flachen Wasser und dann auch nur, wenn du richtig zuschlägst. Klaro?"

„Wäre ja auch zu schön gewesen, wenn es gleich beim ersten Mal geklappt hätte. Wie geht es jetzt weiter?"

„Versuch wenigstens noch zwei weitere Fische zu fangen. Die beiden werden für uns nicht reichen. Ich bereite derweilen die Feuerstelle vor."

„Feuerstelle?"

„Ja, Feuerstelle. Oder willst du etwa den Urwald abfackeln?"

Uwe begann sich nach einer geeigneten Stelle umzusehen und ließ Christina im Wasser allein zurück.

*

Während er die Gegend absuchte, dachte er an Christina. Sie hatte sich in den letzten Tagen irgendwie verändert. Sie war nicht mehr launisch und auch ihre Kratzbürstigkeit hatte nachgelassen. Wenn sie so dasaß, nackt oder in den viel zu großen Sachen... von dem reichen verwöhnten Großstadtmädchen war nicht mehr viel übrig. Wie hatte er am Strand von Sossua gesagt? Nur zehn Prozent von ihrem Äußeren in ihr Innerstes, nur zehn Prozent. Er war sich zwar nicht sicher, aber es kam ihm vor, als würde sie einen Prozess durchlaufen, der genau dieses bewirkte. Wünschenswert war es allemal.

Mit all dem, was sie in den letzten Tagen durchgemacht hatten, war Uwes Angst, seiner Verantwortung nicht gerecht werden zu können, weitestgehend verflogen. Er war jetzt wild entschlossen, sie beide hier aus diesem Wald herauszubringen.

Er entfernte in einem Umkreis von einigen Metern alles Brennbare. Dann begann er Steine zu sammeln, die er kreisförmig anordnete. Ins Innere des Kreises legte er trockenes Laub und kleine Äste. Daneben schichtete er weiteres Brennmaterial auf. Während er diese Arbeiten erledigte, prügelte Christina ein paar Meter weiter auf das Wasser ein. Nachdem er alles Nötige gesammelt hatte, machte er sich auf die Suche nach geeigneten Feuersteinen. Lange brauchte er nicht zu suchen, da es zum Glück genügend Feuersteine im und am Wasser gab. Er brauchte nur darauf zu achten, dass sie absolut trocken waren. Hinter sich hörte er Christina lachen.

„Ich hab einen", rief sie ihm von weitem zu.

Mit den gesuchten Steinen kehrte Uwe zur Feuerstelle zurück. Er kniete sich neben den Steinkreis, beugte sich über das Brennmaterial und schlug in schneller Folge die Feuersteine aneinander. Die Funken sprühten nur so und wenige Augenblicke später züngelte ein kleines Flämmchen aus dem trockenen Laub hervor. Schnell ergriff er ein größeres Blatt und wedelte damit über der kleinen Flamme. Der Luftzug entfachte augenblicklich das gewünschte Feuer. Er schichtete allerhand brennbares Material in die Flammen. Als er damit fertig war, hatte Christina ihren zweiten Fisch aus dem Wasser geholt und zu den anderen gelegt.

„Lass mich raten", sagte sie zu Uwe, „wir stecken den Fischen einen langen dünnen Ast ins Maul und halten sie so lange über das Feuer, bis sie gar sind. Richtig?"

Uwe grinste übers ganze Gesicht. „Wenn du die Eingeweide mitessen willst und wenn dir die Arme lahm werden sollen, dann mach es so. Dein Fisch wird auch sehr fade schmecken."

„War ja klar, dass ich es wieder falsch gemacht hätte", maulte sie.

„Es ist nicht unbedingt falsch, aber es geht auch besser und deutlich einfacher. Wir lassen das Feuer brennen und legen hin und wieder etwas nach, damit wir genug Asche bekommen. Während der Zeit nehmen wir die Fische aus. Wenn das Feuer runtergebrannt ist, ersticken wir es und legen sie in die heiße Asche. Dort garen sie von ganz allein. Hinzu kommt, dass Asche salzig ist, damit schmecken die Fische nicht mehr ganz so fade."

„Wie lange dauert das Ganze?"

„Nicht lange. Fische garen relativ schnell. Wenn die Asche richtig heiß ist, dürften die Fische in etwa fünf Minuten gar sein, vielleicht auch ein paar Minuten mehr."

Er griff nach dem Messer, schabte die wenigen Schuppen von den Fischen und schlitzte ihnen nacheinander den Bauch auf. Er holte die Eingeweide heraus und warf sie in den Fluss. Anschließend wusch Christina die ausgenommenen Fische im Flusswasser.

„Jetzt heißt es warten, bis das Feuer runtergebrannt ist. Ich denke pünktlich zu Mittag ist es dann so weit. Das wird der frischeste Fisch sein, den du je gegessen hast."

„Ich habe schon oft Fisch gegessen."

„Direkt aus dem Wasser?"

„Ja, aus einer Forellenzuchtanlage im Harz. Mit einer Freundin. Ist aber schon lange her", antwortete sie. „Ob das hier auch Forellen sind?"

„Schon möglich. Vielleicht nicht dieselben, die es bei uns in Europa gibt. Letztendlich ist es egal."

„Auf jeden Fall ist es der erste Fisch, den ich selber erlegt habe. Du könntest mich ruhig einmal loben."

„Erlegt ist der richtige Ausdruck", lachte er. „Du hast allerhand gelernt. Du könntest dich sogar alleine durch den Wald schlagen. Ich bin überzeugt, dass du es auch ohne mich schaffst."

„Ich würde dich niemals allein hier zurücklassen. Anfangs hast du dich um mich gekümmert. Jetzt wo du krank bist, werde ich mich um dich kümmern. Das bin ich dir schuldig."

„Du hast mir Kompressen gemacht, danke."

„Das hast du bemerkt?"

„Ich war zeitweise wach. Ich bekomme nur nicht die Zeiten zusammen. Ich wusste nie, ob es nun Tag oder Nacht, früh oder spät war. Ich habe auch gespürt, wie du mich gewärmt hast. Hast du das die ganze Nacht über getan?"

„Ach Gott, ich hab dir ja noch gar nicht erzählt, wie und wo ich die Nacht verbracht habe."

Sie erzählte ihm ausführlich, wie sie auf dem Stein gesessen, Lieder gesungen und wie sie die Nacht nur dreihundert Meter von ihrer Behausung verbracht hatte.

„Weißt du, was das war? Ein zur Wirklichkeit gewordener Alptraum."

„Hattest du Angst?"

„Na, was denkst du denn. Es hätte nicht viel gefehlt und ich hätte mir in die Hosen gemacht. Ich hatte eine Heidenangst."

„In solchen Situationen ist es wichtig, seine Angst zu besiegen. Angst ist der schlimmste Feind des Menschen."

„Na, das sagst du. Bin ich etwa eine Kampfmaschine wie du? Ich bin nur eine Frau. Frauen haben nun einmal

Angst. Erst recht in einer solchen Situation.”

„Das hat mit Frauen nichts zu tun. Auch Männer haben Angst.”

Zwischendurch legte er hin und wieder trockenes Holz nach. Für die vier Fische, die sie gemeinsam gefangen hatten, brauchten sie schon einiges an heißer Asche.

„Jetzt bist du dran. Ich habe genug erzählt.”

„Was willst du hören?”, antwortete er.

„Erzähl mir von deiner Ausbildung. Das interessiert mich.”

„Das interessiert dich? Dich als Frau?”

„In Deutschland hätte es mich garantiert gelangweilt. Hundertprozentig. Aber jetzt und hier finde ich es interessant. Ich beneide dich um deine Fähigkeiten. Kannst du mir nicht mehr beibringen?”

„Christina, ich habe dafür drei Jahre meines Lebens opfern müssen. Wir wurden nicht gefragt, als man uns das Töten beibrachte. Kannst du dir überhaupt vorstellen, was es heißt, einen Menschen zu töten? Einfach so… nicht etwa erschießen oder so, nein, mit deinen Händen. Zupacken und töten. So, als würdest du einen Mantel von einem Garderobenhacken zum anderen hängen, ohne dir weitere Gedanken darüber zu machen. Skrupellos. Eigentlich die perfekte Anleitung für ein Verbrechen.”

„Ich hätte damit keine Probleme. Erst recht nicht, wenn ich - wie hast du gesagt? - wenn ich sie geradewegs in die Hölle schicken würde. Ich habe mit diesen Verbrechern kein Erbarmen. Wenn ich deine Fähigkeiten und Fertigkeiten hätte, stünde meine Marschrichtung fest. In die Richtung", sie zeigte den Fluss abwärts. „In Richtung Camp. Ich würde jedem Einzelnen den Arsch aufreißen und ihn anschließend den Fischen zum Fraß vorwerfen."

„Christina, bitte!"

„Lass uns das Thema wechseln, ich glaube, wir sind da verschiedener Ansicht."

„Das glaube ich allerdings auch."

„Wie war deine Ausbildung? Es interessiert mich wirklich."

„Wie war sie, wie war sie... sie war in aller erster Linie hart. Uns wurde nichts geschenkt. Man hat uns an unsere Grenzen herangeführt, damit wir lernen, wie weit wir wirklich gehen können. Wir sind so in Panik versetzt worden, wie du es dir wahrscheinlich nicht vorstellen kannst, und wie wir es bis dahin noch nicht erlebt hatten."

„Wozu das?"

„Wozu? Das ist doch ganz einfach. Damit wir in solchen Situationen wie in der Hütte nicht den Überblick verlieren. Es kann lebenswichtig sein, in Sekundenschnelle den Überblick zu erhalten. Wir wurden darauf gedrillt, innerhalb von Sekunden zum Beispiel den Inhalt eines Mülleimers oder beliebigen Schrankfaches zu erkennen und zu analysieren. In sechs Sekunden mussten wir eine Entscheidung treffen. Man hat uns jeden Tag in die Ostsee gejagt. Um sechs Uhr Morgens. Dreihundertfünfundsechzig Tage im Jahr."

„Also auch im Winter?"

„Ich sagte doch gerade... dreihundertfünfundsechzig Tage. Weißt du, wie viel Grad die Ostsee im Januar hat? Je nach Außentemperatur, mal gerade etwas über Null Grad. Im besten Fall fünf, sechs Grad."

„Wie lange kann man das aushalten?"

„Da gibt es eine Formel. Wassertemperatur in Grad multipliziert mit drei gleich Minuten. Das heißt... ist das Wasser drei Grad kalt, überlet man theoretisch gerade mal neun Minuten. Nach zehn Minuten wird es kritisch. Wenn deine Kondition nicht stimmt, reicht es nicht einmal für neun Minuten, dann bist du nach spätestens sieben Minuten klamm und damit bewegungsunfähig. Du kannst nicht mehr schwimmen und ertrinkst. Um zu vermeiden, dass wir nur schnell rein und wieder raus gesprungen sind, ich meine ins Wasser, hat man uns in einen Hubschrauber verfrachtet. Dann ging es aufs Meer hinaus. Aus drei Metern Höhe mussten wir dann in die Ostsee springen. Das heißt... trocken. Wir hatten keine Gelegenheit uns vorher nass zu machen und somit zu akklimatisieren. Anschließend hieß es dann flinke Hufe. Hundert Meter Ostsee hieß in unserem Fall... zirka zwei Meter Wassertiefe. Zum Stehen zu tief, zum Ersaufen gerade ausreichend genug."

„Und?"

„Was und?"

„Ich meine... sind welche ertrunken dabei?"

„Zur meiner Zeit nicht, soll aber vorgekommen sein."

„Aber das ist doch menschenverachtend."

„Pah, menschenverachtend. Was meinst du denn, wie man sich Elitesoldaten heranzieht. Mit Lebkuchenherzen und Glühwein? Das Baden war auch nur ein Teil unserer Ausbildung."

„Was habt ihr noch gelernt?"

„Christina, ich darf dir keine Auskunft darüber..."

„Rede nicht. Die DDR gibt es schon seit Jahren nicht mehr. Wer will dich denn zur Verantwortung ziehen?"

„Also gut, du hast Recht. Weißt du eigentlich, dass die heutige Bundeswehr ein Scheißhaufen gegen die damalige NVA ist? Alle Spezialisten, die etwas davon verstehen, sind sich darüber im Klaren. Die NVA war eine Armee, die Bundeswehr ist ein Kindergarten für Erwachsene."

„Sicher?"

„Hörst du nicht zu? Ich sagte doch... alle Spezialisten, die etwas davon verstehen, sind sich darüber im Klaren..."

„Ja, ja. Ich hab's begriffen", unterbrach sie ihn erneut.

„Die haben uns zum Beispiel Hunderte von Kilometern von unserem Standort mit dem Hubschrauber abgesetzt. Ohne Geld, ohne Ausweis. Dann hatten wir drei Tage Zeit, uns an unserem Standort zurückzumelden. Persönlich, versteht sich. Das alles, ohne aufzufallen. Wir waren quasi vogelfrei. Jeder Verkehrspolizist hätte uns verhaften können. Drei Tage ohne Geld und ohne Essen und Trinken, dafür aber Hunderte von Kilometern vor der Nase. Natürlich wussten wir nicht, wo wir uns befanden. Das herauszubekommen, war aber nur ein Problem unter vielen.

„Was wurde aus denen, die es nicht schafften?"

„Die wurden bestraft. Diejenigen, die es geschafft hatten, wurden belobigt. Es gab ein Punktesystem. Wer unter einer gewissen Punktezahl blieb, wurde ausgesondert. Wer darüber lag, gehörte zur Elite. Hast du gewusst, dass der Geheimdienst der ehemaligen DDR Weltniveau hatte? Der Mossad[4] und die Stasi der DDR, die beiden besten Geheimdienste der Welt. KGB und BND kamen da nicht heran."

„Lass mich raten, du gehörtest in deinem Verein zur Spitze,"

„Nein. Ich lag mit meiner Punktezahl an vierter Stelle. Es gab drei, die besser waren als ich."

„Von wie vielen?"

„Wir waren fünf." Uwe lachte.

„Eher fünfhundert."

„Wir waren zweihundert."

„Alles klar. Du warst also *nur der Viertbeste....* von

---

[4] Israelischer Geheimdienst.

zweihundert. Was will ich mehr? Einen besseren Beschützer hätte ich nicht bekommen können."

„Gibt es noch mehr, was du dort gelernt hast und was uns hier nützlich werden könnte?"

Uwe erhob sich und legte etwas Holz ins Feuer. „Ich hoffe doch. Mein eigentliches Fachgebiet war die Nachrichtentechnik."

„Was heißt das konkret?"

„Alles, was mit Kommunikation zu tun hat. Sprechfunk, Morsefunk, Telefonie, Telegraphie. Heute käme das Internet mit seinen weitreichenden Möglichkeiten dazu. Ich kann nahezu jeden Empfänger und jeden Sender bedienen, ganz gleich, ob ein russisches oder amerikanische Modell. Wenn wir jetzt einen Sender hätten, wäre es nur eine Zeit von Stunden und wir wären gerettet."

„Das klingt alles sehr interessant, ich wollte ich könnte so etwas auch. Aber erzähl weiter. Was habt ihr da noch gelernt, was interessant zu wissen ist?"

„Das Überlebenstraining wäre vielleicht noch interessant. Wenn du irgendwo bist und nichts zu essen hast, dann könnte man sich mit einem Angelhaken eine Maus angeln und verzehren."

„Eine Maus? Ich würde nie eine Maus essen."

„Was glaubst du, was du alles essen würdest, wenn du richtigen Hunger hast. Weißt du eigentlich, dass Hunger weh tun kann?"

„Du meinst richtig weh tun, so mit Schmerzen verbunden?"

„Genau, das meine ich. Sei froh, dass du in einer Zeit lebst und in einem Land, dass du das nicht ertragen musst. Ich hab noch was für dich."

„Achja?"

„Wenn du Hunger hast und du triffst auf Aas, kannst du das natürlich nicht essen, man könnte ernsthaft krank werden davon oder sogar sterben. Das wäre dann wie eine Lebensmittelvergiftumg. Aber wenn es warm genug ist, werden Fliegen ihre Eier auf das verwesende Fleisch legen, aus denen dann bald Maden schlüpfen werden..." Uwe legte bewusst eine Pause ein.

„Ja?"

Als er nicht antwortete, sondern nur grinste, musste sie wohl erahnt haben, was folgen würde.

„Du willst mir doch wohl nicht erzählen, dass man diese Maden... Uwe, ich..." Sie schüttelte sich und es lief ihr eine Gänsehaut über die Arme. „Ich glaub dir nicht, nie und nimmer, dass man unbeschadet Maden essen könnte."

„Man kann."

„Nie und nimmer."

„Maden sind sehr eiweiß- und proteinhaltig und wenn du sie isst, vorausgesetzt du hast genug davon zur Verfügung, dann hast du eine reale Überlebenschance. Wenn du sie nicht essen würdest, dann würdest du verhungern. So einfach ist das."

„Lieber würde ich verhungern."

„Das glaubst du!"

„Hast du schon mal Maden gegessen oder besser, musstet ihr die Dinger schon mal..."

„Nein, das brauchten wir nicht. Es hat denen gereicht, uns das Wissen einzubläuen."

„Also gut, dann werde ich mal davon ausgehen, dass man die Dinger wirklich..." Weiter kam sie nicht, sie zog ein Gesicht und schüttelte sich dabei, als habe sie eine Zitrone ausgelutscht.

*

Christina hatte noch etliche Fragen, die er ihr alle mit einer Engelsgeduld beantwortete. Sie konnte endlos zuhören, was nicht immer so war, denn in der Regel lief es zumeist anders herum. Da war sie diejenige, die erzählte und andere mussten zuhören. Sie war über sich selbst erstaunt. Unter anderen Umständen hätte sie sich für all das nicht im Geringsten interessiert. Hier aber, in dieser verdammten grünen Hölle, konnten diese Informationen lebenswichtig sein. Ihr eigenes Wissen dagegen nützte hier ganz und gar nichts. Zwar hatte sie schon eine Menge von ihm gelernt, aber ohne ihn wäre sie immer noch hoffnungslos aufgeschmissen. Das Beispiel mit den Fischen hatte abermals gezeigt, wie dumm sie doch in punkto Überleben war. Hätte er sie nicht korrigiert, sie würde immer noch im Fluss stehen und auf das Wasser einprügeln. Die Fische würden ihr bestenfalls den Stinkefinger zeigen und bei der UNO eine Beschwerde einreichen, weil so ein dummer Mensch ihnen das Wasser über den Kiemen zerwühlte. Ihre Gedanken wurden unterbrochen.

„Ich glaube, die Asche ist gleich so weit. Wir können die Fische jetzt dort hineinlegen. In zehn Minuten etwa könnten wir essen. Du kannst dich derweil um den Wein kümmern."

Er zwinkerte Christina zu. Ehe er sich von seinem Stein erheben konnte, war sie ihm flugs auf den Schoß gesprungen. Sie schlang ihre Arme um seinen Hals und fragte: „Wie spät schätzt du es jetzt?"

Uwe sah in Richtung Sonne und sagte dann: „Etwa gegen zehn Uhr, denke ich. Warum?"

„Zehn Uhr? Um zehn Uhr mag ich noch keinen Fisch essen. Hast du keine Idee, wie wir uns die Zeit bis zum Mittag vertreiben können?"

Ihre Frage hatte eine eindeutige Betonung und sie sah Uwe herausfordernd an.

„Meinst du denn, dass ich dazu schon in der Lage bin?" Uwe hatte ebenfalls seine Arme um ihren nackten Körper gelegt.

„Wir könnten es auf einen Versuch ankommen lassen", antwortete sie, während ihre Lippen seinen Mund suchten.

Es folgte ein Akt der Leidenschaft, bei dem Christina Virtuosität bewies. Ihre Hände waren überall, und ehe er etwas unternehmen konnte, hatte sie ihn entgekleidet. Der Fisch war uninteressant und mochte hingehen, wo der Pfeffer wächst. Was zählte war nur eines: Der Heißhunger, der die junge Frau befallen hatte und der gestillt sein wollte. Mit ihren Fingern zerwühlte sie sein Haar, zerkratze seinen Rücken und dirigierte ihn dorthin, wo sie ihm an dringendsten brauchte. Sie schien unersättlich zu sein. Immer wieder von Neuem dirigierte sie das Konzert zu neuen Höhepunkten. Immer wieder leitete sie das Adagio ein. Stufenlos ging sie zum Andante über, eröffnete das Allegretto und ließ das Fortissimo folgen. Leichte Sequenzen wechselten sich mit starken Rhythmen ab. Um sie herum wurde alles eins. Wald, Erde, Wasser und Feuer. Es schien nur eines zu geben in dieser menschenfeindlichen Welt... zwei Leiber, die sich im Liebestakt der Erotik einander hingaben. Wieder und wieder bäumten sie sich auf, um Sekunden später im Glücksgefühl vereint zu erschlaffen und wenig später erneut dem Zauber der Leidenschaft zu unterliegen, bis sie sich erschöpft voneinander trennten.

Christina begab sich direkt in ihre *Wanne.* Uwe löschte das Feuer, schob die Fische in die Asche und kehrte anschließend zu ihr zurück. Er setzte sich auf den *Wannenrand* und sah ihr zu.

„Was ist? Was siehst du mich so an?"

„Du bist schön."

„Danke, aber das ist nicht der Grund. Ich kenne dich doch. Was willst du wissen? Frag ruhig."

„Es ist nichts".

„Du fragst dich, warum ich mit dir schlafe, richtig?"

„R...richtig", antwortete er etwas kleinlaut.

„Du meinst, es gehört sich nicht für eine verheiratete Frau. Darf ich dich daran erinnern, dass auch du verheiratet bist?"

„Meine Ehe ist im Eimer. Wenn ich je wieder nach Deutschland komme, werde ich bestimmt ein Schreiben des Scheidungsanwaltes meiner Frau vorfinden."

„Ach ja? Du meinst also, das es legitim ist, wenn du es mit mir treibst? Ich jedoch... Vielleicht hast du Recht."

Unvermittelt richtete sie sich auf, sah ihn direkt an und sagte mit ernstem Ton: „Hast du vergessen, wie es dem Typ mit der Schlange ergangen ist? Dasselbe kann uns auch passieren. Das oder Anderes. Du hast eben selbst gesagt... wenn du je wieder nach Deutschland kommst... Warum sollen wir uns nicht das bisschen Vergnügen gönnen? Hinter jeder Ecke kann es zu Ende sein." Sie legte sich wieder zurück, lächelte ihn an und sagte dann in deutlich sanfterem Ton: „Außerdem weißt du doch, dass ich einen Hang zur Sexualität habe."

Uwe legte sich zu ihr in die Wanne.

„Was Deutschland angeht, bin ich überzeugt, dass ich es wiedersehen werde. Was dich angeht, kann ich nur sagen… vielen Dank für die Abwechslung, vielen Dank für das Vergnügen, das du mir bereitest. Ich habe es bei meiner Frau in der Qualität nie erhalten."

„Das beruht auf Gegenseitigkeit", flüsterte sie und wälzte sich über Uwe. Das Liebesspiel begann erneut.

*

Der Fisch schmeckte köstlich. Uwe musste sich nach dem Essen wieder hinlegen, da die Anstrengungen des noch jungen Tages etwas viel gewesen war. Er gab an, dass er sich schlapp und ausgelaugt fühlte, so als hätte ihm jemand das Mark aus den Knochen gesogen. Christina kümmerte sich wieder rührend um ihn. Sie erneuerte die Kompressen und zwischendurch verließ sie das Lager, um Früchte aus der nahen Umgebung zu holen. Um die Zeit zu überbrücken, nahm sie noch zwei Mal ein Bad. Kurz vor der Dämmerung packte sie das Jagdfieber. Aus reinem Vergnügen erlegte sie noch vier Fische. Sie war stolz auf sich und das, was sie in den letzten Tagen gelernt hatte. Wie hatte Uwe gesagt? Er war überzeugt davon, dass sie hier auch allein rauskommen würde. Sie war versucht, inzwischen selbst daran zu glauben. Einen kurzen Augenblick hatte sie sogar mit dem Gedanken gespielt, allein zum nächsten Ort zu laufen und für Uwe Hilfe zu organisieren. Allein die Tatsache, dass sie sich nicht wehren konnte wie er, hatte sie davon abgehalten. Sie konnte nicht wissen, auf was oder wen sie stoßen würde.

Sie nahm das Messer und nahm die Fische aus, wie sie es bei Uwe gesehen hatte. Dann versuchte sie, ein Feuer zu entfachen. Es dauerte eine ganze Weile, bis das Feuer endlich brennen wollte, aber schließlich hatte sie es geschafft. Aus einer kleinen Flamme wurde ein ansehnliches Feuerchen.

Als die Dämmerung einsetzte, erwachte Uwe aus dem Tiefschlaf. Der Schlaf hatte ihm sichtbar gut getan. Er sah munter und erholt aus.

„Wie fühlst du dich?"

„Der Schlaf hat mir sehr gut getan. Ich habe einen Bärenhunger."

„Das ist doch ein gutes Zeichen. Möchtest du Banane, die andere Frucht oder Fisch?"

„Fisch? Hast du noch welchen gefangen?"

„Vier Stück, wie heute Mittag."

„Das Feuer, hast du es selbst entfacht?"

„Ich habe dich vorhin vom Fluss aus beobachtet. Allerdings hat es bei mir deutlich länger gedauert, bis es endlich brennen wollte."

„Du kannst stolz auf dich sein."

Sie strahlte übers ganze Gesicht, als sie sagte: „Das bin ich auch. Ich möchte meine Leute sehen, wenn ich ihnen davon berichten werde."

„Du bist ja immer noch nackt. Willst du nur noch nackt rumlaufen?"

„Gefalle ich dir so nicht? Ich habe auf dich gewartet.

Wozu erst die Sachen anziehen. Ich konnte doch nicht wissen, dass du den ganzen Tag schläfst."

Sie stand auf, ging zu ihm rüber und baute sich provozierend vor ihm auf.

Als sie jedoch bemerkte, dass er sich nicht provozieren ließ, ging sie in die Hütte und zog Hose und Hemd über. Wenig später reichte sie ihm eine Frucht. Mit einem großen Blatt erstickte sie die Flamme, dann legte sie die Fische in die Asche. Mit einem weiteren Blatt schöpfte sie Wasser und reichte es ihm.

„Kann ich noch mehr für dich tun?"

„Danke, das reicht fürs Erste. Wie komme ich zu diesen Aufmerksamkeiten?"

„Ich stehe in deiner Schuld, tief in deiner Schuld. Wer weiß, was aus mir geworden wäre, wenn ich dich nicht gehabt hätte. Nimm es als meinen Dank."

Nachdem sie ebenfalls eine Banane gegessen hatte, redete sie weiter: „Was meinst du, ob die anderen Entführten es bereits hinter sich haben? Ich meine, ob sie schon wieder frei sind?"

„Ich glaube eher nicht. Wer weiß, ob sich die amerikanische Regierung auf eine Lösegeldforderung überhaupt eingelassen hat. Selbst wenn, so etwas braucht seine Zeit. Erinnere dich mal an den Fall Wallert damals auf den Philippinen. Wie lange das gedauert hat? War das nicht ein viertel Jahr oder so? Ich bin fast überzeugt, dass die immer noch dort in den Hütten hausen."

„Nur fast?”

„Bei solchen Halunken weiß man nie, wozu die fähig sind. Da wir ihnen entwischt sind, könnten die auch ihren Standort gewechselt haben. Wer weiß, wo die jetzt sind.”

„Du meinst nicht, dass das mit dem Feuer vielleicht etwas zu gewagt ist?”

„Ich habe seit dem Typ mit der Schlange keine weiteren Anzeichen entdecken können, die auf eine Verfolgung hinweisen.”

„Wie denn auch? Du hast die letzten beiden Tage die meiste Zeit geschlafen.”

„Christina, überleg doch mal. Wenn sich bis jetzt niemand hat sehen lassen, dann kommt auch keiner mehr. Mit dieser unfreiwilligen Rast hätten wir unseren Vorsprung lange aufgebraucht. Ich bin mir ziemlich sicher. Ich hab's irgendwie im Gespür.”

„Aber nur ziemlich und irgendwie.”

„Man kann sich nie hundertprozentig sicher sein. Ein Restrisiko besteht immer.”

„Wirst du dich in deinem Zustand wehren können?”

„Worauf du dich verlassen kannst. Das kann ich immer.”

„Wie geht es jetzt weiter?”

„Ich werde heute Nacht und den morgigen Tag so viel schlafen wie möglich. Übermorgen werden wir unseren Weg fortsetzen. Bei der nächsten Ortschaft werde ich versuchen, Hilfe zu bekommen. Das kann ich aber nur vor Ort entscheiden. Wenn es wieder so ein armseliges Dorf ist, hat es keinen Zweck. Könnte ich doch nur an eine Funkstation herankommen!”

Christina stocherte mit einem Stock in der Asche herum. Der Fisch war gar. Sie legte je zwei Fische auf ein größeres Blatt, ging damit zum Wasser und wusch die restliche Asche ab. Sie reichte ihm seine Portion, schweigend nahmen sie ihr Abendmahl ein.

Nach dem Essen machte Uwe wieder ein kleines Feuer. Sie saßen sich gegenüber und überbrückten die Zeit mit einer belanglosen Plaudereien, als Christina plötzlich sagte: „Uwe, ich möchte dich einmal etwas sehr persönliches fragen. Darf ich?”

„Nur zu”, gab er zurück und Christina hatte das Gefühl, als machte sich etwas Unbehagen bei ihm breit.

„Du hast dich mir nie genähert, du hast nie einen Annäherungsversuch gemacht. Du hast immer darauf gewartet, dass ich die Initiative übernehme. Warum?”

„Ich weiß nicht.”

„Das glaube ich dir nicht.”

„Ich habe mir keine Gedanken darüber gemacht.”

„Lügenmaul.”

„He, wie redest du mit mir?”

„Bin ich dir gleichgültig?”

„Was soll ich dir darauf antworten, was willst du hören? Natürlich bist du mir nicht gleichgültig. Du wirst es vielleicht nicht glauben. Als sie uns mit diesem Laster in den Wald brachten, dachte ich einen Moment daran, vom fahrenden Wagen zu springen und abzuhauen. Ich habe es aber nicht übers Herz gebracht, dich im Stich zu lassen. Du willst wissen, warum ich mich dir nie genähert habe? Du bist verheiratet. Ich hatte damit gerechnet, von dir abgewiesen zu werden. Also hab ich es gar nicht erst versucht."

„Klingt glaubhaft. Zumindest für den ersten Versuch. Aber nicht mehr, als wir es das zweite Mal miteinander getrieben haben. Spätestens ab da hättest du wissen müssen, dass ich dich nicht zurückweisen würde."

„Ich wollte dich ganz einfach nicht bedrängen. Es ist für dich so schon nicht gerade einfach hier in der Wildnis. Ich wusste nicht, wie du reagieren würdest. Daher habe ich es dir überlassen."

„Okay, diese Erklärung ist glaubhaft."

„Hinzu kommt, dass du manchmal ganz schön nervig warst."

„Ich war auch am Ende. Muss ich mich dafür entschuldigen?"

„Nein, das ist doch ganz normal. Du bist aber irgendwie anders geworden."

„Wie anders?", fragte sie zurück und horchte interessiert auf.

„Du hast dich verändert."

„Wie verändert?", fragte sie weiter.

„Wie verändert, ich weiß es nicht. Halt anders."

„Zum Positiven oder zum..."

„Zum Positiven", beeilte sich Uwe zu sagen. „Du bist dabei, ein paar Prozente deines perfekten Äußeren in dein Inneres zu verlegen. Du bist dabei, ein liebenswürdiges Wesen zu werden. Ich würde mir wünschen, dass das nicht nur eine Laune von dir ist, sondern etwas Dauerhaftes."

„Weißt du, was du da gerade gesagt hast?"

Sie ging zu ihm und nahm seine Hände in die ihren.

„Ich wollte mich ändern. Dir zu liebe, wollte ich mich ändern. Dir zu liebe, wollte ich ein anderer Mensch werden. Du hast mir hier in dieser grünen Hölle gezeigt, dass es noch etwas anderes gibt, als dem Geld hinterher zu jagen und sich um gesellschaftliche Belange zu kümmern. Es gibt Situationen, wo etwas anderes zählt. Menschlichkeit, Vertrauen und Wärme. Sich aufeinander verlassen zu können, wissen, dass der andere einen nicht im Stich lässt, zählt hier mehr als alles Geld auf der Welt. Weißt du, was hier eine golden American Express wert ist?" Sie schnipste mit den Fingern. „Nichts! Was hat mir die feine Gesellschaft, der ich in Deutschland nun einmal angehöre, denn hier gebracht?" Wieder schnipste sie mit den Fingern. „Nichts! Ich pfeife auf die feine Gesellschaft. Wenn ich hier verreckt wäre... keiner hätte sich um mich gekümmert. Ich bin gespannt, ob mein Mann von dieser Entführung weiß und ob er was dagegen unternommen hat. Weißt du, mir ist in den letzten Tagen ein Licht aufgegangen. Ich habe beschlossen, mich und meinen Lebensstil zu ändern.” Sie setzte sich zu Uwe auf dessen Stein und redete dann weiter: „Du hast mir auf beeindruckendste Art und Weise gezeigt, dass es auch anders geht. Auch in dieser Beziehung bin ich dir zu Dank verpflichtet. Ohne dich und diesen Höllentrip wäre ich nie darauf gekommen. Ich hätte mein Leben weitergelebt und wäre nie auf die Idee gekommen, dass es da auch noch etwas anderes gibt. Ich weiß nur noch nicht genau, wie ich das im Einzelnen realisieren werde.” Nach einer kurzen Pause fuhr sie fort: „Wenn ich erst wieder zu Hause bin, werde ich einen Kurs in Selbstverteidigung belegen. Ich möchte das nächste Mal, wenn sich mir ein Kerl nähert, gewappnet sein. Was ist, ist dir kalt? Du zitterst ja.”

„Mir ist etwas kühl geworden, weiter nichts.”

„Es ist schon spät. Komm, wir sollten uns hinlegen. Ich werde dich wärmen.”

Schnell hatte Christina etwas Wasser geschöpft und das Feuer gelöscht. Kurze Zeit später lag Uwe in Christinas Arm und schlief wie ein Baby. Christina lag noch lange wach. Mit ihrem Körper wärmte sie Uwe, mit ihren Gedanken war sie zu Hause. Eines stand für sie fest: Würde sie je wieder nach Hause kommen, es würde sich einiges ändern. Irgendwann spät in der Nacht schlief auch sie ein.

*

Am nächsten Morgen ließ Christina ihn schlafen und schlich sich aus der Hütte. In aller Seelenruhe nahm sie ein Bad. Die Luft war klar und der Tag versprach, schön zu werden. Der letzte Tag. Bevor sie sich am letzten Abend hingelegt hatten, hatte Uwe ihr gesagt, dass sie am übernächsten Morgen den Marsch durch den Wald fortsetzen wollten. Den kommenden Tag wollte er noch so viel wie möglich schlafen.

Christina wollte den verbleibenden Tag ebenfalls nutzen, um sich noch weiter zu erholen. Der Marsch würde mit Sicherheit wieder anstrengend werden. Sie war aber felsenfest davon überzeugt, dass sie es schaffen würden. Was Uwe mit seinem Fieber und seiner Wunde bewerkstelligen konnte, wollte auch sie schaffen. Als sie sich auf ihren Stein in die Sonne setzte, aß sie eine Banane. Sie dachte daran, dass sie noch etwas Wegzehrung holen musste. Von den großen Früchten, deren Namen sie nicht kannten, waren noch zwei übrig. Mehr brauchten sie nicht. Eine für den heutigen Tag, die andere sollte als Proviant dienen. Auf Grund der Größe und des Gewichtes, konnten sie davon nicht mehr mitnehmen. Bananen würden sie unterwegs finden. Vielleicht auch die eine oder andere Frucht noch dazu.

Kurz nach neun - sie konnte die Uhrzeit schon relativ genau bestimmen - kam Uwe zu sich. Er hatte die Nacht wieder durchschlafen können und sah sehr erholt aus. Er reckte und strcckte sich ausgiebig.

„Ich könnte Bäume ausreißen", sagte er zu Christina.

„Schön, freut mich für dich. Hast du gut geschlafen?"

„Sehr gut, danke, du hast mich phantastisch gewärmt."

„Wenn du dich so gut fühlst, können wir doch schon heute unseren Weg fortsetzen."

„Daran habe ich auch schon gedacht. Ich glaube aber, dass es klüger ist, wenn wir noch einen Tag warten."

„Wenn du meinst. Einen Tag mehr oder weniger... was macht es schon."

Den Vormittag und den Rest des Tages verbrachten beide mit Faulenzen. Sie lagen in der Sonne, und wenn es ihnen zu warm wurde, nahmen sie ein Bad oder sie begaben sich in den Halbschatten. Als Christina im nahen Wald einem Bedürfnis nachging, sprang Uwe kopfüber in den Fluss und schwamm zum anderen Ufer. Christina sah, dass er stark mit der Strömung kämpfte. Stellenweise wurde er umhergewirbelt, dass es aussah, als wolle er das Vorhaben aufgeben. Wahrscheinlich wollte er seinem Ruf als Kampfschwimmer gerecht werden. So schwamm er weiter, bis er das andere Ufer erreicht hatte. Nach einer kurzen Pause kehrte er zurück. Christina erwartete ihn bereits mit ernstem Gesichtsausdruck.

„Sag mal, bist du lebensmüde? In deinem Zustand da hinüber zu schwimmen!"

Uwe kletterte aus dem Wasser und sagte nur: „Das war es, was mir gefehlt hat und was ich gebraucht habe. Sieh es einfach als Generalprobe. Morgen geht es los. Ich bin wieder fit."

Er legte sich in die Sonne und gab sich den wärmenden Strahlen hin."

„Was sagt dein Fieber?" Christina war zu ihm herangetreten und legte ihre Hand auf seine Stirn. „Ich merke nichts mehr. Und deine Wunden?"

Sie tastete vorsichtig über die Narben.

„Vereinzelt sind die Köpfe der Ameisen schon abgefallen. Die Heilung ist gut vorangeschritten. Sieht so aus, als könnten wir tatsächlich morgen unseren Weg fortsetzen."

Sie baute sich vor ihm auf, legte ihre Hände auf seine Schulter, sah ihm direkt in die Augen und sagte dann: „Du musst deine überschüssige Kräfte nicht im Wasser vergeuden. Das kannst du gerne bei mir erledigen."

Sie sah ihn dabei mit schelmischen Blicken an. Ihre Lippen waren gerade dabei, sich auf seinen Mund zu platzieren, als in einiger Entfernung ein Schuss durch die Bergwelt hallte. Instinktiv hockten sich beide nieder. Kurz darauf fiel ein zweiter Schuss. Uwe erhob sich und ging zur Hütte. Er griff nach Christinas und seinen Sachen. Hier, zieh dich an. Das galt zwar nicht uns, aber ich möchte trotzdem gerne Gewissheit."

Während sie sich die Sachen überstreifte, fragte sie

ihn: „Woher willst du das wissen?"

„Viel zu weit weg. Hört sich nach Jagdgewehr an. Ein Jäger oder Wilderer. Wir sollten uns vergewissern. Wenn es ein Jäger ist, muss es hier in der Nähe einen Ort oder eine Siedlung geben. Wenn es Wilderer sind, können die von sonst woher kommen. Was meinst du, wollen wir jetzt schon von hier verschwinden oder soll ich zur Sicherheit nachsehen?"

„Das fragst du mich? Du hast mich sonst nie gefragt!"

„Die Schüsse kamen von der anderen Flussseite... Entfernung ungefähr einen Kilometer. Du kommst nicht über den Fluss. Ich müsste dich allein lassen."

„Wenn es eine Falle ist? Die schießen dahinten rum, du gehst hin und die fangen mich hier weg."

„Das glaube ich nicht. Ich habe bei keinem der Männer Jagdwaffen gesehen. Was ist?"

„Also gut. Lass mir ein Messer hier und hau schon ab. Ich werde mich hier verstecken. In die Mausefalle dort drüben", sie zeigte mit dem Kopf zur Hütte hin, „gehe ich aber nicht. Ich werde mich in dem Erdloch verstecken. Was denkst du, wie lange du brauchst?"

„Spätestens zur Dämmerung bin ich wieder zurück."

„Hoffentlich", konnte sie nur antworten und schon war Uwe in den Fluten verschwunden. Sie sah ihm noch, wie er wenig später am anderen Ufer aus dem Wasser stieg. Kurz darauf wurde er vom Wald verschluckt. Sie war wieder einmal allein. Wie schon so oft führte sie wieder Selbstgespräche.

„Also gut, Christina Schmidt, es gibt einiges zu tun. Du hast viel gelernt, also wende dein Wissen an."

Als erstes schnitt sie ein paar Palmenwedel und andere Äste, mit dem sie den Eingang der Hütte tarnte. Anschließend suchte sie sich einen dicken Ast und schleppte ihn zu dem Erdloch, in das Uwe gefallen war. Vorsichtig legte sie die Öffnung frei. Anschließend wuchtete sie den Ast ins Innere und stellte ihn schräg an die Wand. Sie positionierte ihn so gut es ging. Dann kletterte sie vorsichtig nach oben aus dem Loch heraus. „Es funktioniert", sagte sie wieder zu sich selbst. Anschließend wiederholte sie den Vorgang in die umgekehrte Richtung. Sie war mit ihrem Werk zufrieden. Sie hatte jetzt ein Versteck, dass sie in beiden Richtungen verlassen konnte. Somit war sie nicht Gefangene im eigenem Verlies. Sie dachte daran, als sie vor einigen Tagen unter den Ästen gelegen hatte und ihr die Schlange über die Schenkel gekrochen war. Dort hatte sie keinerlei Möglichkeit zur Flucht. Im Gegensatz dazu war diese Erdgrube nahezu ideal. Sie band ihr Messer noch an einen Stock, dann setzte sie sich vor das Erdloch und wartete.

Die Zeit verstrich nur quälend langsam. In ihrem Tal war es ruhig und nichts deutete darauf hin, dass sich jemand näherte. Christina döste vor sich hin. Sie beobachtete die Schmetterlinge und die Vögel. Als sie überlegte, wie viel Zeit noch bis zur Dämmerung übrig war, bemerkte sie, wie sich jemand ihrem Versteck näherte. Sie wollte gerade in der Grube verschwinden, als sie Uwe rufen hörte. Kurz darauf stand er vor ihr.

„Von wo kommst du denn? Ich habe dich vom anderen Flussufer her erwartete."

„Ich habe den Fluss weiter abwärts überquert. Es ist alles im grünen Bereich. Wie ich schon vermutet habe, sind es Jäger. Sie sind dabei, sich von uns zu entfernen. Ich habe außerdem den Geruch von Feuer wahrnehmen können. Wie der Wind steht, müssten wir früher oder später, vielleicht schon morgen, auf eine Siedlung stoßen. Es wird bald dunkel werden. Lass uns etwas essen und uns dann hinlegen. Vielleicht können wir schon schlafen. Morgen haben wir einen langen Tag."

Sie begaben sich in ihre Unterkunft, kuschelten sich aneinander und schliefen bald darauf ein.

*

Am nächsten Morgen, die Sonne war gerade aufgegangen, hatten sie sich nach kurzem Bad und kurzem Frühstück auf den Weg gemacht. Der Marsch war strapaziös und selbst Uwe konnte die erste Distanz von vier Stunden nicht einhalten, ohne bereits nach etwas über zwei Stunden eine erste Pause einzulegen. Beide waren verschwitzt und durstig, ans Wasser konnten sie nicht mehr herankommen. Der Berg, die herumliegenden Felsbrocken und die Vegetation diktierten die

Marschrichtung. Sie stiegen Stück für Stück den Berg hinauf und befanden sich jetzt etwa dreißig Meter über dem Wasserspiegel. Der Fluss hatte das ganze Tal eingenommen und war somit sehr breit und tief. Der Abhang zum Fluss hin wurde immer steiler und gefährlicher. Ein Zustand, der Uwe Sorgen bereitete. Würde einer von ihnen ins Rutschen geraten, gäbe es kein Halten mehr, so dass ein Sturz in den Fluss unvermeidbar wäre. Diesen dann wieder zu verlassen, erschien nahezu unmöglich. Der Wald hatte sich mittlerweile verändert, er wurde lichter und hatte nicht mehr dieses Bedrohliche an sich. Es schien fast, als würden sie sich einer zivilisierteren Gegend nähern.

Sie saßen beide auf einem umgestürzten Baum und aßen die letzten Bananen.

„Schau mal dort hinten", Christina zeigte ein Stück flussaufwärts. „Dort erhebt sich der Berg fast senkrecht in die Höhe. Das ist eine richtige Schlucht. Wenn wir ein Floß bauen könnten, würden wir ein Vielfaches schneller vorankommen. Was meinst du, ob wir es wagen könnten?"

„Schön, dass du so selbstständig geworden bist, aber solch ein Unternehmen wäre viel zu riskant. Wir wissen nicht, was uns im Fluss alles erwartet. Es können Steine unter der Wasseroberfläche sein, an denen unser Floß zerschellen könnte. An einen Wasserfall mag ich gar nicht erst denken. Sieh nur die starke Strömung. Wenn da einer von uns reinfällt, dann gute Nacht und kein Bett."

„Wir kommen nicht mehr ans Wasser. Wir brauchen aber Wasser."

„Darüber habe ich mir auch schon Sorgen gemacht. Wenn wir nicht bald eine Quelle oder Ähnliches finden, müssen wir das Tal wechseln. Ich schlage vor, wir klettern den Berg hoch. Der jetzige Kurs ist viel zu gefährlich."

„Ist dir schon aufgefallen, dass es hier keinerlei Früchte gibt? Ich kann auch nirgends Vögel entdecken."

„Gut beobachtet. Dass es hier keine Fauna gibt, ist ein sicheres Zeichen dafür, dass es auch keine Nahrung gibt."

„Wir haben ein Problem, Uwe. Kein Wasser, keine Nahrung. Hier können wir uns nicht einmal einen Unterschlupf bauen", stellte Christina nüchtern fest.

„Du hast Recht, lass uns abhauen und dieses ungastliche Stück hinter uns bringen."

Uwe erhob sich, kramte die Lederschnur aus seinen Taschen und verknotete Christinas Gürtelschlaufe mit seiner eigenen.

„Auf den Sicherheitsabstand werden wir der Sicherheit halber verzichten müssen."

„Meinst du, dass das nötig ist?"

„Hast du nicht gerade gesagt, wir hätten ein Problem? Wir ersteigen den Berg jetzt im rechten Winkel zum

Fluss. Sieh da hoch."

Er deutete mit seinem Kopf nach oben.

„Wir werden teilweise auf allen Vieren hoch kriechen müssen. Bis hierhin habe ich dich gebracht und ich habe keine Lust, dich noch zu verlieren. Können wir?"

Christina antwortete nicht, sie nickte nur mit dem Kopf. Während der folgenden Meter grübelte sie über Uwes Satz nach. 'Ich habe keine Lust dich zu verlieren.' Wie hatte er das gemeint? Wörtlich? Oder steckte mehr dahinter? Zum erstenmal sah sie ihre Beziehung in ganz anderem Licht. Sie konnte kaum ihre Gedanken ordnen. Was war mit ihr passiert? Sie hatten beide wundervollen Sex gehabt. Mehr nicht! Mehr nicht? Konnte es überhaupt noch mehr sein? War diese Leidenschaft nicht Beweis für mehr? Wie er wohl darüber dachte. Sie konnte aber nicht weiter darüber nachdenken, da sie sich ganz auf die Steigung konzentrieren musste. Sie kamen nur noch langsam voran. Der Berg war so steil, dass sie nicht mehr stehen konnten.

„Dreh dich nicht mehr um, sieh nicht nach unten. Es sind nur noch hundertfünfzig Meter. Dort muss etwas Ähnliches wie eine Plattform sein, vielleicht ein Plateau."

Nachdem sie eine weitere halbe Stunde gekrochen waren, keuchte Christina: „Lass uns eine kurze Pause machen, ich kann nicht mehr."

„Ich bin auch am Ende. Ich habe außerdem das Gefühl,

dass das Fieber zurückgekommen ist."

Sie drehten sich beide um, setzten sich und sahen in die Tiefe.

„Ich darf gar nicht hinsehen, mir dreht sich der Magen."

„Wir haben es bald geschafft. Vielleicht noch eine halbe Stunde, dann sind wir oben auf der Plattform. Ich habe jetzt die gleichen Leistungsparameter wie du. Ein Zeichen dafür, dass ich immer noch nicht völlig genesen bin."

„Was sagt deine Wunde?"

„Sie juckt, weiter nichts."

„So viel zum Positiven. Denkst du, dass wir da oben Wasser finden? Ich habe schon überlegt, ob es richtig war, den Berg hoch zu klettern."

„Wir brauchen nicht unbedingt Wasser. Eine saftige Frucht tut es auch."

„Womit waschen wir uns?"

„Es muss halt ohne gehen."

„Na prima. Was machen wir..." Sie unterbrach sich selbst und fasste nach Uwes Arm. „Hörst du das?"

„Was? Ja, das hört sich an wie ein..." Beide lauschten angespannt in den Wald. „...wie ein Motor."

Das Brummen wurde schnell lauter. Als es direkt über ihnen war, konnten beide für einen Moment einen Laster sehen, der eine Kurve durchfuhr. Ein Paar Kieselsteine rollten den Berg hinab.

„Eine Straße, diese verdammte Plattform ist eine Straße", rief Christina freudig aus. „Wir haben es geschafft. Komm hoch, lass uns diesen Klacks von Steigung hinter uns bringen. Das ist eine Straße. Wo eine Straße ist, ist auch eine Stadt."

Die Tatsache, dass es sich um eine Straße handelte, verlieh den beiden ungeahnte Kräfte. Nach nur wenigen Minuten standen sie am Straßenrand. Doch schnell machte sich Endtäuschung breit, denn das, was sie dort sahen, war keine Straße, sondern eine staubige Dschungelpiste. Hinzu kam, dass sie in einem sehr schlechten Zustand war.

„Hier ist mit Sicherheit keine Stadt", sagte Christina ernüchtert. Plötzlich fasste sie Uwe an die Hand und zog ihn zurück zum Abhang.

„Komm, schnell weg, ein LKW."

Als sie sich hinter einen Busch kauerten, sah Uwe sie verdutzt an, während ein großer mit Holz beladener Laster vorbeipolterte.

„Was ist mit dir?"

„Uwe, ich habe Angst. Die kommen aus derselben Richtung wie wir. Das Risiko, verraten zu werden, ist viel zu groß."

„Du hast viel gelernt. Was schlägst du vor?"

„Wir gehen die Straße entlang. Irgendwohin muss sie schließlich führen. Kommt ein LKW, verstecken wir uns. Wenn wir es bis hierhin geschafft haben, dann kommen wir auch noch weiter.”

„Okay, ein guter Vorschlag. Lass uns aufbrechen.”

*

Mehrere Stunden liefen sie nun schon die staubige Dschungelpiste entlang und alle paar Minuten versteckten sie sich, um die Laster, die in beiden Richtungen fuhren, passieren zu lassen. Uwe hielt das zwar für etwas übertrieben, aber da Christina darauf bestand und er sich für eine körperliche Auseinandersetzung noch nicht fit genug fühlte, willigte er ein. Die Sonne brannte erbarmungslos, Staub klebte auf der Haut. Schweiß rann den Körper hinab. Der Durst wurde unerträglich.

Als sie um eine Kurve bogen, mündete der Waldweg in eine breite Straße. In einiger Entfernung konnten sie in einem Tal einen kleinen Ort ausmachen.

„Dort ist unsere Flucht zu Ende.” Entschlossenheit lag in Uwes Stimme. Als sich ein Auto näherte, stellte er sich mitten auf die Straße und hielt den Wagen an.

„Do you speak English?”

Der einheimische Fahrer schüttelte nur den Kopf.

Uwe deutete auf den Ort und fragte dann: „Policia?”

„Si, Señor, si.”

Ohne weitere Fragen zu stellen, öffnete Uwe die hintere Wagentür. Wieder zeigte er auf den Ort und sagte: „Policia.”

Sein Tonfall ließ jeglichen Protest des Fahrers im Keime ersticken.

Als sie wenig später im Büro der örtlichen Polizei waren, stellte sich heraus, dass es mit der Verständigung enorme Schwierigkeiten gab. Niemand im Ort sprach Englisch. Deutsch schon gar nicht. Uwe und Christina waren der einheimischen Sprache nicht mächtig. Der Polizeibeamte musterte beide aufmerksam. Erst jetzt, da sie sich wieder unter zivilisierten Menschen befanden, stellten sie fest, dass sie zum Gotterbarmen aussahen. Christina in Männerkleidung, die verdreckt, stellenweise zerrissen, grob geflickt und obendrein noch viel zu groß war. Ihre Füße waren mit Fußlappen umwickelt und steckten in ebenfalls viel zu großen Schuhen. Ihr staubiges Haar hing ihr wirr um den Kopf. Zahlreiche Schrammen hatte sie auf den Armen. Von ihrem einstigen Make-up, Rouge und Lippenstift war seit Tagen schon nichts mehr zu sehen. Sie sah schlicht und einfach wie ein Dreckspatz aus. Um Uwe war es nicht viel anders bestellt. Seine uniformartige Bekleidung war total verdreckt und an vielen Stellen zerrissen. Sein Haar hatte ebenfalls seit Tagen keinen Kamm mehr gesehen, sein Gesicht zierte ein ungepflegter Bart. Der Polizist, ein hagerer Mann, der kurz vor der Pensionierung stehen musste, hatte wohl langsam begriffen, dass die beiden einen langen, entbehrungsreichen Marsch hinter sich hatten. Umgehend tafelte er auf, was sein kleines Büro hergab. Einen Plastikkanister mit Quellwasser und ein paar trockene Kekse, über das die beiden mit Heißhunger herfielen.

Als Uwe auf einer vergilbten Landkarte an der Wand auf den Badeort Sossua zeigte und wieder das Wort Policia sagte, hatte der Polizist endgültig begriffen. Er fischte nach dem Telefonhörer und suchte aus einem alten schäbigen Buch eine Nummer heraus. Wenig später begann er in die Muschel zu sprechen, wobei er die beiden argwöhnisch betrachtete. Kurz darauf reichte er Uwe den Hörer. Er sprach lange und ausführlich mit der Polizei. Da Christinas Englisch nicht so gut war, verstand sie nur die Hälfte, doch das war unwichtig. Als er geendet hatte, reichte er den Hörer an dem Dorfpolizisten weiter.

Eine halbe Stunde später saßen alle drei in einem Jeep und verließen den Ort in Richtung Nordost.

„Bald werden wir im Hotel sein. Vielleicht wartet dein Mann schon auf dich."

„Nein."

„Nein?"

„Er wartet garantiert nicht im Hotel. Er darf nicht fliegen. Seine Ärzte haben es ihm verboten."

„Warum?"

„Weißt du was? Bei den katastrophalen Bedingungen, die hier im Land herrschen, würde es mich gar nicht wundern, wenn mein Mann von meinem Verschwinden noch gar nichts weiß."

„Das glaub ich nicht. Was heißt überhaupt katastrophale Bedingungen?"

„Uwe, wir sind hier nicht in Deutschland und auch nicht in Europa. Sieh dich doch nur einmal um. Die Orte haben keine Ortseingangsschilder. Wegweiser gibt es nicht. Es gibt im Land auch kein Einwohnermeldeamt. Wenn du jemals untertauchen musst, bist du hier gut aufgehoben. Fax, E-Mail, Internet, all das, was für uns selbstständig ist, sind für diese Leute Fremdwörter. Hast du gesehen, wie das Büro des Polizisten ausgestattet war? Ein altes Telefon und ein genau so altes Transistorradio war alles, was an Technik zu sehen war. Das im einundzwanzigsten Jahrhundert." Nach einer kurzen Pause drehte sie sich zu Uwe und strahlte übers ganze Gesicht. „Wir haben es geschafft, Uwe. Ich kann's noch gar nicht fassen. Das war die Gnade Gottes oder woran du auch immer glauben magst."

„Hast du denn je daran gezweifelt, dass wir es schaffen werden?"

Christina hatte einen ernsten Gesichtsausdruck, als sie sagte: „Manchmal ja."

„Für mich stand von Anfang an fest, dass wir es schaffen würden", log Uwe und grinste dabei übers ganze Gesicht.

Christina ging nicht weiter darauf ein. „Dreimal."

„Was dreimal?"

„Dreimal habe ich geglaubt, dass wir es nicht schaffen

würden. Quatsch! Geglaubt habe ich es öfters. Aber dreimal war ich nahezu überzeugt davon."

„Erzählst du mir auch, wann das war?"

„Das erstemal, als mir der Giftpfeil in der Wade steckte und mir klar wurde, dass da ein Gift mit im Spiel war. Das zweitemal an dem Tag, als der Typ von der Schlange gebissen wurde. Da wurde mir mit einem Mal so richtig bewusst, was wir doch für kleine unbedeutende Geschöpfe im Universum sind. Mir wurde klar, dass hinter jedem Stein, hinter jedem Baum oder Strauch das Leben zu Ende sein konnte. Wo ich aber ernsthaft zu zweifeln begann, das war an dem Ort, wo du in diese Grube gestürzt bist. Als ich das blutige Messer gesehen habe, dachte ich, dass alles vorbei sei."

„Du wirst es vielleicht nicht glauben, genau das hatte ich auch gedacht."

„Wie bitte?", fragte sie erstaunt.

„Hast du schon einmal davon gehört, dass jemand, der bereits klinisch tot war, aber wieder ins Leben zurückgeholt wurde, von einem hellen Licht erzählte?"

„Ja, mehrmals schon. Soll das etwa heißen..."

„Genau das", unterbrach er sie. „Ich habe dieses Licht gesehen. Weißgelb, von unglaublicher Helligkeit und angenehm warm. Für einen kurzen Augenblick konnte ich auf mich herabsehen, geradeso, als stünde ich zur gleichen Zeit am oberen Rand der Grube. Das war kurz bevor ich ohnmächtig wurde."

„Hast du eine Erklärung dafür?"

„Eine vage. Ich muss so heftig aufgeprallt sein, das es anfangs für den Tod gereicht hätte. Dann stellte sich jedoch heraus, dass es doch nicht so schlimm war und irgendetwas hat mich aus den Klauen des Todes gerissen."

„Hör auf, mir läuft eine Gänsehaut über den Rücken. Ich mag gar nicht daran denken, wie es ausgegangen wäre, wenn du wirklich... Lass uns das Thema wechseln."

„Hast du schon konkrete Pläne für die nächsten Tage?"

„Ursprünglich wollte ich sofort abreisen. Jetzt, wo alles überstanden ist, habe ich mir gedacht, dass wir ruhig die letzten Tage unseres Urlaubes genießen sollten. Wir haben ein Recht darauf, wir haben es uns verdient. Wenn es uns gefällt, verlängern wir und holen alles nach. Was sagst du dazu?"

„So weit habe ich noch nicht gedacht. Ich habe noch etwas zu erledigen, bevor ich an Urlaub denken kann", antwortete er.

„Und das wäre?"

„Die anderen Geiseln müssen befreit werden."

„Das willst *du* doch wohl nicht etwa machen?"

„Nein, natürlich nicht. Ich werde aber der Polizei sagen, wo sie nach den Geiseln suchen können. Das ist das mindeste, was ich tun kann. Was heißt kann? Ich muss es einfach tun."

„Vielleicht sind sie schon frei."

„Vielleicht. Ich glaube aber eher nicht."

Die Fahrt zog sich dahin. Die Landschaft wechselte. Einzelne Häuser, kleine Dörfer bis hin zu größere Ortschaften, Wiesen, Felder und Palmenwälder zogen vorbei.

Der Jeep fuhr durch den Vorort einer Stadt. Auf einem Werbeschild an einer Häuserwand machte Christina den Namen Sossua aus.

„Wir sind da, rief sie freudig erregt. Jetzt kann es nur noch Minuten dauern und wir sind im Hotel. Ich werde duschen und mir andere Sachen anziehen. Dann werde ich den lieben Gott einen schönen Mann sein lassen und nur noch in der Sonne faulenzen."

Als der Jeep an ihrer Hotelanlage vorbeifuhr, sagte Uwe: „Ich schätze, dass du damit noch etwas warten musst."

„Wohin fährt der denn?"

„Na, wohin wohl? Zur Polizei natürlich."

Wenig später hielt der Fahrer vor der örtlichen Polizeistation. Ein schäbig wirkendes Haus, das noch aus der Kolonialzeit stammen musste. Er stellte den Motor ab und bedeutete den beiden, dass sie aussteigen sollten. Uwe sprang als erster aus dem Fahrzeug. Als Christina ihm folgte, knickte sie mit dem Bein um. Sie schrie kurz auf und fiel Uwe direkt in die Arme. Sie stöhnte vor

Schmerzen und Uwe musste sie ins Innere der Polizeistation tragen. Er setzte sie dort kurzerhand auf den erstbesten Stuhl. Er kniete sich nieder und betrachtete eingehend ihr Fußgelenk.

„Sieht nicht gut aus", sagte er dann zu ihr. „Wenn du Glück hast, ist der Fuß nicht gebrochen, sondern nur verstaucht."

„Scheiße aber auch!"

„Christina, bitte, mäßige dich."

„Da legen wir nun Dutzende von Kilometern zurück, ohne Weg und Steg. Kaum bin ich in der Zivilisation, knicke ich mit dem Fuß um. Wie weh das tut", stöhnte sie.

Aus einer Nebentür kam ein Mann in Zivil, der die beiden in einem einigermaßen flüssigem Englisch begrüßte. Er erkundigte sich nach ihrem persönlichen Wohlergehen und zeigte sich sehr um Christinas Zustand besorgt. In seiner Muttersprache gab er in dem angrenzenden Raum ein paar Anweisungen. Anschließend widmete er sich wieder Christina. Zu Uwe sagte er, dass er alles Nötige eingeleitet hätte. Eine junge Frau kam mit einen feuchten Lappen, den sie Christina vorsichtig um ihr Fußgelenk wickelte.

Uwe sah sich im Raum um. Diese Polizeistation war zwar nicht mit europäischen Maßstäben zu vergleichen, war aber schon deutlich komfortabler eingerichtet, als jene in den Bergen. Der Beamte machte einen sehr gepflegten Eindruck. Dass er in Zivil war, hinterließ bei Uwe den Eindruck, dass er nicht nur ein einfacher Polizist sein konnte. Entweder handelte es sich um den Chef der Station oder er war von einer staatlichen Behörde. Er benahm sich ausgesprochen freundlich und besaß auch sonst gute Manieren. Seine Hautfarbe hatte einen helleren Ton, als die der Einheimischen. Die kurz geschorenen schwarzen Haare und seine schwarzen Augen passten so recht zur stattlichen Figur. Sein Anzug saß perfekt und er erinnerte entfernt an einen FBI Beamten.

Das Büro selbst war einfach eingerichtet. Auf einem hölzernen Tisch stand ein Faxgerät und ein Computer der Marke Uralt. Von einem anderen Tisch hörte man ein Sprechfunkgerät, aus dem es alle Augenblicke knackte. Auch hier hing an der Wand eine große Landkarte der dominikanischen Republik.

Vor der Station fuhr ein Transporter vor.

„Der Krankenwagen", sagte der Beamte. „Ich habe veranlasst, das der Fuß ihrer Frau - wie sagt man? - durchleuchtet wird. Wir haben natürlich eine Menge Fragen an Sie. Ich komme nach. Wenn Sie Ihre Frau abgegeben haben, dann ich werde warten auf Ihnen. Wir fahren dann wieder zu mein Office. Zum Reden."

Die Fahrt ins örtliche Krankenhaus dauerte nur wenige Minuten und auch das Röntgen ging recht zügig. Der Arzt, der Christina untersuchte, erklärte Uwe, dass das Gelenk nur verstaucht sei und dass er sie zwei Tage im Krankenhaus behalten wolle. Mit etwas Glück könnte sie dann schon wieder leicht auftreten. Im Moment könne man nichts weiter für sie tun.

Bevor er zurück zu dem Beamten ging, wollte er sich von Christina verabschieden. Als er ihr Zimmer betrat - sie hatte auf ein Einzelzimmer bestanden - lag sie bereits frisch geduscht im Bett. Um ihre nassen Haare hatte sie ein Handtuch gewickelt.

„Ich halte das hier nicht lange aus. Diese Ruhe hier macht mich ganz krank. Sie erinnert mich an die Ruhe in der Hütte, als wir eingesperrt waren. Kannst du nicht die Schwester bitten, mir ein Radio zu geben? Was machst du jetzt?"

„Ich muss zurück zur Polizei. Die haben eine Menge Fragen."

„Lass mich hier nicht allein, bitte", flehte Christina.

„Ich möchte auch duschen und andere Sachen überziehen. Ich besuche dich später. Versprochen. Aber erst werde ich die Schwester um ein Radio bitten. Ich bin gleich zurück."

Es dauerte nicht lange, als Uwe mit einem Radio zurückkam. Er stellte es auf die Fensterbank und schaltete es ein. Berauschend war der Klang zwar nicht, aber Christina hatte ihre Zerstreuung.

„Ich werde jetzt gehen." Er setzte sich aufs Bett, nahm ihre Hand und streichelte sie. „Der Polizist wartet draußen. Ich werde heute Abend nach dir sehen. Wenn ich meine Aussagen zu Protokoll gebracht habe, gehe ich ins Hotel und werde mich waschen und rasieren. Ich bin bald zurück."

„Ich werde dich vermissen, Uwe."

„Du wirst es ertragen, so, wie du alles andere in den letzten Tagen ertragen hast."

Er stand auf und verließ den Raum. Christina war allein.

*

Im Büro des Polizisten musste er detailliert über die Geschehnisse Auskunft geben. Er lag richtig mit seiner Vermutung. Die Kidnapper hatten bei der amerikanischen Botschaft eine Lösegeldforderung in Höhe von zwei Millionen Dollar hinterlegt. Von den Geiseln fehlte jede Spur. In zwei Tagen würde das erste Ultimatum ablaufen. Er lag auch richtig mit seiner Vermutung, dass die Vereinigten Staaten sich auf keine Forderung eingelassen hatten. Von dem Beamten erfuhr er, dass sie diese Gruppe von Entführern schon lange suchten. Es handelte sich um die meist gesuchte Verbrecherbande des Landes. Uwe konnte in einer Verbrecherkartei die Fotos der einzelnen Männer zweifelsfrei identifizieren. Er verschwieg auch nicht, dass er vier von ihnen in die ewigen Jagdgründe geschickt hatte. Er schloss mit den Satz: „Ich hatte keine andere Wahl."

„Nun gut", antwortete der Polizist. „Nur ein toter

Verbrecher ist ein guter Verbrecher. Wir werden Sie nicht zu Verantwortung ziehen. Ihre Frau wird bestimmt bestätigen, dass es Notwehr war. Das wird genügen."

„Diese junge Frau ist nicht meine Ehefrau. Wir sind nur befreundet."

„Um so besser, dann zählt ihr Wort noch mehr. Aber sagen Sie mir, wie Sie in der Lage sein können und vier von denen einfach so... Ich meine, dass einige von denen richtig gefährlich einzustufen sind."

Uwe berichtete in kurzen Zügen von seiner Ausbildung.

„Da sind die ja mal ausnahmsweise an den *Richtigen* geraten. Habe ich es gut verstanden, dass Sie den ganzen Weg durch den Wald gerannt sind?"

Uwe antwortete nicht gleich. Er ging zur Landkarte und studierte sie einen Augenblick. Dann zeigte er mit dem Finger auf den Fluss und sagte: „Hier sind wir aus dem Wald gekommen."

Dann fuhr er mit seiner Hand die Karte entlang.

„Hier ist irgendwo die Quelle des Flusses. Und hier, schätze ich mal, muss das Camp sein, in dem sich die restlichen Geißeln aufhalten, vorausgesetzt, man hat sie nach unserer Flucht nicht verlegt."

„Sie waren auch dort?"

„Von dort sind wir geflohen, ja."

„Alle Achtung. Dann sind sie über hundert Kilometer durch den Wald gerannt. Das hat die Frau alles mitgemacht? Alle Achtung!"

„Ich könnte sie zu dem Camp führen, wenn sie es wünschen. Ich fühle mich für die anderen Geiseln mitverantwortlich."

„Ich werde eine Spezialeinheit der Armee anfordern. Wir sollten so schnell es geht handeln. Für die Gefangenen zählt jede Minute."

„Ich brauche eine halbe Stunde. Ich möchte mich waschen, rasieren und umziehen. Wenn Sie mich ins Hotel bringen könnten."

„Das wird nicht nötig sein, das können Sie hier bei uns haben."

Der Beamte hatte es mit einem Mal verdammt eilig. Er griff zum Telefonhörer und dann ging alles ganz schnell.

*

Christina erschrak ungemein, als ein Mann in Kampfuniform ihr Zimmer betrat.

„Uwe! Hast du mich erschreckt. Wie siehst du denn aus? Willst du etwa in den Krieg… Uwe, sag nicht, dass du… ich fasse es nicht. Hat es dir nicht gereicht? Was sagt deine Wunde? Du kannst unmöglich…"

Uwe hatte seine Hand auf ihren Mund gelegt. „Beruhige dich, ich führe doch nur eine Spezialeinheit der Armee zu dem Camp. Heute noch. Für die Geiseln läuft die Zeit. Jede Minute zählt. Ich habe auch keine Zeit mehr, ich wollte dir nur Bescheid geben."

„Versprich mir, dass du vorsichtig bist. Hörst du? Versprich es mir."

„Ich verspreche dir alles, was du willst. Ich muss jetzt. Wenn alles gut geht, bin ich morgen wieder hier."

Als er gehen wollte, hielt sie ihn am Ärmel fest.

„Hörst du das Lied im Radio? Es ist ein Titel von Shania Twain 'You`re Still the one'. Hörst du den Text?" Christina begann zu übersetzen: „Wenn ich dich sehe, sehe ich Liebe, wenn du mich berührst, fühle ich Liebe, nach all dieser Zeit, bist du die eins... Ist das nicht ein schönes Liebeslied?"

„Ich muss jetzt. Erhole dich gut und drücke uns die Daumen."

Dann ließ er sie allein.

*

Im Hubschrauber musste Uwe an den Titel von Shania Twain denken. Warum hatte sie ihn darauf aufmerksam gemacht? Warum hatte sie nicht richtig übersetzt? Wollte sie ihn nur auf den wirklich schönen Titel aufmerksam machen? Dann hätte sie nicht übersetzen brauchen. Wollte sie ihm vielleicht einen Wink geben? Den berühmten Wink mit dem Zaunpfahl? Warum die falsche Übersetzung? Die richtige war doch denkbar einfach. '...And after all this time, you´re still the one I love... nach all dieser Zeit bist du der Einzige, den ich liebe..' Er grübelte noch eine Zeit über den Titel nach und darüber, was sie ihm damit sagen wollte. Er kam zu keinem Ergebnis. Den Rest des Fluges kreisten seine Gedanken um Christina. Es war doch genau das eingetreten, was er zu ihr damals am Strand gesagt hatte. Nur zehn Prozent ihrer äußeren Werte in ihr Inneres... Ironie des Schicksals, der Dschungeltrip durch die grüne Hölle hatte aus ihr einen anderen Menschen gemacht. Wie hatte sie gesagt? 'Ich wollte mich ändern. Dir zu Liebe, wollte ich mich ändern. Dir zu Liebe, wollte ich ein anderer Mensch werden.' Er begriff zwar, dass sie einen Prozess der Veränderung durchlaufen hatte, aber um den Gedanken zu Ende zu spinnen, dafür reichte sein Verstand nicht aus. Er hatte nichts davon bemerkt, dass sich Christina in ihn verliebt hatte. So etwas zu erkennen, war nicht Bestandteil seiner militärischen Ausbildung gewesen.

Er konnte sich mit seiner Gedankenwelt nicht weiter auseinandersetzen, denn der Helikopter setzte zur Landung an.

Bis zum Camp waren es noch gut zehn Kilometer. Direkt dort zu landen, war natürlich viel zu gefährlich. Gleichermaßen für die Gefangenen als auch für die Eliteeinheit. Zeitgleich bewegten sich zwei andere Einheiten auf die beiden Dörfer zu. Das Ziel der Operation war, die gesamte Verbrecherbande mit Stumpf und Stiel auszurotten. Zimperlich würden die Soldaten nicht vorgehen. Die Order war eindeutig: Erst schießen, dann fragen. Wer sich nicht augenblicklich ergeben würde, hatte ein ernstes Problem. Der Offizier, der die Soldaten instruiert hatte, sagte zu Uwe: „In Deutschland seid ihr zu sanft. Wir machen hier kurzen Prozess. Jeder von denen hat nur eine Chance, wer die verspielt…" Mit einer ruckartigen Bewegung zog er die flache Hand an seiner Kehle vorbei. Uwe hatte verstanden.

Für die zehn Kilometer benötigte die Gruppe mehr als drei Stunden. Einen Weg gab es nicht. Je dichter sie an das Camp herankamen, um so leiser mussten sie sich fortbewegen. Uwe führte die Truppe an. Der Offizier hatte darauf bestanden, dass Uwe eine Pistole annahm, obwohl er dies nicht wollte. Als sie die Lichtung mit den primitiven Hütten erreicht hatte, setzte gerade die Dämmerung ein. Uwe hatte seinen Teil der Abmachung erfüllt. Er hatte die Einheit zu dem Camp geführt und sollte sich nun von den nächsten Handlungen fern halten. Es folgte der koordinierte Zugriff. Dann ging alles sehr schnell. Die Spezialeinheit überließ nichts dem Zufall. Professionell gingen sie vor. Von den anwesenden Kidnappern überlebten nur zwei. Vier wurden vor Ort erschossen. In den Dörfern sah es ähnlich aus. Wer sich nicht ergeben wollte, um den kümmerten sich die Scharfschützen. Mit einer Ausnahme blieben die Geiseln alle unverletzt. Eine Frau wurde von herumfliegenden Splittern am Kopf getroffen, umgehend medizinisch erstversorgt und dann abtransportiert. Neun Tage waren sie in der Gewalt der

Entführer. Am schlimmsten hatte es die beiden jungen Frauen erwischt. Als sie an Uwe vorbeigeführt wurden, waren sie fast nackt. Ihre Kleider hingen nur noch in Fetzen an ihren geschundenen Leibern. Ohne psychologische Hilfe würden sie es schwer haben, dass Geschehene zu verarbeiten. Uwe wollte nur noch eines: Weg von dem Ort und das so schnell wie möglich. Vorher hatte er aber noch etwas zu erledigen. Er ging zu den am Boden liegenden toten Kidnappern und betrachtete jeden Einzelnen. Vor einem blieb er stehen und begann, dessen Taschen zu durchsuchen. Er suchte etwas ganz bestimmtes und wurde in der Brusttasche des Toten fündig. In einer Plastiktüte fand er Christinas Kette wieder. Wortlos steckte er sie ein.

Als er endlich in seinem Hotelzimmer ankam, wurde es im Osten bereits hell. Müde fiel er in sein Bett und schlief umgehend ein.

*

Als er am nächsten Morgen die Polizeistation verließ, wollte er von dort direkt ins Krankenhaus fahren und nach Christina sehen. Nachdem er bei der Polizei das Protokoll und seine Aussage unterzeichnet hatte, war die Angelegenheit für sie beide erledigt.

Im Krankenhaus erfuhr er, dass Christina von einem älteren Mann abgeholt worden sei. Sie habe das Krankenhaus aus eigenem Antrieb heraus verlassen und sei sehr aufgelöst gewesen. Der behandelnde Arzt brachte Uwe gegenüber seine Sorgen über Christinas seelischen Zustand zum Ausdruck und gab an, nicht mehr über die Angelegenheit zu wissen. Die junge Frau und der Mann wollten direkt ins Hotel fahren.

Uwe ließ sich mit einem Motorradtaxi zurück zum Hotel bringen. Auf direktem Wege ging er in Christinas Appartement. Als er es betrat, sah er einen älteren Herrn und Christina die aufgeregt im Zimmer herumhumpelte.

Bei dem Herrn handelte es sich um einen Managertyp. Akkurat gekleidet, hervorragend frisiert.

„Wer sind Sie, was wollen Sie hier?", wurde Uwe von dem Mann barsch begrüßt.

„Schon gut, Block. Das ist der Mann, der mich durch den Dschungel gebracht hat."

„Uwe, das ist Doktor Block, der Sicherheitschef unserer Firma. Uwe, mein Mann ist tot. Ich weiß gar nicht, was ich machen soll."

Christina hatte diese Nachricht übel zugesetzt, daran bestand kein Zweifel.

„Entschuldigen Sie", sagte Doktor Block zu Uwe und reichte ihm die Hand. „Ich konnte ja nicht wissen… Herr Schmidt hatte ein schwaches Herz. Als die Nachricht von der Entführung eintraf, da… Herr Schmidt ist an den Folgen eines Herzanfalls im Krankenhaus verstorben. Ich bin in die Dominikanische Republik geflogen, um die Suche nach Frau Schmidt zu koordinieren. Da das jetzt nicht mehr nötig ist, werde ich Frau Schmidt nach Hause begleiten. Wir haben eine Flugzeug gechartert. Wenn Sie mitkommen wollen, dann ist das kein Problem. Betrachten Sie sich als Gast."

„Ich möchte mit Herrn Berger allein sein. Warten sie an der Rezeption. Ich komme dann nach."

Doktor Block deutete eine Verbeugung an und verließ das Appartement. Kaum hatte sich die Tür hinter ihm geschlossen, lag Christina Uwe auch schon in den Armen. Wie schon so oft, gab sie ihren Gefühlen freien Lauf. „Das ist zu viel für mich" schluchzte sie. „Was hab ich nur getan, was hab ich bloß verbrochen. Das hab ich nicht verdient. Ich bin fertig, Uwe, fix und fertig."

„Du willst also abreisen?"

„Was soll ich denn tun? Willst du mit? Bitte, Uwe, komm mit. Ich brauche jetzt einen Vertrauten."

„Ich glaube, dass ist keine gute Idee. Du hast jetzt andere Sorgen."

„Ja, ja natürlich. Du hast Recht."

Sie löste sich von ihm, wischte sich die Tränen aus dem Gesicht und ging zu ihrem Koffer rüber.

„Hilfst du mir beim tragen?"

„Aber natürlich."

„Christina? Ich habe hier noch etwas für dich."

Er holte die Tüte mit der Kette hervor, trat zu Christina herüber, nahm ihre Hand und ließ die Kette aus der Tüte gleiten.

„Ich denke, dass du sie gerne wieder haben möchtest. Ich habe sie einem der Verbrecher abgenommen."

„Danke Uwe, du bist wirklich ein netter Kerl. Immer wenn ich zukünftig diese Kette trage, werde ich an die vergangenen Tage und an dich denken. Auch daran, was mir durch dich erspart wurde. Ich danke dir von ganzem Herzen."

Als sie beide an der Rezeption ankamen, wartete Doktor Block mit einem Mietwagen vom Flugplatz. Er verstaute Christinas Gepäck im Kofferraum und trat diskret zurück.

Christina sagte so laut, dass Herr Block es hören konnte: „Haben Sie vielen Dank, Herr Berger. Ohne Sie wäre ich jetzt bestimmt nicht hier. Ich stehe tief in Ihrer Schuld. Lassen Sie es mich wissen, wenn ich etwas für Sie tun kann. Auf Wiedersehen."

*

Eine kleine Bar in einer kleinen Stadt in Deutschland. Wenige Stühle waren besetzt. An einem Billardtisch in einer Ecke langweilten sich zwei Teenager. Ein alter Mann fütterte einen Spielautomaten. Regen tropfte vom Dach. Irgendwo in der Ferne bellte ein Hund.

„Einen Whisky, bitte."

Uwe Berger hatte sich auf einen Barhocker gesetzt. Die letzten Tage hatten es in sich gehabt. Er war dabei, sein neues Leben zu organisieren. Er brauchte eine neue Bleibe und eine neue Arbeitsstelle. Da er nichts übers

Knie brechen wollte, hatte er beschlossen, sich vorerst nur ein möbliertes Zimmer zu nehmen. Eine neue Wohnung wollte er später in aller Ruhe suchen. Mit einer neuen Arbeitsstelle gab es keinerlei Probleme. EDV-Spezialisten wurden überall gesucht. Er konnte zwischen den Angeboten wählen. Wie er so dasaß und an seinem Whisky nippte, wurde er auf die Musik, die leise im Hintergrund spielte, aufmerksam. Den Titel hatte er vor gar nicht langer Zeit gehört. Shania Twain sang ihren Erfolgstitel 'You're still the one'. Uwe lauschte auf den Text. '... wenn du mich berührst, spüre ich Liebe...' Wie auf Bestellung hatte die Dame hinter der Bar die Lautstärke leicht angehoben. Uwe summte die Melodie mit und dachte dabei an Christina. Was war wohl aus ihr geworden? Auch sie musste ihr neues Leben organisieren. Er fragte sich gerade, ob er sie einmal besuchen sollte, als die Bardame eine Cola vor ihn auf die Theke stellte.

„Cola?", fragte er und sah die Frau verdutzt an.

„Wolltest du nicht eine Cola ausgegeben bekommen?", sagte eine Frauenstimme neben ihm, die er nur zu gut kannte.

„Dafür, dass du mich aus dem reißenden Fluss gezogen hast."

Uwe drehte sich um und sah Christina in die Augen.

„Du wolltest dafür die ganze Bar mieten."

Dann sah er in die Runde, die Bar war leer.

„Du bist verrückt."

„Sein gegebenes Wort sollte man halten. Ich bin hier, weil ich einen guten Programmierer suche. Ich biete freie Arbeitszeit, ein fürstliches Gehalt und eine königliche Wohnung dazu. Kennst du vielleicht jemanden, der dafür in Frage käme? Als Bonus lege ich noch eine Frau obendrauf, deren innere Werte mindestens so sind, wie ihre äußeren."

„Zehn Prozent reichen, Christina. Nur zehn Prozent!"

Weitere Werke von Peter Ternes, die in der Edition Octopus erschienen sind:

„Eine Hure liebt man nicht" ISBN 3-936600-04-X

Thomas Bauer, ein gut aussehender junger Mann, Anfang dreißig, lebt allein in Frankfurt, Main. Worauf er sich versteht und womit er hundertprozentigen Erfolg vorzuweisen hat, sind Frauen.

Seine wirtschaftlich und finanzielle Lage, in der er sich befindet, zwingt ihn schließlich dazu, seinen Körper zu verkaufen. Schnell steigt er zum Edelcallboy auf. Seine finanziellen Sorgen gehören der Vergangenheit an, auch gesellschaftlich steigt er auf und wird - in Unkenntnis seines Gelderwerbs - als vollwertiges Mitglied der Gesellschaft akzeptiert. Dies erreicht er durch seine zielgerichtete Liaison zu einer reichen Architektin. Am Gipfel seines Weges widerfährt sein Leben jedoch eine verhängnisvolle Wende.

Beschrieben wird die käufliche Liebe in all ihren Schattierungen, die Begleiterscheinungen jenes Milieus, die Doppelmoral und Doppelzüngigkeit der Politik und der feinen Gesellschaft, die Macht des Kapitals und dass auch jene Menschen des käuflichen Gewerbes Sehnsüchte und Verlangen nach Anerkennung, Achtung und Liebe haben.

„Die Traumfrau" ISBN 3-936600-02-3

Martin Bunge ist sprachlos. Auf seinem Flug nach Mallorca, wo der Bestsellerautor eigentlich sein derzeitiges Romanprojekt in Ruhe und Abgeschiedenheit beenden wollte, entdeckt er eine geheimnisvolle Schöne, die in allen Äußerlichkeiten einer seiner Romanfiguren gleicht.

Es kommt ihm wie ein Wink des Schicksals vor, als seine Traumfrau ausgerechnet das Nachbarappartement in derselben Ferienanlage bezieht, in der auch Martin abgestiegen ist. Schnell lernen die Beiden sich kennen und fühlen sich zueinander hingezogen. Martin muss feststellen, dass die schwarze Schönheit nicht nur genauso heißt und aussieht wie sein imaginärer Charakter, sondern auch in allen anderen Belangen gleicht sie seiner Erschaffung bis ins kleinste Detail. Ein Traum - zu schön, um wahr zu sein. Tatsächlich sind beide gebunden und Ute lehnt trotz gegenseitiger Sympathie jegliche Annäherung ab. So verleben die beiden einen phantastischen, wenn auch platonischen Urlaub, bis die Traumfrau von einem Tag zum anderen abreist. Martin ist ratlos. War es seine Schuld? Hat er seine Traumfrau unbeabsichtigt verletzt? Sein eigenes Glück zerstört? Eilig reist er ihr hinterher und begibt sich auf die Suche. Wie aber jemanden finden, von dem man nur den Vornamen kennt?

Eine geheimnisvolle E-Mail mit unbekanntem Absender, bestehend aus nur drei Worten, wirft Licht ins Dunkel und bringt Martin seinem Ziel ein Stückchen näher.

„Das Schicksal wollte es anders" ISBN 3-936600-05-8

Michael Schade, ein junger Mann, lebt mit seiner Mutter allein in der DDR. Von seinem Vater, den er nicht kannte, erbt er ein Haus in der Bundesrepublik. Die Behörden lassen ihn zur Klärung seiner Erbschaftsangelegenheit in die BRD reisen. Zurückgekommen beginnt er akribisch seine Flucht in den Westen vorzubereiten.

Er ist ausgezogen um sein Glück zu machen, kommt sich aber vor, als wäre er ausgezogen um das fürchten zu lernen.

Erzählt wird die Geschichte seiner Einbürgerung, von den Problemen, denen er sich stellen und von den schweren Schicksalsschlägen, die er immer wieder erdulden muss.

Eine facettenreiche Geschichte, ein dramatischer Schicksalsroman, bei dem auch die Liebe nicht zu kurz kommt.

„Die Branche bei der es um den Tod geht", ein Segeltörn wird zum Alptraum auf hoher See. ISBN 3-937312-11-0
Ein eher ruhiger und unscheinbarer Computerspezialist zieht einen wohlhabenden Geschäftsmann in letzter Sekunde aus seinem sinkenden Auto. Zum Dank wird er zu einem lange geplanten Segeltörn ins Südchinesische Meer eingeladen. Voller Euphorie macht sich die illustre Gesellschaft auf den Weg. Ein fataler Fehler, wie sich bald darauf herausstellen sollte, denn das moderne Piratentum möchte am Reichtum der deutschen Touristen teilhaben. Der Segeltörn entwickelt sich zum Alptraum auf hoher See. Es beginnt ein dramatischer Wettlauf um Leben und Tod.

Mit diesem Buch ist dem Autor der Sprung auf die offizielle HP, deutscher Krimiautoren gelungen, mit dem Prädikat: empfehlenswert. Im Juni 2004 stand der Autor in der Liste der deutschen Toppautoren auf Platz 12.

Zur Zeit der Drucklegung in Vorbereitung:

„In letzter Sekunde"

Georg Kramer, Staranwalt in Berlin wird der sexuellen Belästigung bezichtigt. Unseriöse Boulevardblätter, empörte Kollegen, und die feine Gesellschaft knüpfen das verhängnisvolle Netz, aus dem es kein Entrinnen zu geben scheint.

Bezogen werden können die Bücher über:

Direkt beim Verlag, unter: www.mv-verlag.de, oder:

☎ 0251 232 990

www.buchhandel.de www.amazon.de

Und natürlich auch über den Autor unter eMail ✉:

AutorPeterTernes@aol.com

Und im gutsortierten Buchhandel 🕮.